# DER FALSCHE FRIESE

Martina Aden, Jahrgang 1982, lebt mit ihrem Mann, ihrem Sohn, ihren Pferden und Katzen im Herzen Ostfrieslands. Sie ist Mitglied bei den Mörderischen Schwestern und im Syndikat. »Der falsche Friese« ist nach »Kluntjemord« ihr zweiter Kriminalroman um die Ermittlerin Elli Vogel.

MARTINA ADEN

# DER FALSCHE FRIESE

*Küsten Krimi*

emons:

**Bibliografische Information der Deutschen Nationalbibliothek**
Die Deutsche Nationalbibliothek verzeichnet diese Publikation in der Deutschen Nationalbibliografie; detaillierte bibliografische Daten sind im Internet über http://dnb.d-nb.de abrufbar.

FSC
www.fsc.org
MIX
Papier aus verantwortungsvollen Quellen
FSC® C083411


Umschlagmotiv: Timmitom/photocase.de
Umschlaggestaltung: Nina Schäfer, nach einem Konzept von Leonardo Magrelli und Nina Schäfer
Umsetzung: Tobias Doetsch
Gestaltung Innenteil: César Satz & Grafik GmbH, Köln
Lektorat: Marit Obsen
Druck und Bindung: CPI – Clausen & Bosse, Leck
Printed in Germany 2020
ISBN 978-3-7408-0756-6
Küsten Krimi
Originalausgabe



Dieser Roman wurde vermittelt durch die Literaturagentur Kai Gathemann GbR, München.

# 1

Ich kann Dinge sehen, die anderen Menschen verborgen bleiben. Keine Sorge, ich rede nicht von Geistern oder Dämonen. Jeder weiß, dass nur Sonntagskinder übersinnliche Fähigkeiten haben, und ich wurde an einem Montag geboren.

Ich spreche von Idioten.

An jenem sonnigen Frühlingstag schlenderte ich mit meiner Freundin Diana durch die Auricher Fußgängerzone, um bei Paulis Pommesmobil, das sich Dianas Informationen zufolge für den heutigen Tag auf dem Marktplatz angekündigt hatte, die wahrscheinlich besten Pommes der Welt zu genießen. Bei der Gelegenheit wollte sie mir auch ihren neuen Freund vorstellen, den wir dort treffen sollten.

Auf Höhe des Kugelbrunnens, gleich neben dem Zugang zur Tiefgarage, wurden wir auf eine Menschenansammlung aufmerksam, die sich kreisförmig um etwas oder jemanden scharte, Musik schallte zu uns herüber. Wir gesellten uns dazu und kämpften uns vor bis in die erste Reihe. Schon Sekunden später bereute ich diese Entscheidung, denn in der Mitte des Kreises stand ein Clown und lieferte seine alberne Vorstellung ab.

Ich hasse Clowns.

Ich werde nie verstehen, was an weiß geschminkten Männern mit Lippenstift lustig sein soll. Und überhaupt, was soll die aufgemalte Träne unter dem Auge? Das machen sonst nur Gangmitglieder, die schon mal jemanden unter die Erde gebracht haben. Das sagt doch alles.

Als würde der typische Look nicht reichen, trug dieser Clown auch noch grüne Haare. Etwas Gruseligeres war mir noch nie untergekommen. Von seinem Handwerk verstand er auch nicht besonders viel. Er warf eine Bananenschale auf den Boden, versuchte, darauf auszurutschen, verfehlte sie mit seinen übergroßen Schuhen aber immer wieder, und so wankte er hin und her wie ein Betrunkener. Es war mir ein Rätsel, warum die Umstehenden ihn auch noch durch höfliche Lacher und Applaus in seinem Tun bestärkten, jeder weiß doch, dass man Idioten am besten ignoriert, damit sie von allein aufgeben. Sogar Diana wippte im Takt des Ententanzes, der aus einem alten CD-Player am Fuße des Kugelbrunnens plärrte, und ahmte mit den Händen Schnabelbewegungen nach. Sie strahlte, als der Clown es ihr gleichtat.

»Komm schon, Elli, zier dich nicht so, nach der Trennung von Wilbert habe ich mir ein bisschen Spaß verdient.« Sie versuchte, mich zum Mitmachen zu animieren, aber das kam gar nicht in die Tüte.

»Das ist kein Argument, du hast schließlich schon was Neues am Laufen«, sagte ich.

Sie strich sich eine ihrer rotblonden Locken hinter das Ohr. »Richtig, seit genau fünf Tagen.«

Der Clown kletterte auf den Kugelbrunnen und schickte sich an, eine akrobatische Einlage abzuliefern, rutschte jedoch auf der nassen, rotierenden Granitkugel aus und landete mit durchnässtem Hintern auf dem Boden. Er rappelte sich auf und rieb sich den Allerwertesten. Mein Idiotenradar meldete einen besonders schwerwiegenden Fall. Zu allem Überfluss hopste er nun, vorgebeugt wie ein Eisschnellläufer in rasanter Fahrt, auf Diana zu, die ihm ein breites Grinsen schenkte.

Sie mochte den Kerl ja witzig finden, auf mich wirkte er ungefähr so sympathisch wie der Horror-Clown aus »Es«, der kleine Kinder fraß.

Die letzten Takte der Musik verklangen, und Pennywise sank vor Diana auf die Knie. Als die CD stoppte, kämpfte er sich auf die Beine und verbeugte sich vor seinem Publikum, das für den Unsinn tatsächlich noch bezahlte und einige Münzen in einen bereitgestellten Hut fallen ließ.

Diana klatschte, stürmte auf den Clown zu und umarmte ihn. Ehe ich es richtig begriff, gab sie ihm einen leidenschaftlichen Kuss und kam dann händchenhaltend mit ihm zu mir zurück. »Elli, darf ich dir meinen neuen Freund vorstellen?«

»Das ist nicht dein Ernst!«, platzte es aus mir heraus.

»Nun hab dich mal nicht so«, sagte sie. »Du musst deine Clown-Phobie endlich in den Griff bekommen.«

»Das klappt höchstens dann, wenn du mir Ronald McDonald als neuen Freund präsentierst, der hat wenigstens immer Pommes dabei.«

Pommes sind mein absolutes Suchtmittel, und so langsam dämmerte mir, dass Diana diesen Köder ausgeworfen hatte, um mir ihren Clown unterzujubeln.

Der trat auf mich zu und verbeugte sich. »Ich bin Bruno. Einfach Bruno, den Nachnamen habe ich abgelegt. Wie Madonna.«

Automatisch griff ich nach der Hand, die Bruno mir entgegenstreckte. »Elli. Nachname Vogel.«

Eigentlich hätte ich mich als Eleonore vorstellen müssen, denn ich hatte mal gehört, man solle seinen Spitznamen nur den Menschen anbieten, die man mochte. Das war bei einem Clown ganz und gar ausgeschlossen. Aber mit Ausnahme meiner Mutter nennt mich jeder Elli, und ihr ist die lange Form einfach lieber.

»Du bist Schriftstellerin, oder?«, fragte Bruno.

»Halbtags.«

Tatsächlich war es mir im vergangenen Herbst geglückt, ein E-Book herauszubringen. Es wurde zum Überraschungserfolg, aber ich hatte das dumpfe Gefühl, dass das nicht an meiner schriftstellerischen Leistung lag, sondern daran, dass ich wenige Wochen nach der Veröffentlichung fast ermordet worden wäre, was mich zum Gegenstand zahlreicher Zeitungsberichte machte.

Von den Buchverkäufen hatte ich den Winter über gut leben können. Zwar hatte ich inzwischen ein zweites Buch veröffentlicht, aber seit mir niemand mehr nach dem Leben trachtete und es dementsprechend wenig über meine Person zu berichten gab, ließ das Interesse an meinen Büchern merklich nach. Inzwischen musste ich in Teilzeit wieder einer geregelten Tätigkeit nachgehen, um über die Runden zu kommen. Und genau da lag mein Problem: In ebendiesem Teil meiner Zeit war ich arbeitslos. Darüber hinaus existierten die Berufe, die mich wirklich interessierten, einfach nicht. Ich hatte hierzulande jedenfalls noch nie eine Stellenanzeige für Eisverkoster oder professionelle Katzenstreichler gesehen.

»Jetzt im Frühjahr hat Bruno noch nicht viel zu tun, aber schon bald wird er hier täglich vor Touristen auftreten.« Diana deutete auf das Areal des Kugelbrunnens. »Die sind bestimmt ganz wild auf seine Darbietungen.«

Die einzige Darbietung, die *ich* von Bruno sehen wollte, war der Verschwinde-Trick. Aber leider war er kein Zauberer, und so musste ich mich mit seiner Anwesenheit arrangieren.

»Warum hast du grüne Haare?«, fragte ich.

»Ach Mist, ich habe wohl wieder nach der falschen Farbe gegriffen.« Bruno kratzte sich am Kopf, die Perücke wackelte hin und her. »Eigentlich trage ich immer rote Haare, aber ich leide an einer Rot-Grün-Sehschwäche, und wenn die Perücken nebeneinanderliegen, kann ich sie nicht unterscheiden. Grün trage ich sonst nur freitags, wenn ich als Beppo auftrete.«

Ich hatte Mühe, seinen Ausführungen zu folgen, was aber auch an meinem knurrenden Magen liegen konnte, der mir das Denken erschwerte. Ich beugte mich zu Diana. »Wenn das mit Paulis Pommesmobil nur ein Trick war, um mir Bruno unterzujubeln, werde ich ernsthaft sauer. Darüber macht man keine Scherze.«

»Bleib locker«, sagte Diana. »Du bist ganz schön unleidlich, wenn du hungrig bist. Pauli ist da, ich kann seinen Wagen von hier aus sehen.«

Der Wochenmarkt auf dem Marktplatz lag in den letzten Zügen, die Verkäufer räumten bereits ihre nicht verkauften Waren ein. Wir bahnten uns einen Weg zwischen den gestapelten Kisten hindurch und folgten dem verheißungsvollen

Duft des Frittierfetts. Diana lief dicht neben mir; Bruno hatte in seinen riesigen Schuhen Mühe, mit uns Schritt zu halten, und watschelte in einigem Abstand hinterher.

»Kannst du mir mal sagen, was das mit dem Clown soll?«, fragte ich halblaut. »Ich dachte, du trauerst Wilbert noch hinterher und vergnügst dich nur zum Spaß mit einem anderen.«

Diana winkte ab. »Mit Wilbert habe ich abgeschlossen. Bruno ist das perfekte Trostpflaster. Sieh ihn dir doch nur an: Wie soll man bei diesem Anblick schlechte Laune haben?«

Ich sah verstohlen über meine Schulter und kam zu einem gänzlich anderen Urteil: Das mit der schlechten Laune fiel mir leicht.

Diana verliebt sich schnell, heftig und meistens in Freaks. So rasant, wie die Verliebtheit beginnt, endet sie erfahrungsgemäß auch wieder. In der Regel sind ihre Auserwählten harmlose Spinner, aber bei Bruno war ich mir nicht so sicher. Da war mir Wilbert, der Tänzer ohne Talent, deutlich lieber. Der war wenigstens Angestellter in einem Druckshop und kein unheimlicher Clown.

Der Sous-Turm, eine fünfundzwanzig Meter hohe Skulptur aus Stahlrohr und Plexiglas, die irgendwas zwischen Glockenspiel und Kunst darstellen soll, streckte sich dem wolkenlosen Himmel entgegen. Paulis Pommesmobil stand ein Stück weiter hinter der gläsernen Markthalle an der Kreuzung zur Lilienstraße. Auf der Seitenfläche des gelben Kastenwagens prangte eine überdimensional große Pommestüte mit lachendem Gesicht, ganz automatisch lächelte ich zurück.

Vor dem Verkaufstresen hatte sich eine lange Warteschlange gebildet, der wir uns anschlossen. Paulis Pommes waren legendär, und durch den Umstand, dass er Aurich nur alle paar Wochen anfuhr, wurden sie noch begehrenswerter. Es gab sogar Menschen, die ihm wie Groupies von Standort zu Standort folgten. Das konnte ich mit Gewissheit sagen, weil ich mitunter dazugehörte.

Ich tappte ungeduldig von einem Fuß auf den anderen. Für

einen Frühlingstag im Mai war es ungewöhnlich heiß, und die Tatsache, dass wir, bedingt durch Brunos Auftritt, schon eine ganze Weile im prallen Sonnenschein standen, machte die Warterei nicht unbedingt angenehmer. Mein Scheitel glühte bereits.

Ein grauhaariger, sorgfältig rasierter Mann mit gepflegtem Kurzhaarschnitt nahm sein Essen entgegen und balancierte es zu einem der weißen Stehtische neben dem Verkaufswagen. Er zog eine Pommes aus der Tüte und tunkte sie in Mayonnaise. Ich sah ihm neidisch dabei zu.

Unsere Blicke trafen sich, und ich erkannte den Mann, doch mit ihm ging eine Veränderung vor, die nichts Gutes verhieß. Sein fahler Büroteint verwandelte sich in ein dunkles Rot und nahm dann eine bläuliche Färbung an, die Pommestüte rutschte ihm aus der Hand und fiel auf den Boden, wo er eine Sekunde später ebenfalls aufschlug.

»Verdammt, das hat mir gerade noch gefehlt!« Ich spurtete zu ihm rüber.

Diana bedeutete Bruno, unseren Platz in der Schlange zu verteidigen, und folgte mir. »Kennst du den Kerl?«

»Das ist Hans Lemke, der Standesbeamte, der meine Eltern trauen soll. Wenn er vor der Hochzeit das Zeitliche segnet, dreht meine Mutter durch!«

Meine Mutter hatte sich nach weit über dreißig Jahren wilder Ehe dazu durchgerungen, meinem Vater das Ja-Wort zu geben. Unter der Bedingung, dass ihr langjähriger Freund, der Standesbeamte Hans Lemke, die Trauung vornahm. Und das konnte er nun mal nur, solange er noch unter den Lebenden weilte.

Ich kniete mich neben den Ohnmächtigen, drehte ihn auf den Rücken und tastete an seinem Handgelenk nach dem Puls.

Nichts.

Schwer zu sagen, ob er wirklich keinen hatte oder ob ich ihn wegen meiner fehlenden Kenntnisse in Erster Hilfe schlicht nicht fühlen konnte. Den ersten und einzigen Ersthelferkurs meines Lebens hatte ich während des Führerscheins vor dreizehn Jahren gemacht, und schon damals wäre mir jeder Leichtverletzte unter den Händen weggestorben.

»Ich glaube, er hat einen Herzstillstand«, sagte ich zu Diana. »Kennst du dich mit Herzdruckmassage und Mund-zu-Mund-Beatmung aus?«

Diana wedelte abwehrend mit den Händen. »Sieh dir seine Mundwinkel an, da klebt mindestens ein Pfund Mayonnaise dran. Bei dem beatme ich gar nichts!«

»Dann ruf wenigstens einen Krankenwagen!«

Ich knöpfte Lemkes Hemd auf. Von seiner behaarten Brust drang mir ein penetranter Parfümduft entgegen und mischte sich mit dem Geruch der Pommes, die wie ein Heiligenschein um seinen Kopf verteilt lagen. Ich legte die Hände übereinander, platzierte sie an der Stelle, an der ich das Brustbein vermutete, und drückte zaghaft zu. Und noch einmal.

»Jetzt hilf mir doch mal!«, blaffte ich Diana an.

»Nur nicht nervös werden«, sagte sie. »Man soll die Herzdruckmassage zum Rhythmus von ›Stayin' Alive‹ machen. Soll ich dir den Takt vorgeben?«

»Du sollst endlich den verdammten Krankenwagen rufen!«

»Ist schon passiert«, meldete jemand aus der Warteschlange. Die Stimme kam mir bekannt vor, und noch während ich auszumachen versuchte, wer gesprochen hatte, löste sich Helena Schön aus der Gruppe und trat auf uns zu. »›E-Book-Elli als Lebensretterin‹, Untertitel: ›Da denkt selbst sie nicht mehr an die schönste Nebensache der Welt!‹«

Ich verdrehte die Augen und versuchte weiter, Hans Lemke unter den Lebenden zu halten. Zwei Männer kamen von irgendwoher hinzu und halfen mir.

Die schöne Helena kommentiert jedes unserer Zusammentreffen mit einer imaginären und tatsachenverdrehenden Schlagzeile. Einige davon finden sich später tatsächlich in der Zeitung wieder. Sie arbeitet als Journalistin beim »Ostfriesland-Reporter«, unserem lokalen Revolverblatt, und schreibt gern verleumderische Artikel über mich und mein angeblich ausschweifendes Liebesleben. Außerdem ist sie die Freundin meines Verflossenen, Jörg. Und die einzige Person, die es schafft, Mordgelüste in mir zu wecken.

Helena strich sich eine frisch blondierte Locke hinter das Ohr, zückte ihren Fotoapparat und machte eine Aufnahme von meinem Schützling und mir.

Bevor ich besagten Mordgelüsten nachgeben konnte, ertönte eine Sirene, ein Krankenwagen brauste heran, und zwei Rettungssanitäter kümmerten sich um Hans Lemke. Sie bezeichneten seinen Zustand trotz meines Einsatzes als stabil, hievten ihn auf eine Trage und luden ihn in den Rettungswagen. Nach ein paar Minuten war der Spuk vorbei, als sei nichts gewesen, und ich fragte mich, ob ich alles nur geträumt hatte. Bis Helena mich in die Wirklichkeit zurückholte.

»Schade, dass er nicht abgekratzt ist.« Sie seufzte. »Dann hätte es mein Artikel bestimmt auf die Titelseite geschafft.«

»Du hast aber auch ein Pech«, entgegnete ich. »Vielleicht hättest du den Krankenwagen lieber nicht rufen sollen.«

»Das war ich nicht. Pauli hatte das Handy schon in der Hand, kaum dass der Typ den Boden berührte.«

»Hätte mich auch gewundert. Du wärst nicht du, wenn du dich um deine Mitmenschen sorgen würdest.«

Ich ließ Helena stehen und gesellte mich mit Diana zu Bruno, der sich in der Warteschlange auf den zweiten Platz vorgekämpft hatte. »Du kannst meine Pommes streichen«, sagte ich. »Hans Lemkes parfümierte Brusthaare haben mir den Appetit verdorben, und jetzt hängt der Geruch an meinen Händen. Ich muss sie erst irgendwo waschen.« Und, wenn möglich, desinfizieren.

»Das kannst du bei uns in der Redaktion machen, Elli.« Helena war mir unbemerkt gefolgt.

»Warum so hilfsbereit?«, fragte ich misstrauisch. Bei Angeboten von Helena ist Vorsicht geboten, denn meistens führt sie nichts Gutes im Schilde.

Sie zuckte die Achseln. »Mein Chef hat heute Morgen von dir gesprochen. Klang so, als hätte er ein Jobangebot für dich.«

»Und da läufst du mir ganz zufällig über den Weg, um mir diese Nachricht zu überbringen?«

Ich bin bestimmt nicht der schlaueste Mensch auf der Welt, aber in diesem Moment kombinierte ich blitzschnell. Helena hatte ihren Platz in der Warteschlange verlassen, obwohl das für das Foto nicht nötig gewesen wäre. Niemand räumte freiwillig seinen Platz vor Paulis Pommesmobil, manchmal endete das Anstehen sogar in einer handfesten Prügelei. Außerdem konnte diese Frau unmöglich Pommes mögen. Sie war eher klapprig als schlank und wäre ungeschminkt und mit kurzen Haaren als zwölfjähriger Junge durchgegangen. Sie hatte hier auf mich gewartet, weil sie wusste, dass mein Weg mich früher oder später zu Pauli führen würde. Meine Vorliebe für die fettigen Kartoffelstäbchen war ein offenes Geheimnis.

»Um was für einen Job handelt es sich?«, fragte ich.

»Woher soll ich das wissen? Du solltest nicht zu wählerisch sein, jeder weiß, dass du seit Monaten arbeitslos bist.«

»Ich bin immer noch Autorin.« Autorin im Urlaub, um genau zu sein. Nach der Veröffentlichung meines zweiten E-Books »Helden und Mut« hatte ich mir vier Wochen Urlaub verordnet. Drei, um das Buch sacken zu lassen, und eine, um mich von der anstehenden Hochzeit zu erholen.

Helena verzog das Gesicht zu einem falschen Grinsen. »So kann man es natürlich auch nennen.«

Die Sache ist die, dass Helena mir meinen Exfreund Jörg seinerzeit auf schändliche Weise ausgespannt hat, und in meinem ersten Buch »Fremd und Gänger« sind die beiden nicht besonders gut weggekommen. Natürlich hatte ich ihre Namen geändert, aber jeder, der sie und mich kannte, wusste, wer gemeint war. Ich bin eben recht nachtragend, wenn mein Freund mit einer anderen Frau auf unserem Wohnzimmerteppich Salamiversenken spielt.

»Überleg es dir«, sagte Helena. »Du weißt ja, wo sich unsere

Redaktionsräume befinden.« Sie wies über die Schulter in Richtung Lilienstraße und trippelte davon.

Diana stieß mich mit dem Ellenbogen an. »Was hältst du davon? Willst du dem Schmierblatt einen Besuch abstatten?«

»Kann ja nicht schaden, finanziell sieht es bei mir zurzeit nicht gerade rosig aus. Mal sehen, um was für ein Angebot es sich handelt.« Ich seufzte. »Und danach bringe ich meiner Mutter schonend bei, dass ihre Hochzeit wahrscheinlich ins Wasser fällt.«

## 2

Martin Jägers Büro verriet, dass sein Nutzer einen Hang zum Größenwahn hatte. Ein ausladender schwarzer Schreibtisch nahm fast die Hälfte des quadratischen Raumes ein, dahinter befand sich ein ebenfalls schwarzer Aktenschrank, in dem die Ordner dicht an dicht standen. An jedem freien Fleckchen Wand hingen Fotos, auf denen Martin Jäger entweder vor einem weißen Sportboot stand, mit einem über Mund und Nase gezogenen Schlauchtuch mit Totenkopfmuster auf einer Harley saß oder mit weit aufgeknöpftem Hemd am Strand posierte.

Er begrüßte mich mit einem verschwitzten Händedruck. »Setzen Sie sich doch bitte, Frau Vogel. Schön, dass Sie es einrichten konnten.« Er ließ sich in den wuchtigen Ledersessel plumpsen und lehnte sich lässig zurück.

Ich nahm auf einem wesentlich niedrigeren Stuhl ihm gegenüber Platz und wischte seinen Handschweiß unauffällig am Polster ab. Nach ein wenig Small Talk, der sich vor allem um das derzeit für ostfriesische Verhältnisse ungewohnt warme und trockene Wetter drehte, rückte er mit seinem Angebot raus.

»Ich möchte, dass Sie als Gastautorin für den Ostfriesland-Reporter schreiben.« Er setzte ein verbindliches Lächeln, Typ Staubsaugervertreter, auf, beugte sich vor und stützte die Ellenbogen auf die Tischplatte. »Ich habe Ihre Geschichte im letzten Herbst verfolgt. Ganz schön abgebrüht, sich mit einem Drogenring anzulegen.«

Ein ungutes Gefühl machte sich in mir breit, und meine Muskeln versteiften sich. »Ich bin da eher zufällig reingeraten, darauf angelegt habe ich es bestimmt nicht.«

»Umso besser, das ist doch die perfekte Story.«

»Wofür?«

Jäger beugte sich noch ein Stück weiter vor und stierte mich mit funkelnden Augen an. »Für den Ostfriesland-Reporter.« Mit beiden Händen malte er eine imaginäre Schlagzeile in die Luft: »›Elli Vogel packt aus: Das ist damals in der alten Brauerei passiert!‹ Wir machen eine Reihe daraus mit dem Titel: ›So ist mein Freund wirklich gestorben‹.«

Ich schüttelte den Kopf und stand auf. »Ich glaube, wir sind hier fertig.«

Was damals passierte, als ich mich auf die Suche nach meinem verschwundenen Freund Karl machte und ungewollt einigen wirklich bösen Jungs auf die Spur kam, ist kein Geheimnis. Seriösere Medien als der Ostfriesland-Reporter haben darüber berichtet. Und mein persönlicher Verlust in dieser Sache ist genau das: persönlich. Darüber zu schreiben würde meine quälenden Fragen rund um Karls Tod nicht beantworten. Das könnte höchstens mein früherer Schwarm, Sebastian Beck, der in den Fall verwickelt war. Leider war er seitdem untergetaucht.

Wie betäubt bewegte ich mich in Richtung Bürotür, doch noch bevor ich sie öffnen konnte, war Martin Jäger aufgesprungen, durch den Raum gehechtet und stellte sich mir mit einem entschuldigenden Lächeln in den Weg. »Nicht so schnell, nicht so schnell!« Er machte eine beschwichtigende Geste. »Ich war wohl nicht besonders feinfühlig, entschuldigen Sie. Wir fangen einfach noch einmal von vorne an.«

Er fasste mich an den Schultern und dirigierte mich zu dem niedrigen Stuhl zurück. »Wir bringen einfach eine andere Artikelserie. Ihre Bekanntheit allein wird schon ausreichen, um die Auflage zu erhöhen.«

»Oder potenzielle Leser zu vergraulen.«

Jäger stieß ein übertriebenes Lachen aus, das einem Wiehern glich. »Sie sind witzig, das gefällt mir. Wir planen einige Miniserien zu verschiedenen Themen, ein Artikel pro Woche, jeweils einen Monat lang. Sie würden unseren Lesern doch bestimmt gern aus dem Bereich Sexualität berichten. Man liest ja momentan ständig von diesen SM-Dingen, und im Fernsehen läuft zu jeder Tageszeit Werbung für Sexspielzeug.«

»Und was sind die anderen Themen?« Schlimmer konnte es nach dem ersten Vorschlag kaum werden.

»Ostfriesland hat so viele interessante Persönlichkeiten zu bieten, die oftmals nicht die ihnen gebührende Aufmerksamkeit erhalten, dass wir diesen Umstand ändern wollen. Wir möchten jede Woche eine andere Person vorstellen. Aus welchen Bereichen die kommen, können Sie entscheiden. Hauptsache, sie haben eine Geschichte zu erzählen.«

Ich konnte mir zusammenreimen, worauf er hinauswollte, schließlich galt der Ostfriesland-Reporter als Sensationsblatt schlechthin. »Lassen Sie mich raten. Diese Geschichten über ›interessante Persönlichkeiten‹ sollen möglichst aufsehenerregend sein?« Mir lag das Wort »reißerisch« auf der Zunge, aber da es sich hier sozusagen um ein Bewerbungsgespräch handelte, mäßigte ich meine Wortwahl.

Jäger legte den Kopf schief. »Schaden kann es jedenfalls nicht.«

»Was bezahlen Sie denn?«

»Bezahlen?« Er räusperte sich krampfhaft. »Sie wollen für diese Miniserie Geld sehen?«

»Werden Sie etwa nicht bezahlt?«

»Schon. Ich dachte nur, weil Sie ja gerade Ihr neues Buch veröffentlicht haben, ist diese klitzekleine Serie doch Werbung für Sie.«

»Und Arbeit. Also?«

Er machte mir ein Angebot, das ich nicht ablehnen konnte. Nicht weil es so verlockend war, sondern weil ich meine Miete bezahlen musste.

Jäger wischte sich einige Schweißtropfen von der Stirn. »Dann hätten wir das ja geklärt, Frau Vogel. Wenn Sie mir den ersten Artikel bis Donnerstag liefern, finden Sie ihn in der Wochenendausgabe am Samstag.«

»Und ich kann mit einer bekannten Person meiner Wahl beginnen?«

»Sie haben freie Hand. Es sollte sich nur um jemanden handeln, der in Ostfriesland und darüber hinaus bekannt ist.«

»Wird erledigt. Der Artikel liegt spätestens Donnerstag auf Ihrem Schreibtisch.«

Und ich wusste schon, wer mein erstes Opfer sein würde.

## 3

Wer glaubt, dass Künstler erst nach ihrem Tod reich und berühmt werden, kennt meine Cousine Alexa nicht. Mit Mitte dreißig kann sie bereits von ihrer Kunst leben und hat nebenbei am Aufbau des Kontaktzentrums mitgewirkt, das vor einem knappen Jahr in Aurich eröffnet wurde. Hier betreut sie vorwiegend die Gruppe der ehemaligen Strafgefangenen.

Das Kontaktzentrum befindet sich in einem Stadthaus aus rotem Backstein in der Wallstraße, einer Nebenstraße der Fußgängerzone. Alexa, die eigentlich in Greetsiel wohnt, verbringt hier so viel Zeit, dass sie sich im Erdgeschoss ein Atelier eingerichtet hat, um ihren Eingebungen jederzeit nachgehen zu können, wenn die Muse sie küsst.

Ich durchschritt den Eingangsbereich, klopfte an die Tür zu Alexas Arbeitszimmer und öffnete sie, ohne auf eine Antwort zu warten. Es roch nach Ölfarben, Alexa stand mit dem Rücken zu mir vor der Staffelei und arbeitete an einem Gemälde. Sie erwiderte meine Begrüßung, ohne den Blick von ihrer Arbeit zu lösen. Ihre schwarzen Haare waren am Hinterkopf zu einem Knoten gedreht, den sie mit einem eingesteckten Pinsel fixiert hatte.

Mein Blick glitt über ihre Schulter zur Leinwand. Das Bild zeigte einen bulligen nackten Glatzkopf, dessen Geschlechtsteil von einem Feigenblatt bedeckt wurde. Ich sah an der Leinwand vorbei und entdeckte Henry, einen der ehemaligen Strafgefangenen, den Alexa unter ihre Fittiche genommen hatte. Er stand für dieses Bild Modell.

Nackt. Ohne Feigenblatt.

»Himmel!«, entfuhr es mir.

»Tu nicht so, als hättest du noch nie einen nackten Mann gesehen.« Alexa tupfte etwas Farbe auf ihren Pinsel und fügte eine Schattierung auf dem Gemälde hinzu.

»Moin!«, grüßte Henry freudestrahlend. Dass ich seinen Schwengel direkt im Visier hatte, schien ihn nicht zu stören.

»Warum trägt Henry kein Feigenblatt wie auf dem Gemälde?«

»Er hat immer so einen entspannten Gesichtsausdruck, wenn er sich völlig frei macht. So ist es für uns beide einfacher, schließlich beschäftige ich mich erst seit Kurzem mit der Aktmalerei.«

Von Entspannung war *ich* meilenweit entfernt. Natürlich habe ich gegen den Anblick eines nackten Mannes grundsätzlich nichts einzuwenden, aber einen zweiten Blick auf Henry musste ich nicht unbedingt riskieren. Ich bewunderte also die Bücher in Alexas Regal und tat so, als verstünde ich irgendetwas von dem, was die Buchrücken anpriesen. Wer wusste schon, wodurch Impressionismus und Expressionismus sich unterschieden? Ein paar unterschiedliche Buchstaben, sonst nichts.

Henry war Alexas Muse. Nicht mehr und nicht weniger, das hatte sie geschworen. Allerdings hatte sie auch geschworen, niemals Alkohol zu trinken, und vor nicht allzu langer Zeit hatte ich sie mit einem heftigen Kater erlebt.

»Ich kann gern später wiederkommen«, sagte ich.

»Nicht nötig, wir sind für heute fertig.« Alexa stellte ihre benutzten Gerätschaften in ein Glas mit klarer Flüssigkeit, die sich daraufhin grau verfärbte, zog den Pinsel aus ihrem Haarknoten und schüttelte ihr Haar.

Henry verschwand mit seinem Pinsel hinter einem weißen Paravent. Eigentlich unnötig, es gab ohnehin nichts mehr zu verbergen, er hätte sich auch gleich vor unseren Augen anziehen können.

Nachdem er in seine Klamotten gehüpft war, verabschiedete er sich mit einem Wangenküsschen von Alexa und ging seiner Wege.

»Warum auf einmal Aktmalerei?«, fragte ich.

Alexa wischte sich die Hände an einem farbbekleckšten

Tuch ab. »Hör bloß auf, eigentlich ist das gar nicht mein Ding, aber es ist die einzige Möglichkeit für mich, Henry nackt zu sehen, ohne ihm dabei zu nahe zu kommen.«

»Ist das nicht ein bisschen albern? Ich bin mir ziemlich sicher, dass er auch auf dich steht.«

Alexa seufzte. »Das ist ja das Problem. Eine Muse bringt nur dann etwas, wenn sie unerreichbar ist und es auch bleibt. Sobald man seinen Gelüsten nachgibt, war's das mit der Inspiration.«

Zum Glück hatte ich diese Probleme als Schriftstellerin nicht. Zwar stellte ich es mir gelegentlich ganz hilfreich vor, eine solche Inspirationsquelle zu haben, aber es hörte sich zugleich nach einer Menge Drama an, und dafür bin ich nicht der Typ. Überdies war ich seit einem halben Jahr in festen Händen.

Phil Winter, dem diese Hände gehörten, rangierte auf der Liste der wichtigsten Männer in meinem Leben auf einem soliden zweiten Platz gleich hinter meinem Kater O'Malley. Phil lebte in München, aber wir besuchten uns, so oft es ging und wann immer sein Job als Polizist es zuließ. Wie genau es mit uns weitergehen würde, wussten wir noch nicht. Ich war mir sicher, nicht für das Leben in den Bergen geschaffen zu sein, und Phil befürchtete, auf dem platten Land langfristig einen Koller zu kriegen.

»Aber du bist sicher nicht hier, um mit mir über mein nicht vorhandenes Liebesleben zu sprechen«, sagte Alexa. »Also, was führt dich zu mir, Cousinchen?«

Ich berichtete ihr zunächst von Hans Lemkes Zusammenbruch und schlug dann einen Bogen zu meinem Anliegen. »So bin ich beim Ostfriesland-Reporter gelandet und schreibe jetzt eine Artikelserie über Ostfrieslands Persönlichkeiten.«

»Wen hast du für deinen ersten Artikel im Sinn?«

»Dich natürlich. Du bist doch Ostfrieslands berühmteste Künstlerin.« Und die einzige, die ich kannte, aber das behielt ich für mich.

»Schätzchen, wenn du über eine wirklich bedeutende

hiesige Künstlerin schreiben willst, solltest du mit Violetta Kalski anfangen.«

»Nie gehört.«

»Sie ist so ziemlich das Beste, was unsere Kunstszene jemals hervorgebracht hat.« Alexa deutete auf ein gerahmtes Bild an der Wand zu ihrer Linken. »Das Gemälde von Violetta Kalskis Arbeitszimmer hat mich ein Vermögen gekostet. Das hier ist allerdings nur ein Kunstdruck, das Original hängt in meinem Atelier in Greetsiel.«

Das Gemälde sah nett aus, aber warum Alexa so einen Wirbel darum machte, erschloss sich mir nicht. Wahrscheinlich fehlte mir einfach der entsprechende Kunstsinn. Ich sah nur ein Zimmer mit Holzdielen, links, rechts und geradeaus jeweils eine Tür, in dem sich bis auf einen Tisch mit zwei Holzstühlen nur eine Staffelei befand. Das Gemälde musste von der Fensterseite aus gemalt worden sein, denn aus dem Blickwinkel des Betrachters fiel Tageslicht in den Raum. Auf der Staffelei war ebendieser Anblick, der sich mir gerade bot, auf die Leinwand gebannt worden. Sozusagen ein Bild im Bild. Ich trat einen Schritt näher heran, um die Signatur zu entziffern, und stellte fest, dass das Gemälde vor dreiundvierzig Jahren entstanden war.

»Wie alt ist Violetta Kalski jetzt?«, fragte ich.

Alexa überlegte kurz. »In ihren Achtzigern.«

»Ich glaube nicht, dass sie zu den Persönlichkeiten gehört, die mein neuer Chef im Sinn hatte. Du kennst ja den Ostfriesland-Reporter, je reißerischer, desto besser. Darum wollte ich über deine Arbeit mit den Knastbrüdern schreiben.«

»Reißerisch ist das geringste Problem«, sagte Alexa. »Wenn ein Leben tragisch verlaufen ist, dann das von Violetta Kalski. Ihr Sohn wird seit vierzig Jahren vermisst. Ohne die geringste Spur.«

Ich horchte auf. »Das hört sich allerdings nach einer interessanten Geschichte an. Gibt es eine Vermutung, was mit ihm passiert sein könnte?«

»Er war ein Lebemann und Frauenheld, alle Welt geht davon aus, dass er sich ins Ausland abgesetzt hat. Davon hatte er wohl schon länger gesprochen. Nur seine Mutter will bis heute nichts davon hören.«

»Sie wohnt nicht zufällig hier in Aurich, oder? Dann könnte ich ihr gleich mal einen spontanen Besuch abstatten.« Ich kannte mich und meine Arbeitsweise. Ich bin eine Meisterin darin, Dinge aufzuschieben. Steuererklärung? Da räume ich doch lieber die Wohnung auf. Wohnung aufräumen? Erst mal die alten Zeitschriften durchsehen, ob ich etwas Wichtiges überlesen habe. Ein Teufelskreis. Wenn ich nicht so schnell wie möglich mit der Artikelserie begann, würde ich am Ende wieder unnötig unter Zeitdruck stehen.

Alexa dachte kurz nach. »Sie hat tatsächlich eine Villa hier in Aurich, in der Graf-Enno-Straße. Aber soweit ich weiß, lebt sie seit zwei oder drei Jahren in der großen Seniorenresidenz in Norddeich. Du weißt schon, dort, wo die ganzen Promis ihren Lebensabend verbringen. Die Nordsee liegt sozusagen in ihrem Garten.« Sie bekam einen schwärmerischen Gesichtsausdruck, der jedoch nicht der Nordsee galt. »Ich wollte sie immer schon mal kennenlernen, aber sie hat sich schon vor Jahren aus der Öffentlichkeit zurückgezogen. Es gab einfach nie den passenden Anlass, um ihr einen Besuch abzustatten.«

»Heißt das, du willst mich begleiten?«

»Natürlich. Diese Gelegenheit lasse ich mir doch nicht entgehen.«

In Gedanken überschlug ich meine Planungen für den heutigen Tag. Nach Norddeich brauchten wir pro Strecke ungefähr eine halbe Stunde. Ich konnte es also noch locker abends zu meinen Eltern schaffen, um mit ihnen über Hans Lemkes Zusammenbruch zu sprechen.

Alexa hatte unterdessen ihre Handtasche gepackt und war zum Aufbruch bereit. »Ich bin fertig, meinetwegen können wir gleich losfahren. Oder willst du dich noch weiter an Henrys Anblick auf der Leinwand ergötzen?«

Die »Residenz am Meer« war nur durch den Deich von der Nordsee getrennt, ein weißes, L-förmiges Gebäude mit rotem Ziegeldach und unzähligen Fenstern erstreckte sich vor uns. Alexa und ich passierten auf unserem Weg zum Eingang einen imposanten Springbrunnen vor dem Gebäude und fanden uns kurz darauf in einer Eingangshalle wieder, die nicht im Mindesten an ein Altersheim erinnerte, eher an eine Hotellobby.

Eine schlanke Blondine mit hohem Pferdeschwanz und Blazer über der weißen Bluse stand hinter einem Tresen und lächelte uns verbindlich entgegen. »Guten Morgen. Was kann ich für Sie tun?«

»Wir möchten zu Violetta Kalski«, sagte Alexa.

»Sind Sie angemeldet?«

Ich warf Alexa einen Blick zu. Daran hätten wir denken sollen. Natürlich lebten in der »Residenz am Meer« keine Normalsterblichen, da ließ man nicht jeden x-beliebigen Besucher ohne Anmeldung herein.

Alexa lächelte einnehmend und stellte uns vor. »Leider sind wir nicht angemeldet, aber ich bin Künstlerin wie Frau Kalski und möchte sie sozusagen berufsbedingt sprechen.« Sie legte eine ihrer Visitenkarten auf den Tresen.

»Ich frage nach, ob sie Sie empfangen möchte. Einen Moment bitte.« Die Blondine schlug ein Telefonregister unter »K« auf und fuhr mit dem Finger suchend über die Namensliste. Sie wählte eine Nummer und teilte der Angerufenen unser Anliegen mit. »Frau Kalski empfängt Sie. Folgen Sie bitte diesem Flur bis zum Ende und biegen Sie dann links ab.« Sie wies nach rechts in einen breiten Gang. »Es ist die dritte Tür hinter dem Salon, unserem Gesellschaftszimmer. Nummer hundertachtzehn.«

Wir setzten uns in Bewegung. Ich hatte noch nie in meinem Leben ein Altersheim von innen gesehen, aber ich war mir sicher, dass dieses nicht der Norm entsprach. An den strahlend weißen Wänden hingen Bilder von Künstlern, deren Namen Alexa mir im Vorbeigehen zuraunte, edle Sitzmöbel boten in regelmäßigen Abständen Gelegenheit zum Ausruhen, und die Zimmertüren verfügten über Spione, unter denen sich messingfarbene Türklopfer befanden.

»Hier könnte ich es aushalten«, sagte ich zu Alexa. »Vielleicht sollte ich die Augen nach einem einsamen Witwer offen halten.«

»Du hast doch Phil. Und außerdem sind hier keine Haustiere erlaubt, was wird dann aus O'Malley?«

Und sofort zerplatzte der Traum wieder. Auf meinen Kater würde ich für nichts und niemanden verzichten. Er kennt mich in so vielen beklagenswerten Zuständen wie kein Mensch auf dieser Welt. Allein die Tatsache, dass er sich jeden Morgen freut, mich zu sehen, rechne ich ihm hoch an, denn ich biete nach dem Aufstehen wirklich keinen schönen Anblick.

Wir schritten am Salon vorbei, vor der Tür zu Zimmer hundertachtzehn blieben wir stehen.

»Himmel, bin ich aufgeregt!« Alexa atmete tief durch, um sich zu beruhigen, aber sie konnte kaum stillstehen. »Darf ich bitte klopfen?«

»Tu dir keinen Zwang an.«

Mit zittrigen Fingern betätigte sie den Klopfer. Als hätte sie etwas gestochen, zuckte sie zurück. »Oh mein Gott, ich habe an Violetta Kalskis Tür geklopft.«

»Starke Leistung.«

Hinter der Tür regte sich nichts. Zumindest nichts, was wir hier draußen hätten hören können. Sie wirkte so schwer und massiv, dass sie wahrscheinlich alle Geräusche schluckte, die sich dahinter abspielten.

Nach einer halben Minute wurde die Tür geöffnet, und wir standen einer hochgewachsenen, schlanken Frau gegenüber, die uns mit missbilligendem Blick musterte. Ihre Haare waren zu einem strengen Dutt zusammengebunden, und ihre aufrechte Körperhaltung erinnerte an eine Ballettlehrerin. Dieser Eindruck wurde noch dadurch verstärkt, dass sie einen schwarzen Rollkragenpulli trug, der eng an ihrem Oberkörper anlag. Ich konnte dem Impuls, einen Knicks zu machen, gerade noch widerstehen.

»Violetta Kalski«, hauchte Alexa.

»Alexa«, stellte Violetta Kalski nüchtern fest. »Treten Sie ein.« Sie wies in das Innere ihrer Wohnung, und wir folgten ihrem Wink.

»Sie kennen mich?« Alexa legte sich die Hand aufs Herz.

»Ich verfolge Ihre Arbeit seit Jahren. Besonders Ihre jüngsten Werke gefallen mir.«

Alexa verfügt über eine bemerkenswerte Selbstbeherrschung. Sie wird nicht laut, bekommt keine unschönen Hautrötungen, wenn sie aufgeregt ist, und ich glaube, sie kann sogar ihre Transpiration kontrollieren. Bei diesen Worten lief ihr Gesicht jedoch rosa an.

Violetta Kalski deutete auf eine Sitzgruppe unterhalb eines Fensters. »Setzen Sie sich bitte. Frau Grevers vom Empfang sagte, Sie möchten mich beruflich sprechen?«

Das war mein Stichwort. »Genau genommen möchte *ich* Sie sprechen. Oder besser: interviewen. Ich arbeite als Gastautorin für den Ostfriesland-Reporter und schreibe derzeit eine Artikelserie über Ostfrieslands Persönlichkeiten.«

»Und Sie sind?« Die Künstlerin zog die Augenbrauen hoch und sah mich abschätzend an. »Ihr Name ist leider nicht hängen geblieben.«

»Eleonore Vogel«, sagte ich, in der Hoffnung, dass mein vollständiger Name mir mehr Autorität verleihen würde.

»Vogel? Soso. Und da dachten Sie sich, Sie fahren mal zur Kalski ins Altersheim und sehen ihr beim Sterben zu.«

»Nein, ich wollte doch nur –«

»Schon in Ordnung.« Sie winkte ab.

»Warum leben Sie in dieser Residenz?«, fragte ich. »Sie wirken auf mich nicht so, als bräuchten Sie Hilfe.«

Violetta Kalski presste die Lippen zu einem schmalen Strich zusammen. »Ich leide unter schwerer Arthrose und bin nicht mehr in der Lage, meinen Haushalt selbst zu führen. Ich kann nicht einmal mehr einen Pinsel halten.« Ein bitterer Zug legte sich um ihren Mund, als sie ihre Hände hob, deren Finger krallenartig gekrümmt und verformt waren.

»Oh. Das tut mir leid. Haben Sie Ihr Haus verkauft?«, fragte Alexa.

»Nein, aber ich werde nicht dorthin zurückkehren. Die Erinnerung ist zu schmerzlich.«

»Die Erinnerung an Ihren Sohn?«, fragte ich.

Alexa machte auf ihrem Sessel wilde Gesten, die mir sagen sollten, dass Violetta Kalski sich mit dem Kommentar wohl eher auf ihre aktive Künstlerzeit bezogen hatte, aber es war zu spät, die Frage war schon rausgeflutscht.

»Sind Sie hierhergekommen, um mich über meinen Sohn auszufragen? Dann können Sie gleich wieder gehen.«

»Nein, entschuldigen Sie bitte.« Wie sollte ich da nur wieder rauskommen? Politiker hatten es leichter. Sie distanzierten sich einfach von ihrer Aussage, und die Sache war gegessen. »Fangen wir noch mal von vorne an.« Ich atmete tief durch und sortierte meine Gedanken. »Es geht in meiner Artikelserie um die Erfolgsgeschichten berühmter Ostfriesen und was diese Personen heute machen.«

Violetta Kalski schien besänftigt. Sie ließ sich zu ein paar Sätzen über ihre frühen Jahre hinreißen. Schon im Teenageralter hatte sie sich mit der Malerei beschäftigt, in ihren Zwanzigern war ihr der große Durchbruch gelungen. Sie führte ein ausschweifendes Leben, sowohl in Aurich wie auch in ihrer zweiten Heimat Hamburg, und unterhielt Kontakte zu vielen Prominenten, von denen nicht wenige aus dem Rotlichtviertel rund um die Reeperbahn stammten. Die Nachkommen einiger dieser Nachtclubbonzen waren noch heute im Besitz ihrer Bilder.

Sie gab nicht viel über ihr Privatleben preis. Zwar boten mir ihre Kontakte zum Rotlichtmilieu einiges, um einen Artikel ganz in Martin Jägers Sinn zu schreiben, aber die wirklich interessante Story lag im Verschwinden ihres Sohnes Andreas.

Ich beschloss, mich langsam heranzutasten. »Haben Sie jemals geheiratet?«

»Ich war mit meiner Kunst verheiratet.«

»Es gab keinen Lebensgefährten?«

Violetta Kalski verdrehte die Augen und stieß ein theatralisches Seufzen aus. »Ich weiß, worauf Sie hinauswollen. Also gut, Sie können mir eine Frage über Andreas stellen. Eine einzige.«

»Es heißt, dass Sie nicht glauben, Ihr Sohn habe sich ins Ausland abgesetzt. Was ist Ihrer Meinung nach mit ihm passiert?«

»Er ist tot.«

»Warum glauben Sie das?«

»Sie haben Ihre Frage gestellt.«

»Das stimmt. Wenn Sie mir jedoch erlauben würden, diesen Aspekt in meinem Artikel aufzugreifen, könnten Sie dadurch Ihre Version der Geschichte verbreiten.« Mir wurde bewusst, dass ich mich fast wie Martin Jäger anhörte, und ich schwieg betroffen.

»Bitte gehen Sie jetzt.« Violetta Kalskis Gesicht war verschlossen, mit einer unwirschen Handbewegung deutete sie zur Tür.

»Aber wir haben noch gar nicht über die weiteren Punkte des Artikels gesprochen.«

»Ich habe es mir anders überlegt, es wird keinen Artikel geben.« Sie sagte das so bestimmt, dass ich mich nicht traute, etwas zu erwidern.

Mit Alexa im Schlepptau schlich ich zur Tür und trat auf den Flur. Die Wohnungstür knallte hinter uns ins Schloss, was angesichts der Tatsache, dass sie überaus schwer und die Künstlerin unglaublich zerbrechlich wirkte, eine reife Leistung war.

»Tut mir leid«, sagte ich zu Alexa.

Meine Cousine starrte geistesabwesend zur Tür. »Sie kennt mich. Sie kennt meinen Namen und meine Kunst. Ist das nicht großartig?«

»Dir ist aber schon aufgefallen, dass sie uns gerade rausgeschmissen hat, oder?«

»Du bist aber auch wirklich keine angenehme Interviewpartnerin. Meinst du echt, dass das der richtige Job für dich ist?«

»Das wirst du mir bald sagen können, du bist nämlich soeben zur Hauptperson meines Artikels befördert worden. Der erste Gedanke ist eben doch der beste.«

## 4

Das Haus meiner Eltern liegt in Ostgroßefehn, und zwar direkt am Fehnkanal, unweit einer der typischen weißen Klappbrücken. Ich parkte meinen altersschwachen Golf auf der Auffahrt und stiefelte zur Haustür, wobei ich mir das Hirn zermarterte, wie ich meiner Mutter die Nachricht von Hans Lemkes Zusammenbruch möglichst schonend beibringen konnte. Die beiden kannten sich seit ihrer Jugend und hatten es geschafft, ihre Freundschaft auch nach der Schulzeit während ihres Erwachsenenlebens aufrechtzuerhalten, daher war es für meine Mutter selbstverständlich, dass nur er die Trauung vornehmen durfte.

Die Tür schwang auf, bevor ich den Klingelknopf drücken konnte.

»Komm rein, Eleonore. Schön, dass du da bist.«

Ich folgte meiner Mutter in die Küche. Sie ließ sich ermattet auf einen Stuhl plumpsen, und ich setzte mich ihr gegenüber an den Esstisch. Ich wollte gerade mit der Neuigkeit rausplatzen, als sie mich unterbrach.

»Ich habe schon gehört, was passiert ist. Hans und ich waren heute Mittag verabredet. Ich habe eine ganze Zeit im Café gesessen und auf ihn gewartet, ehe er mich schließlich anrief und mir von seinem Herzanfall erzählte.«

»Dann geht es ihm wieder besser?«

»Den Umständen entsprechend. Er hat seit Langem Herzprobleme, das war nicht sein erster Kollaps. In ein paar Tagen ist er wieder auf den Beinen.«

»Also findet eure Hochzeit wie geplant statt?«

Sie seufzte. »Das tut sie.«

Ich musterte meine Mutter, die so gar nicht der Vorstellung entsprach, die ich von einer vorfreudigen Braut hatte. Ihre Bewegungen wirkten fahrig, und auf ihren Wangen hatten sich rote Flecken gebildet. Ihr brauner Fransenschnitt schien jegliche Spannkraft verloren zu haben, schlaff und kraftlos hingen ihr die Strähnen in die Stirn.

»Freust du dich gar nicht darauf?«, fragte ich vorsichtig.

»Doch, schon. Irgendwie.« Sie mied meinen Blick. »Aber meine Vorfreude wird gerade ganz schön auf die Probe gestellt.«

»Inwiefern?«

»Ach, in letzter Zeit habe ich dauernd Pech. Ständig fällt mir was runter, oder ich stoße mich. Größere Dinge gehen oft von ganz allein kaputt.« Sie zuckte hilflos mit den Schultern.

Ich erinnerte mich, dass sie mir vor einigen Wochen schon mal von ihrer derzeitigen Pechsträhne erzählt hatte. Missgeschicke, die meist glimpflich endeten. »Du bist sicher nur nervös.«

»Möglich. Aber es sind auch Dinge, die ich nicht beeinflussen kann. Als ich zum Beispiel gestern Morgen zur Arbeit fahren wollte, ist mir vor der Haustür fast ein loser Dachziegel auf den Kopf gefallen, ich konnte gerade noch zur Seite springen. Auf der Rückfahrt abends habe ich mich gewundert, dass das Auto so komisch fährt. Zu Hause habe ich dann mehrere Schrauben in den Hinterreifen entdeckt, und zwar an beiden Seiten. Ist das nicht seltsam? Und das war ja nicht das erste Mal. Schon im Dezember mussten wir einen Reifen wechseln lassen, weil eine Schraube drinsteckte. Das sind keine guten Vorzeichen für die Hochzeit.«

»Diese Vorfälle haben wohl kaum etwas mit der Hochzeit zu tun. Du hattest außerdem jedes Mal Glück im Unglück, das ist doch ein gutes Zeichen.« Als derzeit einziges von drei Kindern meiner Eltern vor Ort – meine Schwester Victoria lebt in Frankfurt und mein Bruder Michael hat sich mit seiner Modelfrau und den beiden gemeinsamen Töchtern in der Schweiz niedergelassen – bestand meine Aufgabe als jüngste Tochter darin, meine Eltern in sämtlichen Hochzeitsangelegenheiten zu unterstützen, bis meine Geschwister ankamen.

Diesen Job nahm ich ernst, auch wenn ich mit dem ganzen Hochzeitstrubel nicht viel am Hut hatte.

»Dann würde mich nur mal interessieren, warum diese Dinge erst seit der Verlobung passieren. Aber lassen wir das. Was für ein Kleid hast du dir eigentlich für die Hochzeit besorgt, Eleonore?«

»Zur standesamtlichen Trauung ziehe ich mein kleines Schwarzes an.« Ich hatte es mir schon vor Jahren gekauft, zu deutlich schlankeren Zeiten. Damals musste ich es noch enger nähen lassen, diese Nähte hatte ich inzwischen wieder aufgetrennt. Wenn ich meine Atmung während der Trauung auf das Nötigste beschränkte, müsste es passen. Ich hatte versucht, die acht Kilo, die ich seit meiner Rauchentwöhnung zugenommen hatte, wieder loszuwerden, und jetzt, einige Monate später, fehlten mir noch elf Kilo bis zu diesem Ziel.

»Und wie sieht dein Kleid für die große Saalfeier aus?«

Tja, gute Frage, denn ehrlich gesagt besaß ich ein solches Kleid bislang nur in meiner Phantasie. »Es ist grau ... oder eher blau. Graublau.«

»Sehr schön. Was für Ärmel?« Sie blickte mich mit leuchtenden Augen an, und mein schlechtes Gewissen meldete sich.

»Mittel.«

»Und die Länge?«

»Auch.«

Ein leises Lächeln umspielte ihre Mundwinkel. »Ich freue mich schon auf meine herausgeputzten Kinder, schließlich ist das auch euer großer Auftritt.«

Auf den ich mich ungefähr so sehr freute wie auf eine Wurzelbehandlung beim Zahnarzt. In meiner derzeitigen Form taugte ich höchstens als schlechtes Beispiel für einen Vorher-Nachher-Vergleich, wie sie häufig auf Plakaten vor Fitnessstudios zu finden sind. Neben meiner Schwester, die ihre Feierabende in der Muckibude verstrampelt, und der Modelfrau meines Bruders würde ich wie ein Ork im Abendkleid rüberkommen.

»Ich habe übrigens einen neuen Job«, sagte ich, um vom Kleiderthema abzulenken, und erzählte ihr, wie es dazu gekommen war. »Mein erster Artikel handelt von Alexa. Eigentlich wollte ich zunächst über Violetta Kalski schreiben, aber daraus wird leider nichts. Sie war mal eine ganz große Nummer in der Kunstszene. Kennst du sie?«

Meine Mutter stand auf, nahm einen Lappen aus der Spüle und wischte damit einen Kaffeefleck vom Tisch. »Keine Ahnung, ich glaube nicht.«

»Ihr Sohn Andreas ist vor vierzig Jahren spurlos verschwunden, die Sache hat wohl ziemliches Aufsehen erregt und war längere Zeit in den Medien.«

»Wirklich? Daran kann ich mich gar nicht erinnern. Alexa ist bestimmt sowieso die bessere Wahl, sie ist jung und modern, das wird deine Leser sicherlich mehr interessieren als eine alte Frau, die vor Jahrzehnten mal bekannt war. Wie geht es eigentlich Phil? Ich hoffe, es bleibt dabei, dass er für die Hochzeit Urlaub nehmen kann.«

»Keine Sorge, das klappt. Er kommt am Freitag an und bleibt für drei Wochen.«

»Wohnt er in der Zeit bei dir?«

»Nein, er nimmt sich eine Ferienwohnung in Tannenhausen am Badesee.«

Ich hatte Phil angeboten, die drei Wochen bei mir zu verbringen, doch meine Erleichterung, als er diesen Vorschlag ablehnte, kann ich kaum in Worte fassen. Ich mochte ihn wirklich sehr, liebte ihn vielleicht sogar, aber die Vorstellung, rund um die Uhr mit ihm zusammen zu sein, versetzte mich in Panik. Phil ist echt ein toller Typ – mit einigen Eigenarten, von denen ich nicht weiß, ob ich damit leben kann. Bei meinem letzten Besuch in München habe ich ihn zum Beispiel dabei beobachtet, wie er seine Schokoriegel in den Kühlschrank legte. Das macht man doch nicht! Seitdem fragte ich mich, welche dunklen Seiten er noch vor mir verbarg.

Ich sah auf die Uhr und erschrak, ich musste dringend nach

Hause. Außer einem Telefonat mit dem wahrscheinlich heißesten Polizisten der Welt wartete schließlich noch ein anderes männliches Geschöpf auf mich. Ein hungriges. Und wenn es nichts zu fressen bekam, wurde es unausstehlich.

O'Malley erwartete mich bereits, als ich aus dem Auto stieg. Er saß auf der Fußmatte vor meiner Wohnungstür, zwischen seinen Pfoten lag eine tote Ratte. Ich nahm die Schaufel, die griffbereit neben dem Eingang lehnte, und entsorgte den Langschwanz in der Biotonne meines Nachbarn, der mich nachts gern mit seiner Dolby-Anlage beschallt. Es lohnte sich nicht, die Schaufel wieder in den kleinen Geräteraum zurückzustellen, da O'Malley mir mindestens jeden zweiten Tag eine Ratte brachte. Fand er keine, brachte er zum Ausgleich drei Mäuse.

Das Haus, in dem ich lebe, steht in Aurichs Multikulti-Viertel und ist in vier Wohneinheiten unterteilt. Meine Wohnung liegt im Erdgeschoss, sie hat nur ein Wohnzimmer, eine Küche, ein Schlafzimmer und ein Badezimmer zu bieten, außerdem einen winzigen Garten. Für mich reicht es. Und für O'Malley sowieso. Er braucht nicht viel Platz für Kratzbäume und Spielzeug, am glücklichsten ist er, wenn ich ihm ein Loch in einen Pappkarton schneide.

In seltenen Fällen wohne ich in Alexas Gästezimmer in Greetsiel, aber das passiert nur, wenn ich frisch getrennt bin oder mich mit durchgeknallten Mördern anlege, und auf beides konnte ich momentan gut verzichten.

Nachdem ich O'Malley gefüttert hatte, setzte ich mich aufs Sofa und startete meinen Laptop, um mit dem Artikel über Alexa zu beginnen. Da das Geheimnis um Violetta Kalskis verschwundenen Sohn mich aber nach wie vor interessierte, gab ich zuerst ihren Namen in die Suchmaschine ein. Wenn ich auch keinen Artikel über sie schreiben durfte, so wollte ich doch wissen, mit wem ich es zu tun gehabt hatte. Ich las gerade den Wikipedia-Eintrag über sie, als mein Handy klingelte. Phils Name blinkte im Display auf, und ich nahm das Gespräch an.

»Wie geht es meiner Lieblingsautorin?«

»Befindet sich im Hochzeitsstress und versucht, die Braut davon abzuhalten, einen Rückzieher zu machen.« Ich berichtete ihm von Hans Lemke.

»Lass mich raten«, sagte Phil kurz vor Ende meiner Ausführungen. »Du hast ihm durch Mund-zu-Mund-Beatmung das Leben gerettet. Willst du mich eifersüchtig machen?«

»Ich habe ihn nicht beatmet. Eigentlich habe ich kaum etwas gemacht, weil der Krankenwagen so schnell da war.« Ich schnaubte, als mir der Auftritt von Dianas neuem Freund wieder einfiel. »Vielleicht hat der Clown ihm ja Glück gebracht.«

Phil stockte. »Was hat dich denn freiwillig in die Nähe eines Clowns verschlagen? Ich dachte, du hasst Clowns.«

»Aus tiefstem Herzen. Aber Diana hat sich in einen verliebt, Bruno heißt er. Und du kennst ja ihren Männergeschmack.«

»Hast du dich den ganzen Tag nur mit halb toten Standesbeamten und Clowns herumgeschlagen?«

»Nein, seit heute Nachmittag bin ich außerdem Gastautorin beim Ostfriesland-Reporter. Ich soll eine Artikelserie für die Samstagsausgabe schreiben.«

»Klingt nicht schlecht. Über welches Thema?«

»Wenn es nach Martin Jäger ginge, über meine liebsten Sexualpraktiken.«

»Die sind mir bekannt.« Seine Stimme wurde eine Nuance dunkler, und ich war mir sicher, dass er soeben sein typisches schiefes Lächeln aufgesetzt hatte. »Bei deiner weiterführenden Recherche kann ich dich aber gern unterstützen, sobald ich wieder im Lande bin.«

Ein Kribbeln breitete sich in meinem Körper aus, und ich hatte Mühe, den Gesprächsfaden wiederzufinden. »*Das* Thema habe ich abgelehnt. Ich schreibe jetzt über bekannte Persönlichkeiten der Region. Kennst du eine Violetta Kalski?«

»Nie gehört.«

»Sie war früher eine bekannte Künstlerin. Ich habe sie heute mit Alexa in einem Altersheim in Norddeich aufgesucht.«

»Warum schreibst du nicht einfach über Alexa? Sie ist doch auch Künstlerin.«

»Das mache ich, die Kalski hat mir nämlich eine Abfuhr erteilt. Dabei hätte sie wirklich gut gepasst. Du kennst ja den Ostfriesland-Reporter, da sind pikante Themen an der Tagesordnung. Und Violetta Kalski war früher nicht nur unglaublich attraktiv, sie hatte auch enge Kontakte zur Rotlichtszene in Hamburg. Ihren Sohn Andreas zog sie allein groß, keiner weiß, wer der Vater war. Mit Anfang zwanzig ist er von einem Tag auf den anderen spurlos verschwunden.«

»Gab es Hinweise auf ein Verbrechen?«

»Da gehen die Meinungen auseinander. Sie glaubt und glaubte wohl schon damals, dass ihr Sohn tot ist, aber die allgemeine Ansicht ist die, dass er sich ins Ausland abgesetzt hat. Davon ging wohl auch die Polizei aus, es wurden nämlich keine ausführlicheren Ermittlungen eingeleitet.«

»Soll ich mal bei meinen Kollegen in Aurich nachhaken, ob sich in dem Fall im Laufe der Jahre was ergeben hat? Meine Verbindungen sind immer noch sehr gut.«

»Danke, aber das ist nicht nötig. Schließlich schreibe ich nun doch nicht über sie.«

Während wir uns unterhielten, gab ich Andreas Kalskis Namen in die Suchmaschine ein. Alte Zeitungsberichte und Nachrichtenvideos tauchten auf, in sämtlichen Medien war über das Verschwinden des berühmten Künstlersohns berichtet worden. Mein Blick fiel auf ein Foto des Vermissten, und mein Herz setzte einen Schlag aus. Ich klickte auf das Bild, um es zu vergrößern.

Violetta Kalskis Sohn hatte große Ähnlichkeit mit einer Person, die ich kannte. Einer Person, die ebenfalls verschwunden war. Nur nicht vor vierzig Jahren, sondern erst vor ein paar Monaten.

»Elli, bist du noch dran?«

Ich räusperte mich, konnte das Kratzen aus meiner Stimme aber nicht vertreiben. »Entschuldige. Mir fällt da gerade was ein. Kannst du deine Auricher Kollegen bitte doch mal auf den Kalski-Fall ansetzen?«

»Woher der plötzliche Sinneswandel?«

»Ist nur so eine Idee.« Wie hypnotisiert starrte ich auf das Foto, das einen blonden Mann mit schulterlangem Haar und schokoladenbraunen Augen zeigte.

Wäre die Aufnahme aktuell gewesen, hätte Andreas Kalski der Zwillingsbruder von Sebastian Beck sein können.

# 5

Das Klingeln meines Handys riss mich aus dem Schlaf. Ein Blick auf das Display sagte mir erstens, dass Diana anrief, und zweitens, dass es schon kurz nach zehn war. Ich hatte die halbe Nacht vor dem PC verbracht und über Andreas Kalski recherchiert; die Ähnlichkeit zwischen ihm und meinem früheren Schwarm Sebastian hatte mich in einen Zustand mittelschwerer Besessenheit versetzt.

»Du musst unbedingt sofort zum Marktplatz kommen«, sagte Diana ohne eine Begrüßung.

»Ist was passiert?«

»Bruno hat gleich einen Auftritt. Bist du dabei?«

»Ich fürchte, ich habe keine Zeit. Ich muss noch die Wohnung aufräumen.«

»Als ob du das freiwillig machen würdest. Ich warte hier am Kugelbrunnen auf dich. Wenn du dich beeilst, schaffst du es noch pünktlich zur Vorstellung. Bring etwas Kleingeld mit für Brunos Sammeldose. Die Touris werfen eher was ein, wenn schon jemand den Anfang gemacht hat.«

Beim Gedanken, mir erneut den Auftritt ihres Clowns anzusehen, hätte ich mir auch am liebsten etwas eingeworfen. Ich beendete das Gespräch und schrieb Alexa eine Nachricht, in der ich sie aufforderte, ebenfalls zum Kugelbrunnen zu kommen, da ich bei Brunos Show ihren seelischen Beistand brauchte. Als Antwort schickte sie mir die Emojis der drei Affen, die sich Augen, Ohren und den Mund zuhielten.

Genau das war auch mein Gedanke. Aber ich kam aus der Nummer nicht raus, und ich kannte Alexa. Sie würde mich nicht hängen lassen.

Alexa saß bereits am Kugelbrunnen, als ich dort eintraf. Wie es aussah, war sie aus dem Kontaktzentrum herübermarschiert, und ihre vor Aufregung geröteten Wangen und glänzenden Augen verrieten mir, dass sie sich dort wieder mit Henry getroffen hatte.

Ich setzte mich neben sie auf die Stufe und sah kopfschüttelnd zu Diana, die wie ein verliebter Teenager um den überfordert wirkenden Bruno herumwuselte.

»Wenn man ihn sich so ansieht, möchte man kaum glauben, dass ausgerechnet dieses Erbgut das Gewinnerspermium war, oder?«

»Vielleicht bist du voreingenommen, weil er ein Clown ist. Ich habe ihn schon häufiger hier in der Fußgängerzone getroffen, eigentlich ist er ganz nett.«

»Hast du ihn schon mal ohne die ganze Schminke gesehen? Ich kenne ihn nur in seinem Clownskostüm.«

»Ich kenne ihn auch nur als Clown. Glaube ich zumindest. Vielleicht ist er mir schon mal ungeschminkt über den Weg gelaufen, und ich habe ihn bloß nicht erkannt. Wie geht es denn mit deinem ersten Artikel für den Ostfriesland-Reporter voran? Komme ich gut dabei weg?«

»Das kannst du mir gleich selbst sagen.« Ich reichte ihr einen Ausdruck des Textes, den ich in der vergangenen Nacht noch in den Laptop gehämmert hatte.

»Schon fertig? Hast du letzte Nacht überhaupt geschlafen?« Alexa nahm die Seiten entgegen und las, was ich geschrieben hatte. Sie korrigierte drei Tippfehler und ergänzte zwei Sätze. »Wenn du das noch änderst, bin ich zufrieden.«

Ich rieb mir mit den Händen über das Gesicht. »Ich habe tatsächlich kaum geschlafen, zuerst war ich mit einer Internetrecherche beschäftigt, dann habe ich den Artikel geschrieben, um mich abzulenken.«

Alexa winkte ab. »Das Tückische an Internetrecherchen ist doch, dass man mit einem bestimmten Thema anfängt und irgendwann bei diesen süßen Katzenvideos landet. Geht mir immer so. Aber warum hast du denn noch extra über mich recherchiert?«

»Nicht über dich. Ich habe mich mit Andreas Kalski beschäftigt. Was weißt du über ihn?«

»Ich habe mich hauptsächlich mit der Arbeit seiner Mutter auseinandergesetzt, von ihm weiß ich nur, dass er ein Weiberheld gewesen sein soll.«

»Bei seinem Aussehen wundert mich das nicht.« Ich zog den Zeitungsartikel, den ich letzte Nacht während meiner Recherche ausgedruckt hatte, aus der Handtasche und deutete auf das darin abgebildete Foto. »Fällt dir was auf?«

Alexa erkannte sofort, worauf ich hinauswollte. »Auweia, der sieht ja genauso aus wie Sebastian.«

»Verstehst du jetzt, warum ich kein Auge zubekommen habe?«

Diana trabte zu uns herüber. »Meine Güte, ich sterbe fast vor Aufregung.«

»Warum? Du bist doch nicht diejenige, die auftreten muss«, sagte ich.

»Aber ich animiere das Publikum. Versprecht mir, dass ihr mitmacht, wenn ich euch dazu auffordere, ja?«

»Versprochen«, sagte Alexa.

Ehe ich einwenden konnte, dass ich für einen Clown definitiv kein derartiges Versprechen abgeben würde, huschte Diana davon, stellte einen kabellosen CD-Player auf den Boden und drückte die Play-Taste. Wieder mal der Ententanz.

Ein paar sonntägliche Spaziergänger blieben bei den ersten Klängen der Musik interessiert stehen, ein junges Pärchen, etwa in den Zwanzigern, gesellte sich zu uns auf die Stufe. Die Gäste des Eiscafés nebenan wandten ihre Köpfe in unsere Richtung. Bruno hopste aus dem Zugang zur Tiefgarage, heute trug er eine rote Perücke. Er führte den Tanz mit übertriebenen Bewegungen auf, einige Zuschauer taten es ihm nach und lachten.

Diana gab mir ein Zeichen und deutete auf einen Hut, den sie vor Bruno auf den Boden gelegt hatte. Seufzend stand ich auf und warf ein paar Zwanzig-Cent-Stücke hinein, dann kehrte ich zu Alexa zurück, die sich erhoben hatte und mit zusammengedrückten Knien eine watschelnde Ente imitierte.

Ich bedachte sie mit einem strengen Blick und setzte mich wieder auf die Stufe. »Verglichen mit Bruno war Wilbert ein richtiger Glücksgriff. Mir war sein Michael-Jackson-Tanz jedenfalls lieber als das Gehopse hier. Für ihn mussten wir uns nicht in der Öffentlichkeit zum Affen machen.«

Bruno verbeugte sich vor Diana, wobei seine rote Clownsnase herunterrutschte und über den Boden kullerte. Sie hob sie auf, und Bruno bedeutete ihr, sie wieder an seinem Naturzinken zu befestigen. Als Diana das tat, gab die Nase ein Tuten von sich. Alexa und ich tauschten einen peinlich berührten Blick.

Am Ende der Show konnte ich es kaum erwarten, von hier wegzukommen. Ich kämpfte mich auf die Füße. Mein Hintern fühlte sich vom Sitzen auf der harten Betonstufe taub an.

»Diana!«

Im Tiefgaragenzugang stand Wilbert, Dianas Verflossener. Seine schwammige Gestalt steckte in weiten Klamotten, die aussahen, als wären sie einem Hip-Hop-Video aus den Neunzigern entsprungen, ein Basecap saß schief auf seinem Schädel. Er zog sein Smartphone aus der Hosentasche und startete einen Musiktitel. Immerhin handelte es sich dabei nicht um den Ententanz, das gab schon mal einen Pluspunkt für Wilbert.

Ein blecherner Rap ertönte, die Handylautsprecher kamen kaum gegen die Umgebungsgeräusche an. Wilbert hopste von einem Bein auf das andere und drehte sich um die eigene Achse, dann legte er sich auf den Rücken und zappelte mit den Füßen in der Luft herum wie ein Käfer, der nicht wieder auf die Beine kam.

Diana trippelte zu uns herüber. »Dass Wilbert aber auch einfach nicht loslassen kann! Er weiß genau, wie sehr mich das anmacht.« Sie seufzte. »Bewegt er sich nicht einfach großartig?«

Konnte ich nicht behaupten. Für mich sah es eher so aus, als würde ein Waldorfschüler eine Beleidigung tanzen.

Diana schüttelte ihren Lockenkopf. »Ich muss hier weg. Wenn ich noch länger in Wilberts Nähe bleibe, geht es mit mir durch.« Sie griff nach Brunos CD-Player und rauschte davon.

Wilbert schlenderte zu uns herüber, sein rundes Gesicht glühte vor Anstrengung. Er nahm die Mütze ab und präsentierte seine glänzende Halbglatze. »Ist Diana mit diesem Clown zusammen?«

»Ja, aber erst seit ein paar Tagen.« Ich wollte ihm durch die Blume zu verstehen geben, dass er Diana noch nicht aufgeben sollte – irgendjemand musste uns schließlich von diesem Clown erlösen.

Wilbert stemmte die Hände in seine füllige Körpermitte und nickte anerkennend. »Der hat's einfach drauf, dagegen komme ich nicht an.« Er steckte sein Handy ein und verschwand in Richtung Tiefgarage.

Nach diesem Auftritt hätte ich ein Bier vertragen können, aber da es gerade erst Mittag war und ich noch nichts gegessen hatte, setzten wir uns ins nächste Café, und ich bestellte Cappuccino und Muffins. Auch Diana gesellte sich wieder zu uns. Alexa verzichtete auf die Zuckerbomben und orderte stattdessen einen Kräutertee. Sie achtet sehr auf ihre Ernährung, aber ich für meinen Teil finde, dass Cappuccino und Muffins ein prima Frühstücksersatz sind.

Wir kamen auf meinen neuen Job zu sprechen, und ich erzählte Diana, was sich seit meinem gestrigen Aufbruch zum Ostfriesland-Reporter alles ereignet hatte.

»Zeig mir mal ein Foto von dem Kalski«, sagte sie.

Ich kramte den Zeitungsartikel hervor und reichte ihn ihr.

»Wahnsinn!« Dianas Augen wurden riesengroß. »Er und Sebastian könnten eineiige Zwillinge sein.«

»Eher Vater und Sohn«, gab ich zu bedenken. »Wobei ich auch das für unwahrscheinlich halte. Andreas Kalski verschwand vor gut vierzig Jahren, Sebastian ist erst Mitte dreißig. Es ist natürlich möglich, dass seine Mutter Andreas ins Ausland folgte und dort von ihm schwanger wurde, aber das bleibt eine rein theoretische Überlegung. Fragen kann ich sie jedenfalls nicht mehr, sie ist vor einigen Jahren gestorben.«

»Zumindest kann ich jetzt verstehen, warum dir die Sache keine Ruhe lässt. Es ist ja fast so, als würdest du versuchen, Sebastian aufzuspüren.«

Da konnte man mal wieder sehen, dass Friseurinnen eigentlich auch nur mit Kamm und Schere bewaffnete Psychologinnen waren. Vermutlich ist das eine Begleiterscheinung, wenn man sich tagtäglich die verschiedensten Lebens- und Leidensgeschichten seiner Kunden anhören muss.

»Ich hatte bis gestern gar nicht vor, in der Sache noch was zu unternehmen, aber jetzt ... Ich wünschte, ich hätte diese blöde Internetrecherche nicht gestartet und das Foto nie gesehen. Zudem habe ich keine Ahnung, wo ich noch suchen soll, die frei zugänglichen Artikel im Internet habe ich alle abgegrast.«

Diana lachte. »Jetzt stehst du aber ganz schön auf dem Schlauch. Du sitzt doch direkt an der Quelle. Den Ostfriesland-Reporter gibt es seit Jahrzehnten, bestimmt findest du in den Archiven noch Unmengen an Informationen.«

Keine schlechte Idee. Ich wollte morgen ohnehin den Artikel über Alexa abgeben, da konnte ich das gleich miteinander verbinden.

Wir kamen auf die Hochzeit meiner Eltern zu sprechen, zu der Diana und Alexa natürlich auch eingeladen waren. Diana als meine langjährige Freundin, und bei Alexa war die Sache verwandtschaftsbedingt sowieso klar. Ich beichtete den beiden meine Notlüge in Kleiderfragen und gestand, dass ich bislang kein Kleid gefunden hatte, auf das meine Beschreibung zutraf.

»Ich kenne da einen Onlineshop, bei dem bekommst du alles. Du kannst sogar nach deinen Maßen bestellen, und die fertigen es für dich an.«

Diana gab mir die Internetadresse, und ich verabschiedete mich. Ich hatte das leidige Kleiderthema viel zu lange aufgeschoben, es wurde Zeit, sich der Herausforderung zu stellen.

Der Tipp mit dem Onlineshop erwies sich als absoluter Glücksgriff, ich fand ein graublaues, mittellanges Kleid mit mittellangen Ärmeln. Perfekt. Ich ermittelte meine Körpermaße, stellte fest, dass das Maßband beim letzten Frost im Winter irgendwie eingegangen sein musste, und tippte die Daten für die Bestellung ein.

Dann telefonierte ich mit Phil, der mir keine Neuigkeiten bezüglich Andreas Kalski mitteilen konnte, da sein ehemaliger Kollege Stefan, den er hatte fragen wollen, dieses Wochenende freihatte.

Ich setzte mich an meinen Schreibtisch vor dem großen Wohnzimmerfenster und überarbeitete meinen Artikel über Alexa. Zwischendurch blickte ich auf und sah durch die Scheibe zu den nahe gelegenen Blockbauten hinüber. Roter Backstein, graue Balkone, teilweise mit Grünspan überzogen. Auf einigen hing bunte Wäsche auf Wäscheständern, auf anderen boten Sonnenschirme Schutz vor der Frühlingssonne, wiederum andere schauten einfach leer und trostlos zu mir zurück.

Ich beendete mein Tagwerk, nahm mir ein Feierabendbier aus dem Kühlschrank, setzte mich zu O'Malley aufs Sofa und legte die Füße hoch. Momentan lief alles mit. Okay, abgesehen von Dianas Clown. Aber ich hatte ein Kleid für die Hochzeit gefunden, stand wieder in Lohn und Brot, und meine Mutter würde sich auch bald wieder berappeln, wenn ihr Standesbeamter aus dem Krankenhaus entlassen wurde und der Hochzeit nichts mehr im Wege stand. Irgendwie fügt sich eben doch immer alles zum Guten.

Dachte ich.

# 6

Ich schwebte mit Engelsflügeln über der Hochzeitsgesellschaft meiner Eltern. Die Gäste schauten zu mir hoch und riefen »Ah!« und »Oh!«, aber sie bewunderten nicht meine ätherische Schönheit, sondern zeigten mit den Fingern auf mich. Ich flog Kreise über ihren Köpfen, winkte und lachte. Bis ich begriff, dass ich ein Amor-Outfit trug, das nur aus einer Windel und einem Bogen mit Liebespfeilen bestand. Ich schoss die Pfeile ab, aber meine Zuschauer bewarfen mich mit Tomaten und trafen mich mitten ins Gesicht.

Ich öffnete die Augen. O'Malley saß auf meiner Brust und tappte mit seiner Vorderpfote auf meiner Wange herum. Ich fütterte ihn, duschte und stand danach ratlos vor meinem Kleiderschrank. Es würde sicherlich ähnlich warm werden wie in den letzten Tagen, aber ich hatte vergessen, meine Beine zu rasieren, also entschied ich mich für eine lange Jeans und ein blaues Stretch-T-Shirt.

Ich band meine dunkelblonden Haare zu einem hohen Pferdeschwanz zusammen, griff nach meiner Handtasche und setzte mich ins Auto. Nachdem ich mich durch den Verkehr in der Innenstadt gekämpft hatte, lenkte ich meinen Golf auf den Parkplatz des Ostfriesland-Reporters.

Den Bericht über Alexa hatte ich im Gepäck, aber Martin Jägers Bürotür war verschlossen. Ratlos, ob ich einfach unverrichteter Dinge wieder gehen sollte, lief ich vor seinem Büro auf und ab.

»Kann ich Ihnen helfen?« Die Stimme kam aus einem Büro hinter mir, ein grauer Lockenkopf schaute daraus hervor. Ich schätzte seine Trägerin auf etwa sechzig.

»Ich suche Herrn Jäger«, sagte ich. »Er hat mich als Gastautorin engagiert, und ich wollte ihm meinen ersten Artikel vorlegen. Er hat ihn bereits per E-Mail bekommen, aber ich dachte, ich schaue noch mal persönlich vorbei.« Um bei der Gelegenheit ein paar Informationen über Violetta und Andreas Kalski abzustauben, ergänzte ich stumm.

»Ach, dann müssen Sie Elli Vogel sein. Kommen Sie rein, Sie können ihn auch bei mir abgeben. Ich bin Petra Ulferts, Martins rechte Hand.«

Ich reichte ihr den Artikel und folgte ihr ins Büro, wo sie mir einen Besucherstuhl zuwies und meinen Bericht aus dem Umschlag zog. Sie setzte sich eine Lesebrille auf und überflog die ersten Zeilen meines Berichts.

Sie sah auf. »Ich habe Martin gleich gesagt, dass Sie nicht über die Ereignisse in der alten Brauerei schreiben würden. Mit Ihrer Cousine haben Sie eine gute Wahl getroffen.«

»Ich hatte eigentlich vor, über Violetta Kalski zu berichten.«

Sie dachte kurz nach. »Die Künstlerin? Ich erinnere mich an sie. Lebt sie denn überhaupt noch?«

Ich nickte. »In einer Seniorenresidenz in Norddeich. Haben Sie damals schon hier gearbeitet? Als ihr Sohn verschwand, meine ich.«

»Nein, ich bin erst einige Jahre später zum Team gestoßen. Aber Günther Fabricius hat regelmäßig über die Sache berichtet. Auch als das allgemeine Interesse an Andreas Kalskis Verschwinden nachließ, ist er am Ball geblieben. Herausfinden konnte er dann aber leider doch nichts mehr.«

»Ist er tot?«

Petra Ulferts lächelte, und ich merkte, dass ich ihre Worte missverstanden hatte. »Nein, er ist gesund und munter und fit wie ein Turnschuh. Aber es hat sich einfach nichts mehr ergeben. Als er dann vor ein paar Jahren in den Ruhestand ging, hatte sich die Sache vollends erledigt.«

»Besteht die Möglichkeit, die alten Artikel einzusehen?«, fragte ich.

»Natürlich.« Petra Ulferts überlegte. »Wie lange ist es her, dass er verschwand? Fünfunddreißig Jahre?«

»Vierzig Jahre und neun Monate«, sagte ich.

»Schon so lange? Dann wird es etwas umständlicher, die alten Berichte sind alle auf Mikrofiche gesichert. Sie kommen wahrscheinlich schneller an die gewünschten Informationen, wenn Sie sich direkt an Günther Fabricius wenden, er hat all seine Unterlagen und Notizen zu dem Fall aufbewahrt. Besuchen Sie ihn doch einfach mal, er spricht gern über die alten Zeiten.«

Günther Fabricius wohnte in einer Doppelhaushälfte in einer älteren Wohnsiedlung am Stadtrand. Die Kinder, die früher in diesen Häusern gelebt hatten, waren längst flügge geworden und hatten eigene Familien gegründet. Das bezeugte der halb verwitterte Sandkasten auf dem Spielplatz am Wendekreis der Sackgasse, der allem Anschein nach nur noch von den Siedlungskatzen als Katzenklo genutzt wurde.

Ich hielt vor der Hausnummer einundzwanzig, auf deren Auffahrt ein blauer Kleinwagen parkte, stieg aus und klingelte. Ein schlanker, grauhaariger Mann mit überraschend vollem Haar öffnete die Tür, ein übergewichtiger Jack Russell hopste mir entgegen und beschnüffelte meine Hosenbeine. Sie schienen nach O'Malley zu riechen, denn ich erntete ein erzürntes Bellen.

»Sie müssen Elli sein«, sagte Günther Fabricius. »Petra hat mich schon angerufen und von Ihrem Anliegen erzählt. Kommen Sie rein, bei einer Tasse Tee können wir alles besprechen.«

Er führte mich in eine Küche mit buchefarbener Küchenzeile. Ich sah mich um, während er das Wasser für den Tee aufsetzte und Tassen auf den Tisch stellte. Kaum Deko, alles sehr zweckmäßig eingerichtet. Sein Zuhause wirkte nicht so, als ob er es mit einer Frau teilte. Vielleicht war das auch der Grund für sein volles Haar.

Fabricius setzte sich auf den Küchenstuhl mir gegenüber, unter dem sich bereits sein Hund niedergelassen hatte. »Die Geschichte um Andreas Kalskis Verschwinden ist so lange her, ich hätte nicht gedacht, dass sich heute noch jemand dafür interessiert.« Er rieb sich das glatt rasierte Kinn und setzte eine nachdenkliche Miene auf, als müsste er sich die vergangenen Ereignisse in Erinnerung rufen.

»Warum waren Sie damals so hartnäckig an diesem Fall dran?«, fragte ich.

»Ich war neu in der Branche und dachte, wenn ich den Vermisstenfall aufkläre, könnte das mein Sprungbrett hin zu einer der ganz großen Tageszeitungen sein.« Er lächelte matt. »War es nicht, denn ich habe nichts herausgefunden. Ich dachte, irgendwann würde sich vielleicht doch noch eine Spur ergeben, weil jemand unvorsichtig wurde, sich verplapperte oder etwas in der Art. Aber es verlief alles im Sand.«

»Was ist Ihrer Meinung nach mit Andreas Kalski passiert?«

»Ganz ehrlich? Ich glaube, er ist einfach abgehauen. Seinen Freunden gegenüber soll er oft davon gesprochen haben, eines Tages ins Ausland zu gehen. Und verschiedene Augenzeugen wollten ihn am Tag seines Verschwindens als Anhalter an der Straße in Richtung Emden stehen gesehen haben. Am dortigen Bahnhof verliert sich seine Spur.«

»Petra Ulferts sagte mir, Sie hätten die alten Zeitungsberichte und Ihre Notizen von damals aufbewahrt. Dürfte ich sie mir vielleicht einmal ansehen?«

»Ja, natürlich. Moment.« Er erhob sich. »Jacky, unterhalte du unseren Gast, während ich die Unterlagen hole.« Er verließ die Küche, ich hörte ihn die Treppe hochrumpeln.

Der Hund war nicht gerade der geborene Unterhalter, denn er bedachte mich nur mit einem gelangweilten Blick und entsandte einen leisen Furz in den Raum. Kurze Zeit später kehrte sein Herrchen mit einem braunen Archivkarton zurück.

Er nahm ein Notizbuch heraus und blätterte darin. »Hier haben wir schon mal die wesentlichen Eckdaten. Der Vermisste war zum Zeitpunkt seines Verschwindens dreiundzwanzig Jahre alt, etwa einen Meter fünfundachtzig groß, schlank, hatte braune Augen und schulterlange blonde Haare. Am einundzwanzigsten August – also dem Tag seines Verschwindens, einem Montag – trug er eine blaue Jeans und ein auffälliges gelbes T-Shirt mit Sternendruck auf der Vorderseite. Gelbe T-Shirts waren sein Markenzeichen. Dazu trug er weiße Turnschuhe.«

Er schob mir den Karton zu. »Sehen Sie selbst. Sie können sich die Unterlagen auch gerne ausleihen, ich habe mir geschworen, die Finger davon zu lassen.«

»Warum?«

»Ich habe schon zu viel Lebenszeit damit vergeudet, es gibt ja doch nichts Neues mehr in dem Fall. Von Zeit zu Zeit habe ich die Geschichte wieder ausgegraben, etwa wenn ein runder Jahrestag seines Verschwindens anstand, aber ergeben hat sich da nichts mehr.«

Ich blätterte in einem der Ordner, während ich die obligatorischen drei Tassen Tee trank, und öffnete schließlich einen Umschlag, in dem sich Fotos des Vermissten und seiner Freunde befanden. Auf fast jedem war er mit einer Frau im Arm zu sehen, außerdem mit Männern, die ihm bewundernde und teils neidische Blicke zuwarfen.

Auf einem der Fotos entdeckte ich etwas, das mich den Atem anhalten ließ. Ein Pärchen im Vordergrund lächelte in die Kamera, im Hintergrund beugte sich Andreas Kalski zu einer jungen Frau und flüsterte ihr etwas ins Ohr. Er trug eines seiner typischen gelben T-Shirts. Die Frau lächelte verliebt.

»Wer hat Ihnen dieses Foto gegeben?« Mit zitternder Hand hielt ich ihm den Abzug entgegen.

»Andreas Kalskis bester Freund, Frank Heykes. Das ist der, der mit seiner Freundin im Vordergrund zu sehen ist. Die Namen der abgebildeten Personen müssten auf der Rückseite stehen. Ich habe sämtliche Namen notiert, sofern sie mir bekannt waren.«

Ich drehte das Foto um, und mein Verdacht bestätigte sich.

»Schneidiger Kerl, der Frank. Groß, schlank, lange Haare.« Fabricius geriet regelrecht ins Schwärmen. »Die Mädels waren nach ihm genauso verrückt wie nach Andreas.«

Ich bedankte mich und machte mich zum Aufbruch bereit.

»Sie wollen schon gehen?« Er betrachtete mich mit einem enttäuschten Gesichtsausdruck.

»Mir ist gerade eingefallen, dass ich noch einen Termin habe«, log ich.

Fabricius und sein Hund begleiteten mich zur Tür. »Es hat Spaß gemacht, mal wieder in Erinnerungen zu schwelgen. Sie halten mich doch auf dem Laufenden, Elli? Schauen Sie ruhig jederzeit vorbei, wenn Sie Fragen haben.«

»Danke, das werde ich machen.« Ich hastete zum Auto, stellte den Karton auf den Beifahrersitz und ließ mich hinter das Lenkrad fallen. Ich lehnte mich zurück und atmete ein paarmal tief durch, dann betrachtete ich das Foto erneut.

Unmöglich, dass ich mich jetzt noch aus dem Vermisstenfall heraushalten konnte. Immerhin kannte ich die Frau neben Andreas Kalski nur zu gut.

Es war meine Mutter.

# 7

Schlimm genug, dass meine Eltern so was wie ein Liebesleben hatten – irgendwie mussten meine Geschwister und ich ja entstanden sein –, meine Mutter nun aber auch noch als Groupie eines stadtbekannten Casanovas zu sehen, überforderte mich ein wenig. Ich rief sie an und verabredete mich mit ihr in ihrer Mittagspause in einem Café unweit der Ostfriesischen Landschaft, in der sie beim Archäologischen Dienst arbeitet.

Meine Mutter war wie immer überpünktlich und saß schon an einem der kleinen runden Tische vor dem Café, als ich ankam. Sie stand auf und umarmte mich zur Begrüßung. »Hallo, Eleonore. Ist es dir recht, wenn wir draußen sitzen? Ich brauche dringend frische Luft.«

»Klar, kein Problem.«

Wir setzten uns, nach kurzer Zeit kam eine kräftige Frau auf klackernden Absätzen herbeigelaufen und nahm unsere Bestellungen auf. Ebenso klackernd verschwand sie wieder.

»Wie geht es Hans?«, fragte ich, da ich nicht gleich mit der Tür ins Haus fallen wollte.

»Gut so weit, er wird morgen wahrscheinlich schon wieder entlassen.«

Sehr gut. Und die perfekte Voraussetzung, um meine Mutter mit dem Foto zu konfrontieren. »Ich habe noch ein bisschen über Andreas Kalski recherchiert, den Sohn der Künstlerin, von der ich dir erzählt habe. Die du nicht kennst.«

Meine Mutter zuckte fast unmerklich zusammen. »Ich dachte, der Bericht hätte sich erledigt, du wolltest doch über Alexa schreiben.«

»Das habe ich auch, aber die Kalski-Sache hat mich einfach interessiert. Daher habe ich den Reporter aufgesucht, der früher über den Fall berichtet hat.«

Die Bedienung kehrte zurück und stellte die dampfenden

Kaffeebecher auf den Tisch. Ich warf zwei Stück Zucker in meine Tasse, kippte Milch dazu und rührte um, während ich darauf wartete, dass meine Mutter ihre Sprache wiederfand.

»Und was hast du von ihm erfahren?« Sie sah mich nicht direkt an, sondern hielt den Blick auf ihre Kaffeetasse gerichtet.

Statt einer Antwort legte ich den Schnappschuss auf den Tisch, der sie mit Andreas Kalski zeigte.

Sie schloss die Augen. »Ich habe geahnt, dass du es herausfinden würdest.« Sie presste die Lippen zu einem schmalen Strich zusammen, als sie das Foto musterte.

»Warum hast du mir nicht gesagt, dass du ihn kanntest?« Ich griff nach meiner Kaffeetasse und trank einen Schluck.

»Wir waren nicht einfach nur Bekannte.« Sie hob den Blick und sah mir direkt in die Augen. »Wir waren verlobt.«

Ich verschluckte mich, der heiße Kaffee brannte in meiner Kehle. »Verlobt?«, keuchte ich.

Mein Vater hatte meiner Mutter im Laufe der Jahre so viele vergebliche Heiratsanträge gemacht, dass er davon Arthrose in den Kniegelenken bekam. Erst als ich im vergangenen November beinahe ermordet worden wäre, hatte sie ihre Einstellung zur Ehe geändert. Es überraschte mich, dass sie sich als junge Frau schon so früh hatte binden wollen.

Die Augen meiner Mutter glänzten feucht. Sie rührte ihren Kaffee um, obwohl sie weder Milch noch Zucker hineingetan hatte. »Ich hätte ihn gern geheiratet, wir waren sehr glücklich miteinander.«

»Aber … was war mit seinen ganzen Affären?«

Sie machte eine wegwerfende Handbewegung. »Das war vor meiner Zeit, den Ruf ist er bloß nie wieder losgeworden.«

»Wie habt ihr euch kennengelernt? Wenn ich richtig rechne, war er ein paar Jahre älter als du.«

»Vier Jahre. Andreas hatte das Abitur nicht bestanden und musste die Dreizehnte wiederholen. Übrigens nicht das einzige Mal, dass er sitzen geblieben ist, er war ein unglaublich fauler

Hund. Wir hatten die gleichen Leistungskurse, und so saß er auf einmal bei uns im Unterricht.«

»Und da war es Liebe auf den ersten Blick?«

»Von wegen, ich kannte ja seinen Ruf. Er bemühte sich zwar von Anfang an sehr um mich, aber ich wollte keine seiner Eroberungen werden. Irgendwann hat er sich dann richtig reingehängt und für die Schule gebüffelt, da haben wir dann auch mal miteinander gelernt.« Sie lächelte bei der Erinnerung. »Und uns letztlich doch verliebt.«

»Erinnerst du dich, wann du ihn zum letzten Mal gesehen hast?«

»Das war am Tag vor seinem Verschwinden. Wir haben den Nachmittag zusammen in der Stadt verbracht, abends hat er sich noch mit seinem Freund Frank getroffen. Wir waren auch für den nächsten Tag verabredet, aber da war er dann fort.«

»Was, glaubst du, ist aus ihm geworden?«

»Es deutet alles darauf hin, dass er ins Ausland gegangen ist.« Sie zuckte mit den Schultern. »Es muss wohl so sein, schließlich führten alle Spuren in diese Richtung.«

»Hat die Polizei damals nicht ermittelt? Er war doch mit dir verabredet und führte ein geordnetes Leben. Da haut man doch nicht einfach grundlos ab.«

»Das ist es ja. Die Polizei wurde zwar hinzugezogen, und natürlich habe ich auch eine Aussage gemacht, aber die Ermittlungen wurden schon nach kurzer Zeit eingestellt. Sein Ruf hat Andreas eingeholt, man ging davon aus, dass er sich hier Ärger eingebrockt hatte oder einfach seinen Horizont erweitern wollte. Er hat immer davon gesprochen, Ostfriesland verlassen zu wollen, um in einer Großstadt zu leben, am liebsten im Ausland, auch wenn es noch keine konkreten Pläne gab. Er ist auch oft mit dem Zug nach Hamburg oder München gefahren, aber es hat ihn wohl weiter in die Ferne gezogen.«

»Einfach so, ohne jemandem von seinem konkreten Vorhaben zu berichten? Hätte er denn einen Grund gehabt, sich abzusetzen?«

»Du meinst, ob es eine Art Flucht gewesen ist? Das kann ich mir nicht vorstellen. Aber was weiß ich schon? Er hat mir ganz offensichtlich nicht alles erzählt. Irgendeinen Grund muss er ja gehabt haben.«

»Wärst du mitgegangen, wenn er dich gefragt hätte?« Meine Mutter hatte während ihres Studiums eine Zeit lang in Wien gelebt, wäre einem Leben im Ausland also bestimmt nicht abgeneigt gewesen.

»Ich denke schon. Aber es ist müßig, jetzt noch darüber nachzudenken. Es hat eben nicht sollen sein.«

»War das der Grund, warum du Papa all die Jahre nicht heiraten wolltest?«

Sie nickte. »Hochzeiten stehen für mich unter keinem guten Stern. Mein erster Verlobter hat mich sitzen lassen und ist auf Nimmerwiedersehen verschwunden. Das hat mich nicht gerade bestärkt. Und schau dir doch an, was jetzt schon wieder alles passiert ist. Seit wir uns zur Heirat entschlossen haben, passiert dauernd irgendein Unglück, und Hans hat sogar einen Herzanfall erlitten.«

»Ist denn kürzlich schon wieder etwas passiert?«

»Nein, seit sage und schreibe zwei Tagen nicht mehr. Aber das heißt doch nichts.« Meine Mutter sah auf die Uhr. »Oh, ich muss zur Landschaft zurück, meine Mittagspause ist gleich vorbei.«

»Kann ich irgendwas für dich tun?«

Meine Mutter dachte kurz nach und nickte, als habe sie einen Entschluss gefasst. »Du könntest herausfinden, was damals mit Andreas passiert ist.«

»Ich bin aber keine Privatdetektivin.«

»Du bist jetzt Journalistin, die stecken ihre Nasen doch ständig überall rein. Vielleicht vergeht dieser Hochzeitsfluch, wenn das Rätsel um Andreas' Verschwinden endlich aufgeklärt wird.«

Meine erste Aktion als frischgebackene Detektivin – wenn auch nur durch meine Mutter legitimiert – bestand darin, die gesammelten Unterlagen von Günther Fabricius zu sichten. Diana leistete mir dabei Gesellschaft, da sie ohnehin ihren freien Montag hatte. Wir breiteten die Unterlagen auf meinem Wohnzimmertisch aus.

Diana sah einen Stapel Fotos durch. »Meine Güte, deine Mutter war aber ein ganz schön heißer Feger. Kein Wunder, dass Andreas Kalski in sie verschossen war. Und bestimmt nicht nur der.« Sie hielt eine Aufnahme hoch, die meine Mutter mit Hotpants und hohen Stiefeln zeigte, das dunkelblonde Haar fiel locker über ihre Schultern.

Ich widmete mich den vier Notizbüchern, in denen der Reporter seine Gedanken zu den damaligen Ereignissen festgehalten hatte. Jedes war an der Innenseite des Umschlags mit einem kurzen Verzeichnis der enthaltenen Gesprächspartner und Themen versehen, der erste Band befasste sich mit Andreas Kalskis Mutter und seinem Freundeskreis. Violetta Kalski war mir natürlich bekannt, und der Name seines besten Freundes Frank Heykes war von Fabricius erwähnt worden, aber von Rita Janssen, Inge Behrends, Norbert Coordes und Dieter Kuhlmann hatte ich noch nie etwas gehört.

Ich las mir zuerst die Informationen zu Frank Heykes durch. »Frank Heykes war Andreas Kalskis bester und ältester Freund«, sagte ich zu Diana. »Die beiden kannten sich seit der ersten Klasse, waren aber ab der vierten Klasse keine Klassenkameraden mehr, weil Andreas den Jahrgang wiederholen musste. Der Freundschaft hat das keinen Abbruch getan. Sie galten beide als Frauenhelden.«

»Wollen wir ihm mal einen Besuch abstatten?«

Ich sah von meiner Lektüre auf. »Ich dachte, du willst mit mir die Unterlagen sichten?«

»Mir ist heute doch nicht so danach. Sieh's mal so: Frank Heykes wird Andreas am ehesten Vertrauliches erzählt haben. Dinge, die Heykes wahrscheinlich nicht an die Zeitung weitergegeben hat, weil sie nicht für die Öffentlichkeit bestimmt waren.«

»Gutes Argument. Vermutlich wäre es tatsächlich effizienter, ihm direkt einen Besuch abzustatten.«

»So will ich dich hören. Theorie war noch nie so mein Ding, ich bin mehr für praktische Erfahrungen.«

Es kostete mich nur eine kurze Internetrecherche, um Frank Heykes' aktuelle Anschrift in Wilhelmshaven ausfindig zu machen. Wir nahmen Dianas Fiat, denn mein Auto besaß keine Klimaanlage, und schon nach fünf Minuten in der Sonne fühlte man sich wie in einem Backofen auf Rädern. Wenn man das Fenster runterkurbelte, gab es die Umluftfunktion gratis dazu.

Wir fuhren durch die Auricher Vororte und durchquerten Wittmund und Jever, bis wir nach einer Dreiviertelstunde schließlich in Wilhelmshaven bei Frank Heykes' Adresse ankamen.

Diana öffnete die Autotür und schüttelte den Kopf beim Anblick des Schottergartens, der sich vor Frank Heykes' Haus erstreckte. »In Aurich ist's traurig, in Leer noch viel mehr«, zitierte sie einen bekannten ostfriesischen Spruch. »Doch wen Gott will strafen, den schickt er nach Wilhelmshaven.«

»Oder er pflanzt ihm die Idee für einen vermeintlich pflegeleichten Kiesgarten in den Kopf.« Ich grinste und nickte in Richtung der Garage, neben der ein beleibter Mann vor einem der Kiesbeete hockte und die Steinchen mit einem Staubsauger reinigte. Aus seiner heruntergerutschten Hose lächelte uns ein Maurerdekolleté entgegen.

Ich räusperte mich, kam aber gegen das Heulen des Saugers nicht an. Schließlich machte Diana kurzen Prozess und schaltete das Gerät aus.

Frank Heykes sah zu uns auf, kämpfte sich auf die Füße und reichte uns die Hände, nachdem ich Diana und mich vorgestellt hatte. Er hatte nichts mehr von dem »schneidigen Kerl« an sich, von dem Günther Fabricius gesprochen hatte. Ein imposanter Bierbauch wölbte sich über dem Hosenbund, und anstelle der einst so üppigen Haarpracht glänzte eine verschwitzte Glatze im Sonnenlicht.

»Sie sind Maria Vogels Tochter? Und Sie wollen mit mir über Andreas sprechen? Da haben Sie aber Glück, dass Sie mich gerade angetroffen haben, ich muss heute noch weiter.« Er deutete auf einen weißen Lieferwagen, der auf der Auffahrt stand und in verschnörkelten Buchstaben für eine Gartenbaufirma warb.

»Ist das Ihre Firma?«, fragte ich.

»Nein, ich bin dort angestellt. War vorher auf dem Bau, aber ich wollte mal was Kreatives machen.«

Ich betrachtete die grauen Kiesbeete, in denen vereinzelt in perfekte Form gestutzte Büsche standen. Besonders kreativ sah das nicht aus, es erinnerte mich eher an einen Friedhof.

»Kommen Sie, wir holen uns was zu trinken.« Er bedeutete uns, ihm zu folgen.

Wir gingen zwischen Garage und Haus hindurch in den hinteren Teil des Gartens. Rasen in Golfplatzqualität, in den Beeten wiederholte sich das Trauerspiel aus verschiedenfarbigem Schotter, neben der Terrasse plätscherte ein Wasserspiel vor sich hin. Sofort zwickte der Kaffee von heute Mittag in meiner Blase.

Frank Heykes ging die paar Schritte zur Hintertür und öffnete sie einen Spalt. »Kannst du uns drei Kaffee bringen, Bine?«, rief er ins Innere.

Er zeigte auf zwei der Stühle am Tisch, setzte sich, und wir tauschten ein paar Belanglosigkeiten aus. Er fragte, was meine Mutter so trieb, also erzählte ich ihm von ihrem Job beim Archäologischen Dienst der Ostfriesischen Landschaft.

Eine hübsche Frau mittleren Alters trat aus der Hintertür, in den Händen ein Tablett mit Kaffee, Milch, Zucker und Keksen. Das, was Frank Heykes über die Jahre an Attraktivität eingebüßt hatte, glich seine Frau locker aus. Sie war jünger als er, hatte lange Haare, die in einem natürlichen Blondton gefärbt waren. Sie unterstrich ihr jugendliches Aussehen durch eine helle Jeans, über der sie eine weiße Bluse trug, die nur vorne in den Bund gesteckt war und ihre sportliche Figur betonte.

Ich beneide ja Leute, die diesen Vokuhila-Look tragen können. Bei mir sieht es immer so aus, als hätte ich mich nach dem letzten Toilettenbesuch nicht wieder richtig angezogen.

Sabine Heykes setzte sich zu uns, ihr Mann stellte uns vor.

»Sind Sie nicht die mit dem Buch?«, fragte sie mich.

»Ja, ich bin Autorin.« Wenn »die mit dem Buch« das bedeuten sollte.

»Elli hat gerade ihren zweiten Roman herausgebracht«, sagte Diana. »Und sie arbeitet jetzt auch als Journalistin für den Ostfriesland-Reporter.«

»Dann wollen Sie einen Artikel über Andreas schreiben?«, fragte Frank Heykes. »Mir fällt jedenfalls sonst kein Grund ein, warum mich jemand von der Zeitung aufsuchen sollte.«

»Ich bin eher privat hier«, sagte ich. »Ich habe heute erfahren, dass meine Mutter früher mit ihm verlobt war, und ich möchte ihr helfen, etwas über seinen Verbleib herauszufinden.«

»Nur zu«, sagte er. »Vielleicht kommt ja tatsächlich eines Tages raus, was aus Andreas geworden ist.«

»Haben Sie denn eine Vermutung?«

Er zuckte die Achseln. »Vielleicht hat er eine neue Frau kennengelernt und ist mit ihr durchgebrannt. Das hätte zu ihm gepasst.«

»Aber er war doch verlobt«, sagte ich. »Er hatte sich festgelegt und wollte meine Mutter heiraten.«

Frank Heykes lächelte mild. »Das stimmt, aber ich könnte mir vorstellen, dass er seine Meinung geändert hat. Ich glaube nicht, dass sich Menschen so grundlegend ändern können. Bestimmt hat er es versucht, aber es widersprach einfach seinem Wesen. Er und Maria waren völlig verschieden. Sie war viel zu intelligent für ihn, unabhängig und ehrgeizig. Keiner von uns hat der Sache eine Zukunft gegeben. Zu ihr hätte jemand Solideres gepasst.«

»Meine Mutter sagte, Andreas habe sich im letzten Jahr in der Schule sehr reingehängt. Klingt, als wollte er ihr beweisen, dass ihm die Sache mit ihr sehr ernst war.«

»Ich glaube, es ging ihm hauptsächlich um die Eroberung, auch wenn er das in dem Moment vielleicht nicht so sah. Andreas war ein Jäger. Wenn er ein Mädchen ins Auge gefasst hatte, bekam er es und nahm dafür auch einiges an Anstrengungen in Kauf.«

»Haben Sie noch Kontakt zur damaligen Clique?«

»Nein, schon seit Jahrzehnten nicht mehr. Wie es aussieht, war Andreas die einzige Verbindung zwischen uns. Als er fort war, gingen wir getrennte Wege. Kürzlich habe ich Norbert Coordes noch mal zufällig getroffen, als er in ein Fitnessstudio ging, vor dem ich gerade ein neues Kiesbeet anlegte. Wir sprachen kurz über die alte Zeit, aber das war's auch schon.«

Sabine Heykes lauschte unserem Gespräch, ohne etwas zu ergänzen.

»Gehörten Sie damals auch zur Clique?«, fragte ich sie.

»Nein, ich habe zu der Zeit zwar schon heftig für Frank geschwärmt, aber ich war noch zu jung und außerdem ein schüchternes Pummelchen. Er hatte keinen Blick für mich übrig.« Sie sah ihren Mann mit gespielter Strenge an. »Inzwischen sind wir seit fast zehn Jahren verheiratet.«

»Erinnern Sie sich, wann Sie Andreas zuletzt gesehen haben?«, fragte ich Frank Heykes.

»Wir hatten uns am Abend vor seinem Verschwinden getroffen. Bei mir, weil die Villa, in der er mit seiner Mutter lebte, gerade umgebaut wurde.«

»Kam Ihnen an seinem Verhalten irgendetwas seltsam vor? Hat er sich anders benommen als sonst?«

»Ich glaube nicht, aber er hatte sich in der Zeit davor schon um hundertachtzig Grad gedreht, als er mit Ihrer Mutter zusammenkam. Daher habe ich nicht so darauf geachtet. Unsere Freundschaft war nicht mehr so innig wie zuvor.«

»Gab es einen Grund dafür?«

»Wir haben uns einfach in verschiedene Richtungen entwickelt. Zu dem Zeitpunkt arbeitete ich bereits auf dem Bau, Andreas wollte nach dem Abitur Philosophie studieren. Seine neuen Lebensziele hatten ihn sehr verändert. Mit dem Draufgänger, mit dem ich mich einst angefreundet hatte, hatte er jedenfalls nicht mehr viel gemein.«

»Waren Sie der Letzte, der ihn gesehen hat?«

»Nein, seine Mutter hat noch am darauffolgenden Morgen mit ihm gesprochen.«

»Gab es etwas, um das er sich besonders Gedanken gemacht und das ihn beschäftigt hat? Etwas, in das nur Sie als sein bester Freund eingeweiht waren?«

»Die Verlobung wurde nicht an die große Glocke gehängt, falls Sie das meinen, es war ja alles noch recht frisch. Ich war, glaube ich, der Einzige im Freundeskreis, der davon wusste.«

»Vielleicht klären Sie ja sein Verschwinden auf.« Sabine Heykes setzte sich aufrecht hin. »Wie die Schriftstellerin in dieser alten Fernsehserie, die immer wieder in Verbrechen hineingezogen wird. Wie heißt die Sendung doch gleich?«

»›Mord ist ihr Hobby‹«, half Diana ihr auf die Sprünge.

»Genau!«

»Bislang deutet nichts auf ein Verbrechen hin«, sagte ich.

»Ich meine ja nur, weil Sie doch letztes Jahr auch schon einen Mord aufklären konnten. Sie wissen schon, die Leiche im Hafenbecken ...«

Daran musste sie mich bestimmt nicht erinnern.

Fürs Erste hatte ich erfahren, was ich wissen wollte. Ich beschloss, lieber das Weite zu suchen, und warf Diana einen hilfesuchenden Blick zu.

»Nichts für ungut, aber wir müssen jetzt los. Elli hat noch einen wichtigen Termin. Schriftsteller, Sie wissen schon.«

Wir verabschiedeten uns und kehrten zum Wagen zurück.

»Kaum zu glauben, dass der früher so ein Schnittchen war.« Diana angelte nach dem Gurt und schnallte sich an. »Seine Frau bereut es jetzt bestimmt, dass sie ihren Jugendschwarm geheiratet hat, der ist inzwischen garantiert klötenlahm. Kriegt seinen kleinen Freund ja auch gar nicht mehr zu Gesicht, höchstens im Spiegel.«

»Dafür wirkte sie aber ganz zufrieden.«

»Findest du? Ich sag dir was: Wenn mein Mann so aus dem Leim gegangen wäre, würde ich mir auch mal was gönnen. Aber die sieht aus, als würde sie jede Kalorie dreimal umdrehen. Die hat bestimmt was mit ’nem anderen Kerl am Laufen, sonst würde sie sich nicht so herausputzen.«

»Oder ihr Mann gehört zu der Sorte, die im Glashaus sitzt, aber mit Steinen wirft. Vielleicht krittelt er ja ständig an ihr rum, weil er sich mit ihr schmücken will.«

»Dann hätte sie keine Selbstachtung, das wäre noch schlimmer. Ich hoffe für sie, dass ich mit dem Lover richtigliege. Wer steht denn als Nächstes auf deiner Liste?«

»Ich reiße mich zwar nicht darum, aber ich muss noch mal mit Violetta Kalski sprechen. Sie war die letzte Person, die ihren Sohn lebend gesehen hat.«

»Soll ich dich begleiten?«

»Lieber nicht. Wenn sie so freundlich und zuvorkommend ist wie beim letzten Mal, setzt sie mich ohnehin nach ein paar Minuten vor die Tür.«

# 8

Diana setzte mich vor meiner Wohnung ab. Auf meinem Weg nach Norddeich machte ich einen Zwischenstopp auf dem Auricher Stadtfriedhof. Ich habe keinen grünen Daumen, und bislang habe ich es geschafft, jede Zimmerpflanze einem frühzeitigen Ende zuzuführen, aber aus unerfindlichen Gründen gelingt es mir, das Grab meines Freundes Karl in Schuss zu halten. Wie so oft in den vergangenen Monaten stand ich eine Weile vor dem marmorierten Grabstein und erzählte ihm Döntjes aus O'Malleys Katzenalltag, denn schließlich war mein haariger Mitbewohner zuvor Karls Begleiter gewesen.

In der Seniorenresidenz tat die Empfangsblondine vom letzten Mal so, als hätte sie mich noch nie gesehen. Ich plapperte mein Vorstellungssprüchlein herunter, und sie wählte Violetta Kalskis Nummer. Ich war mir fast sicher, dass die alte Dame mich nicht sehen wollen würde, aber wider Erwarten wurde ich zu ihr durchgelassen.

Violetta Kalski sah noch hagerer aus als bei meinem letzten Besuch. Mit einem verkniffenen Gesichtsausdruck bat sie mich herein.

»Danke, dass Sie mich erneut empfangen«, sagte ich.

»Vermutlich werde ich es bereuen.« Sie wies mir einen Stuhl zu.

»Ich habe mich nach meinem letzten Besuch näher mit dem Verschwinden Ihres Sohnes beschäftigt.«

»Sie sind genauso widerspenstig wie Ihre Mutter.«

»Dann wissen Sie, dass Maria Vogel meine Mutter ist?«

»Natürlich. Ich wusste es sofort, als Sie sich beim letzten Mal vorgestellt haben. Sie haben inzwischen sicherlich herausgefunden, dass mein Sohn der Liebhaber Ihrer Mutter war.«

Sie wollte mich mit dieser Formulierung provozieren, doch ich ging einfach darüber hinweg. »Können Sie sich an den Tag erinnern, an dem Andreas verschwand?«, fragte ich. »Ist Ihnen irgendeine Veränderung an ihm aufgefallen?«

»Wollen Sie mir heute dieselben Fragen stellen wie vor vierzig Jahren die Polizei?«

Ich zuckte mit den Schultern. »Warum nicht? Ihnen ist doch bestimmt auch daran gelegen, das Schicksal Ihres Sohnes zu klären.«

»Ist das der Grund, warum Sie hier sind? Um herauszufinden, was mit ihm passiert ist? Das hört sich in der Theorie ja ganz nett an, vielleicht sind Sie sogar der Meinung, Sie tun es für Ihre Mutter, aber letztlich beschäftigen Sie sich doch wie alle anderen nur aus einem Grund mit Andreas: weil Sie auf Sensationen aus sind. Ihnen liegt rein gar nichts an meinem Sohn. Nichts von dem, was Sie machen, tun Sie für ihn oder für mich.«

»Aber es könnte Ihnen nutzen, wenn ich eine neue Spur finde.«

Violetta Kalski seufzte und lehnte sich in ihrem Stuhl zurück. »Es war ein ganz normaler Morgen, wir haben gemeinsam gefrühstückt und unsere Pläne für den Tag besprochen. Er hatte nichts Besonderes vor, wollte Musik hören und sich später noch mit Maria treffen. Ich beabsichtigte, tagsüber einiges zu erledigen, weil wir zu der Zeit die Handwerker im Haus hatten. Ich hielt mich wegen des Lärms möglichst nur abends zu Hause auf.«

Ich nickte, da Frank Heykes von Umbaumaßnahmen in der Villa gesprochen hatte. »Welche Firma?«

Wahrscheinlich war diese Info unwichtig, aber ich hatte das Gefühl, dass Violetta Kalski mich nicht endlos oft empfangen würde, also hieß es, in kurzer Zeit so viele Informationen wie möglich zu sammeln.

»Friesen-Bau, eine Firma für Trockenbau und Putzarbeiten aus Aurich. Ich habe einige Änderungen an der Villa vornehmen lassen.«

»Und wie ging es an dem Tag weiter?«

»Er hat sich in seine Wohnung zurückgezogen, und ich verließ das Haus.«

»Andreas hatte eine eigene Wohnung?«

»Nicht ganz. Ich habe den Dachboden für ihn ausbauen lassen, das war der eigentliche Beginn der Bauarbeiten. Dort standen ihm zwei Wohnräume und ein WC zur Verfügung. Alles Weitere befand sich im Erdgeschoss oder im ersten Stock. Küche und Badezimmer halt.«

»Wissen Sie, ob er an dem Tag noch Besuch hatte?«

»Schwer zu sagen, es war damals ein einziges Kommen und Gehen im Haus. Die Handwerker arbeiteten inzwischen im ersten Stock, unter anderem in meinem Atelier, und ständig sind sie die Treppe rauf- und runtergepoltert. Ich konnte später nicht ausmachen, ob sonst noch jemand da war oder wann Andreas das Haus verlassen hat. Angeblich ist er zu dem Treffen mit Ihrer Mutter nicht erschienen.«

»Haben Sie privat etwas unternommen, als die Polizei keine umfangreichen Ermittlungen anstellen wollte?«

Violetta Kalski nickte. »Gleich zu Beginn habe ich einen Privatdetektiv angeheuert.« Sie hielt inne, und ich sah, wie ihr Blick flackerte, als würde ihr auf einmal etwas einfallen. »Moment … die dritte Tür.«

»Was für eine dritte Tür? In Ihrem Haus?«

Die Kalski antwortete nicht sofort, in ihrem Kopf schien es zu arbeiten. Schließlich winkte sie ab. »Vergessen Sie's, das war gerade nur so ein Gedanke, hat sich erledigt.« Sie sammelte sich kurz und fuhr dann fort. »Der Detektiv ist zum selben Schluss gekommen wie die Polizei. Es haben sich alle auf die einfachste Lösung versteift, und das war nun einmal die, dass Andreas sich ins Ausland abgesetzt hat.«

»Und Sie, was haben Sie gemacht?«

»Den nächsten Privatdetektiv angeheuert.«

»Mit welchem Ergebnis?«

»Mit gar keinem. Er ermittelt immer noch, ich habe ihn nie von dem Auftrag entbunden.«

Obwohl wir nicht gerade auf einer Wellenlänge lagen, tat mir Violetta Kalski in diesem Moment leid. Ich konnte mir nicht einmal annähernd vorstellen, was es für sie bedeuten musste, vierzig Jahre lang nach ihrem Sohn zu suchen, nicht wissend, ob er tot oder lebendig war.

»Wenn dieser zweite Detektiv nach all der Zeit noch immer nichts gefunden hat und alle Spuren weiterhin in dieselbe Richtung deuten, ist es dann nicht naheliegend, dass die Polizei recht hatte und Andreas aus freien Stücken gegangen ist?«

»Nein! Nur weil etwas logisch ist, heißt es nicht, dass es sich zwangsläufig so zugetragen hat. Sehen Sie, ich wusste es, Sie sind genau wie alle anderen. Erst spielen Sie die Interessierte und Betroffene, die mir helfen möchte, endlich etwas über das Schicksal meines Sohnes zu erfahren, aber letztlich wollen Sie doch nur einen Artikel für Ihr Schundblatt schreiben oder bewirken, dass Ihre Mutter wieder ruhig schlafen kann.«

»Was haben Sie eigentlich gegen meine Mutter?« Ich hatte gehofft, ihr dadurch ein wenig den Wind aus den Segeln zu nehmen, erreichte aber das genaue Gegenteil.

»Sie hat meinen Sohn auf dem Gewissen.«

Das haute mich ganz schön aus den Socken. »Wie kommen Sie denn darauf?«, fragte ich perplex.

»Cassandra hat es gesehen.« Sie spuckte mir die Worte regelrecht entgegen. »Schon Wochen vor Andreas' Verschwinden hat sie gesehen, dass Maria seinen Tod herbeiführen würde. Daher war ich von Anfang an gegen diese Beziehung, aber er wollte einfach nicht auf mich hören.«

»Wie bitte? Das ist doch lächerlich. Wer ist überhaupt diese Cassandra?«

»Sie sollten jetzt gehen, es war ein Fehler, mit Ihnen zu sprechen.« Violetta Kalski erhob sich, ging mit überraschend energischen Schritten zur Tür und öffnete sie schwungvoll. Widerstrebend folgte ich ihr.

»Frau Kalski, ich will doch nur –«

Sie ließ mich nicht ausreden, verwirrt fand ich mich Sekunden später auf dem Flur wieder.

»Ich werde Sie am Empfang auf die Liste der unerwünschten Besucher setzen lassen. Kommen Sie nie wieder hierher.«

Violetta Kalski schlug die Tür hinter mir zu, ihr »Leben Sie wohl« war nur noch dumpf zu hören. Und ich war mir ziemlich sicher, dass sie es nicht ernst meinte.

# 9

Ich stieg über die tote Ratte, die O'Malley mir zur Begrüßung vor die Wohnungstür gelegt hatte, und ließ mich grübelnd aufs Sofa fallen. Was konnte es mit Violetta Kalskis Bemerkung auf sich haben, meine Mutter sei für den Tod ihres Sohnes verantwortlich? Ich hatte nicht die geringste Ahnung, warum jemand so etwas behaupten sollte oder wer diese Cassandra war, auch das Internet spuckte nichts Brauchbares aus.

So kam ich nicht weiter. Ich musste die Sache anders angehen. Meine Mutter und Alexa kannten durch ihre Jobs viele Leute in der Gegend, vielleicht war ja zufällig auch eine Cassandra darunter? Ich griff zum Telefon und entschied mich, es zuerst bei Alexa zu versuchen, da meine Cousine momentan eindeutig in der besseren nervlichen Verfassung war.

»Natürlich kenne ich Madame Cassandra«, sagte Alexa. »Ich habe mir von ihr allerdings noch nie die Zukunft vorhersagen lassen.«

»Ach du liebe Güte, sie ist Wahrsagerin?«

»Sogar eine recht bekannte.«

»So bekannt kann sie nicht sein, bei meiner Onlinesuche habe ich kein einziges Wort über sie gefunden.«

»Angeblich belegt sie alle Leute, die sich im Internet über sie austauschen, mit einem Fluch.«

»So ein Blödsinn.«

»Sag das nicht, eine ehemalige Klassenkameradin von mir hat mal einen Erfahrungsbericht über sie in einem Forum gepostet. Kurz darauf bekam sie Läuse, und ihr Mann brannte mit der Babysitterin durch. Die Läuse wurde sie erst wieder los, als sie den Bericht gelöscht hatte, ihren Kerl hat sie gar nicht mehr zurückbekommen.«

Ich biss mir auf die Unterlippe. »Auf einen Fluch kann ich wirklich gut verzichten.«

»Halte dich einfach an das, was Madame Cassandra dir sagt, dann hast du nichts zu befürchten.«

Ich fütterte O'Malley, holte mir ein Bier und eine Tüte Chips als Abendbrotersatz aus der Küche und machte mich daran, die Unterlagen von Günther Fabricius genauer durchzusehen. Bisher hatte ich die Berichte und Notizen nur überflogen, nun war es an der Zeit, das Ganze etwas strukturierter anzugehen.

Um kurz vor zehn hatte ich mir einen Überblick über Andreas Kalskis ehemaligen Freundeskreis verschafft. Dabei stellte ich fest, dass Frank Heykes wirklich nichts von der Verlobung an Günther Fabricius weitergegeben hatte, kein einziges Wort davon fand sich in den Notizen.

Rita Janssen war Frank Heykes' feste Freundin gewesen. Die beiden waren etwa vier Wochen vor Andreas Kalski und meiner Mutter zusammengekommen. Sie hatte die Aussagen und Vermutungen ihres Freundes im Wesentlichen bestätigt, ansonsten aber nur wenige Berührungspunkte mit Andreas gehabt. Irgendwann musste sie geheiratet haben, denn Fabricius hatte über ihren Nachnamen den Namen Lugner geschrieben, dazu den Vermerk »verzogen nach Berlin«.

Inge Behrends war ebenfalls eine langjährige Freundin des Vermissten und zwei Jahre jünger als er. Keine Notiz über einen geänderten Nachnamen. Sie war die Tochter eines Bauunternehmers und hatte in der siebten Klasse zusammen mit Andreas Kalski die Schulbank gedrückt. Wie es aussah, hatte er entweder nur kurze Schulfreundschaften geschlossen, die so lange anhielten, wie das jeweilige Schuljahr dauerte, oder aber Freunde fürs Leben gefunden.

Norbert Coordes und Dieter Kuhlmann, die beiden Letzten im Bunde, waren so alt wie meine Mutter und gehörten dem Jahrgang an, zu dem Andreas Kalski zuletzt hinzugestoßen war. Von beiden hatte Günther Fabricius ein Foto ins Notizbuch geklemmt. Coordes war ein hochgewachsener Sportler, Kuhlmann ein etwas schüchtern dreinblickender Brillenträger.

Die Clique war zum letzten Mal auf der Geburtstagsfeier von Norbert Coordes zusammengekommen, am Freitag, bevor Andreas verschwand. Keiner von ihnen schien sich wegen seines Abtauchens zunächst Sorgen gemacht zu haben. Selbst als Fabricius zwei Wochen später zum ersten Mal mit Dieter Kuhlmann gesprochen hatte, war dieser davon ausgegangen, dass Andreas nur einen Städtetrip machte und bald wieder nach Hause zurückkehren würde.

Ich blätterte zu Violetta Kalskis Angaben. Es war damals häufiger vorgekommen, dass ihr Sohn sich ein oder zwei Tage lang nicht zu Hause blicken ließ, daher hatte sie die Vermisstenanzeige erst drei Tage nach seinem Verschwinden aufgegeben. Ansonsten stand dort das, was sie mir heute bereits erzählt hatte.

Bei meiner Mutter verhielt es sich ähnlich. Sie hatte die mir bekannten Details mit Fabricius besprochen. Auffällig war bei ihrer Aussage jedoch, dass sie damals keineswegs davon ausgegangen war, Andreas habe Geheimnisse vor ihr gehabt und sei ins Ausland gegangen, vielmehr glaubte sie zunächst an einen Unfall mit möglicherweise tödlichem Ausgang, nach dem Andreas nicht gefunden worden war.

Ich widmete mich dem zweiten und dritten Notizbuch mit den Befragungen der Nachbarn und unzähligen lockeren Bekanntschaften von Andreas. Das Ergebnis war ernüchternd. Niemand hatte Andreas am Montag beim Verlassen des Hauses gesehen. Die übrigen Gesprächspartner erweckten größtenteils den Eindruck, einfach nur ihren Namen in der Zeitung lesen und sich im Schatten seines Ruhms sonnen zu wollen.

Ich fragte mich, wie Fabricius es angestellt hatte, bei dieser mageren Informationslage so viele Artikel unters Volk zu bringen, wie ich in der Kiste fand. Wenig später kannte ich den Grund: Da er kaum brauchbare Details zu Andreas' Verschwinden vorweisen konnte, hatte er sich einfach darauf verlegt, die Gerüchte, die über die Kalskis in Umlauf waren, aufzugreifen. Nachdem er die Ausreißer-Theorie als Tatsache dargestellt hatte, ging es vorrangig um die Gründe für sein Abtauchen, von denen die Suche nach seinem unbekannten Vater oder die mögliche Flucht vor rachsüchtigen Geliebten ganz oben auf der Liste standen. Auch angebliche Augenzeugen, die den Vermissten in Spanien oder Frankreich gesehen haben wollten, wurden ins Spiel gebracht und Zugfahrpläne als Beweise herangezogen. Von seinem Einstieg in die Hamburger Rotlichtszene war die Rede, da die Kontakte durch seine Mutter bestanden. Kein Wunder, dass Violetta Kalski so verbittert war, wenn es um dieses Thema ging. Fabricius hatte tatsächlich nicht beabsichtigt, ihr auf irgendeine Art und Weise zu helfen.

Bei den allgemeinen Notizen im vierten Band las ich, dass sich nach dem Erscheinen von Fabricius' erstem Artikel mehrere Augenzeugen beim Ostfriesland-Reporter und der Polizei gemeldet hätten. Sie gaben an, Andreas Kalski am Tag seines Verschwindens auf der Strecke zwischen Aurich und Emden als Anhalter am Straßenrand gesehen zu haben. Die Beschreibung passte, beinahe jedem von ihnen war sein auffälliges gelbes T-Shirt mit dem Stern ins Auge gesprungen. Komisch nur, dass von insgesamt vier verschiedenen Stellen die Rede war, denn die Strecke war nicht besonders lang. Auch wurde er weder im Bahnhofsgebäude in Emden gesehen noch in einem der Züge.

In diesem Buch fand ich auch die Namen der beiden Privatdetektive, die Violetta Kalski beauftragt hatte. Der erste hieß Otto Saathoff, doch wie mir eine nachträglich eingefügte Notiz am Rand des Notizbuches mitteilte, war er vor elf Jahren verstorben. Keine Chance also, von ihm noch etwas in Erfahrung zu bringen. Sein Nachfolger hieß Georg Hoffmeyer. Fabricius hatte das damalige Alter und die Adresse des Privatdetektivs notiert, demnach war er inzwischen Anfang siebzig und lebte in Georgsheil, also ganz in der Nähe. Die Adresse war noch aktuell, und ich beschloss, ihm gleich morgen Vormittag einen Besuch abzustatten. Aber erst, nachdem ich mit Madame Cassandra gesprochen hatte. Ich wollte wirklich zu gern wissen, warum sie meine Mutter bezichtigte, für Andreas Kalskis Tod verantwortlich zu sein.

Mein Telefon klingelte, es war Phil. »Noch viermal schlafen«, sagte er. »Dann kann ich dir endlich bei deiner Recherche behilflich sein.«

»Ich berichte nicht über das Sex-Thema.«

»Dann wüsste ich aber etwas, bei dem du *mir* behilflich sein könntest.«

Sein Tonfall grenzte schon fast an sexuelle Belästigung. Na gut, so richtig belästigt fühlte ich mich nun auch wieder nicht. Ganz im Gegenteil.

»Wenn du deine Libido wieder im Griff hast, könntest du mir wirklich helfen.«

»Schieß los.«

»Ich beschäftige mich jetzt doch mit dem Vermisstenfall Andreas Kalski.« Ich berichtete ihm von der Verbindung zwischen Andreas und meiner Mutter. »Hast du von deinen Auricher Kollegen etwas erfahren können?«

»Stefan hat nachgesehen, aber es gab niemals eine heiße Spur in dem Fall. Die ermittelnden Beamten sind davon ausgegangen, dass er sich ins Ausland abgesetzt hat, und auch in den Jahren danach gab es nie einen Hinweis, der auf ein Verbrechen oder einen Unfall hingedeutet hätte. Aber da ist noch etwas.«

»Und das wäre?«

Sein Tonfall wurde ernst. »Ich habe mich gefragt, warum du bei unserem letzten Telefonat auf einmal doch nach Infos über diesen Fall gefragt hast.«

»Ich habe dir doch gesagt, dass er mit meiner Mutter verlobt war.«

»Das weißt du aber erst seit heute.« Er machte eine Pause. »Die Ähnlichkeit ist ja schon verblüffend.«

Ich wusste natürlich, worauf er hinauswollte. Letzten Herbst, als ich Phil kennenlernte, hatte es auch zwischen

Sebastian und mir heftig geknistert. Ehrlich gesagt weiß ich nicht, für wen ich mich entschieden hätte, wäre Sebastian noch unbescholten und nicht untergetaucht, auf der Flucht vor der Polizei. Phil wusste das, und ich glaube, das war einer der Gründe, warum er ihn gern hinter Gittern sehen wollte.

»Sind die beiden miteinander verwandt?«, fragte Phil.

»Ich weiß es nicht. Sebastians Eltern leben nicht mehr, und ob es sonst noch Familienangehörige gibt, weiß ich nicht.« Es fiel mir schwer, Sebastians Namen Phil gegenüber auszusprechen.

»Du suchst aber wirklich nur nach diesem Andreas? Oder führt deine Suche dich noch weiter?«

»Willst du mich verhören? Es geht nur um Andreas.«

»Elli, du würdest es doch nicht für dich behalten, wenn du eines Tages herausfinden würdest, wo Sebastian steckt?«

»Bestimmt nicht.«

»Sicher?«

»Ganz sicher.«

Zu mindestens sechsundneunzig Prozent.

# 10

Madame Cassandra lebte in einer hellblauen Villa mit weiß umrahmten Fenstern in der Nähe der Stiftsmühle in Aurich. Ich war unangemeldet aufgetaucht, aber wenn sie wirklich hellseherische Fähigkeiten hatte, würde sie mich ohnehin erwarten.

Die Wahrsagerin entpuppte sich als stämmige Frau im hohen Rentenalter mit struppigen, schwarz gefärbten Haaren und blassem Teint. Ihre Augen waren dick mit Kajal umrandet, und sie schielte. Sie trug ein selbst gemachtes Batikshirt, ich erinnerte mich, so etwas auch mal gemacht zu haben, aber das war in einem Schulprojekt in der siebten Klasse gewesen.

»Guten Tag. Ich heiße Elli Vogel. Ich bin hier, weil ich mit Ihnen über die Vergangenheit sprechen möchte.«

»Tritt ein.« Madame Cassandra sprach langsam und mit rauchiger Stimme, so als wollte sie besonders geheimnisvoll wirken, wohl um ihr Batikshirt zu kompensieren.

Ich trat ein und sah mich um. Ihr Haus wirkte ganz und gar nicht übersinnlich. Motivtapeten zierten die Wände, auf dem Parkettfußboden lagen flauschige Läufer. Ich folgte Madame Cassandra, die mit eigenartig federnden Schritten vor mir herging, den Flur entlang, ihr buschiges Haar wippte bei jedem Schritt, als habe es Mühe, sich mit der Schwerkraft abzufinden.

Sie öffnete eine Tür und ließ mir den Vortritt. »Willkommen im Raum der Erkenntnis.«

»Oh, wow!« Ich wusste vor lauter Kuriositäten nicht, wohin ich zuerst blicken sollte. Aus einem Regal an der rechten Zimmerseite starrte mir ein Schrumpfkopf entgegen. Ich hoffte inständig, dass es sich um ein albernes Souvenir und nicht um einen echten handelte. Außerdem beinhaltete das Regal Unmengen an getrockneten Kräutern, daneben vegetierten undefinierbare Gebilde in verstaubten Einmachgläsern vor sich hin. Ein Fenster, das von dunkelblauen Vorhängen gesäumt wurde, erlaubte einen Blick nach draußen in die Wirklichkeit, umrahmt von unzähligen Traumfängern. Auf einem runden Tisch stand eine Kristallkugel, ein penetranter Patschuligeruch hing im Raum, der von einem abgebrannten Räucherstäbchen in einer Zimmerecke herrührte.

Madame Cassandra wies mir einen Stuhl an dem runden Tisch zu und setzte sich mir gegenüber. Es gefiel mir ganz und gar nicht, dass ich von hier aus den Schrumpfkopf genau im Blick hatte. Obwohl seine Augen geschlossen waren, fühlte ich mich von ihm beobachtet. Eine Gänsehaut kroch mir über den Rücken.

Die Wahrsagerin richtete ihren Silberblick auf mich. »Was begehrst du zu erfahren?«

»Sollten Sie das nicht bereits wissen?«

Sie schielte jetzt noch ein wenig mehr, mit einer unwirschen Geste warf sie ihr Haar über die Schulter und seufzte. »Eine Skeptikerin. Das habe ich gleich erkannt. Wenn du deinen Geist verschließt, kann ich dir nicht helfen. Du musst mich deine Energien spüren lassen.« Sie streckte die Arme aus, bis sie mein Gesicht fast mit den Fingern berührte, so als wollte sie mir die Energien direkt aus dem Schädel ziehen.

Ich lehnte mich zurück, um etwas Abstand zwischen uns zu bringen. »Ich bin nicht hier, um etwas über mich zu erfahren, sondern weil ich wissen möchte, was Andreas Kalski vor vierzig Jahren widerfahren ist. Seine Mutter hat mir erzählt, dass sie damals mit Ihnen über ihren Sohn gesprochen hat.« Dass sie mich bei dieser Gelegenheit davongejagt und mir verboten hatte, mich weiter mit dem Fall zu beschäftigen, verschwieg ich lieber. Käme bestimmt nicht gut an.

»Sein Verschwinden liegt lange zurück.«

Ich nickte. »Haben Sie eine Ahnung, was mit ihm passiert ist?«

»Allerdings.« Madame Cassandra lehnte sich mit ernstem Gesichtsausdruck gegen die Rückenlehne ihres Stuhls. »Er ist gestorben.« Sie hob die Schultern, als sei das eine ganz logische Schlussfolgerung.

»Warum sind Sie sich da so sicher?«

»Weil ich mit seinem Geist gesprochen habe. Wenige Wochen nach seinem Verschwinden.«

Ich konnte nicht verhindern, dass meine Augenbrauen in Richtung Haaransatz wanderten. »Aha. Und was hat sein Geist Ihnen mitgeteilt? Wie ist er gestorben?« Ich glaubte zwar nicht eine Silbe von dem, was sie mir da auftischte, aber ihre Theorie zu seinem Ableben interessierte mich doch.

»Das konnte er mir nicht sagen. Sein Tod trat völlig unerwartet ein, er hat ihn nicht kommen sehen.«

Ich hätte Wahrsagerin werden sollen. So ein Geistergespräch konnte ich mir auch noch aus den Fingern saugen und damit trauernde Angehörige um ihr sauer verdientes Geld bringen. »Dann hat er Ihnen wohl auch nicht gesagt, wo seine Leiche zu finden ist?«

»Tut mir leid. Er wurde zu plötzlich aus seinem Körper gerissen, seine Erinnerung an den Ort war verblasst.«

Wie praktisch.

Zeit, zu den weltlichen Fakten zurückzukehren. »Haben Sie Andreas Kalski jemals persönlich kennengelernt?«

»Nein. Erst nach seinem Verschwinden habe ich sein Bild in der Zeitung gesehen. Ein ungewöhnlich schöner junger Mann.«

»Ja, das ist mir auch aufgefallen.«

»Warum interessierst du dich für ihn?«

»Er war ein Bekannter meiner Mutter.«

»Maria Vogel.« Sie dehnte den Namen unnatürlich in die Länge und sah mich durchdringend an. Genauer gesagt sah sie ihre eigene Nasenspitze durchdringend an, aber ich ging davon aus, dass dieser Blick mir galt.

»Sie kennen sie?«

»Durchaus. Sie war sein Schicksal.«

»Frau Kalski glaubt, meine Mutter sei für seinen Tod verantwortlich. Warum haben Sie das damals behauptet?«

»Ich hatte eine Vision, in der Maria an Andreas' Totenbett stand und auf seinen Leichnam hinunterblickte.«

»Das ist doch Quatsch, meine Mutter hat niemals an seinem Totenbett gestanden. Wie auch? Es gab ja keine Leiche.«

»Visionen zeigen lediglich ein symbolhaftes Bild der Realität. Viel ist Interpretationssache. Ich habe Violetta letztlich nur erzählt, dass Andreas' bevorstehender Tod irgendwie mit Maria zusammenhängt.«

»Wissen Sie, warum Frau Kalski die Villa nicht verkaufen will?«

»Sie behält sie wegen Andreas.«

»Das verstehe ich nicht. Sie scheint doch überzeugt zu sein, dass er seit vier Jahrzehnten tot ist.«

»Sein Geist lebt immer noch dort. Er hat sich nie von dem Gebäude gelöst.«

Gruselige Vorstellung. Zum Glück hatte ich Violetta Kalski in der Seniorenresidenz getroffen; ein Besuch in einem Geisterhaus wäre absolut nichts für mich.

»Er verweilt bis heute in seiner Wohnung im Dachgeschoss, sie steht ja noch genauso da wie früher. Dort kann sein Geist zur Ruhe kommen.«

»Moment mal, soll das heißen, dass Violetta Kalski seit über vierzig Jahren nichts in der Wohnung verändert hat?«

Madame Cassandra nickte. »Alles ist noch so wie an dem Tag, als sie ihren Sohn zum letzten Mal sah.«

Ich brauchte einen Moment, um mich zu sammeln. Natürlich las ich ab und zu von Fällen, in denen Eltern die Zimmer ihrer vermissten Kinder nicht veränderten. Aber vierzig Jahre? Ich fragte mich, ob sie es nicht fertigbrachte, sich von seinen Sachen zu trennen, weil sie insgeheim immer noch auf seine Rückkehr hoffte – trotz allem, was Madame Cassandra sie glauben gemacht hatte.

Ich verabschiedete mich, die Wahrsagerin begleitete mich zur Wohnungstür. »Darf ich mich noch mal an Sie wenden, falls ich noch Fragen habe?«

»Jederzeit. Ich kann dir auch gern die Karten legen.«

»Vielen Dank, aber das ist nicht nötig.«

Ich lief zu meinem Auto und schloss die Fahrertür auf. Von dieser Batik-Tante würde ich mir gar nichts legen lassen. Und auf eine erneute Begegnung mit dem Schrumpfkopf hatte ich erst recht keine Lust.

»Eleonore!«

Ich war mit dem Hintern schon auf halbem Weg zum Sitz, kämpfte mich aber wieder hoch und sah Madame Cassandra über das Autodach hinweg an. »Ja?«

»Du wirst ihn wiedersehen.«

»Wen?«

»Den, den du suchst.«

Ich war mir nicht ganz sicher, ob wir noch von derselben Person sprachen. »Und wann soll das sein?«

»Bald. An dem Tag, an dem der Tod erneut in dein Leben tritt.«

Ihre Worte sorgten für ein eisiges Gefühl in meinem Inneren. Ich murmelte eine halbherzige Verabschiedung, ließ mich auf den Fahrersitz fallen und brauste davon.

Erst an der nächsten Kreuzung fiel mir ein, dass ich Madame Cassandra gegenüber meinen vollständigen Vornamen gar nicht erwähnt hatte.

## 11

Ich musste dringend mit einem normalen Menschen sprechen, um das übersinnliche Gefasel aus dem Kopf zu bekommen. Alexa kümmerte sich gerade um ihre Knastjungs, also fuhr ich ins McCut zu Diana und berichtete ihr von meinen Erlebnissen. Zum Glück war der Salon nur schwach besucht, bei dieser Hitze ließen sich die Leute nicht gern Chemiedämpfe um die Nasen wehen. Eine von Dianas Kolleginnen verpasste gerade einer Grauhaarigen einen Kurzhaarschnitt, eine andere fegte Haare zusammen.

»Wieso kannte Madame Cassandra meinen vollständigen Vornamen?«, schloss ich meinen Bericht. »Und woher wusste sie, dass ich auf der Suche nach Sebastian bin?« Anders konnte ich mir ihre Bemerkung, ich würde den, den ich suche, wiedersehen, nicht erklären. Andreas Kalski hatte sie definitiv nicht gemeint, der war ja nach ihrer Überzeugung ein Geist.

»Ich finde die Sache mit dem Tod, der zurückkehrt, ehrlich gesagt viel beängstigender.«

»Danke für die Erinnerung. Ich kann gut darauf verzichten, dass schon wieder jemand stirbt.«

»Nun sei mal nicht so negativ. Weißt du, was du als Nächstes machen willst?«

»Mit Georg Hoffmeyer reden, dem Privatdetektiv.«

»Wo wohnt der denn?«

»In Georgsheil.«

»Georg aus Georgsheil, wie passend.« Diana wandte sich ihren Kolleginnen zu. »Ich mache heute hitzefrei, ist ja eh nichts los.« Sie schnappte sich ihre Handtasche, und wir düsten los.

Der Ort Georgsheil verdankt seinen Namen angeblich König Georg V., der hier auf der Durchreise nach Norderney von der Geburt seines Sohnes erfuhr. Keine Ahnung, ob das stimmt, aber ich habe diese Geschichte von meiner Mutter, und die ist berufsbedingt in historischer Hinsicht sehr penibel. Manchmal frage ich mich, wie der Ortsname lauten würde, wenn der gute Mann Vater eines Mädchens geworden wäre. Ich bin mir aber sicher, dass das Wort »Heil« in dem Fall nicht darin vorkäme, von wegen Stammhalter und so.

Georg Hoffmeyer wohnte in einem kleinen Einfamilienhaus nahe der Hauptstraße. Auf unser Klingeln reagierte niemand, es stand auch kein Wagen in der Auffahrt. Wie es aussah, war der Privatdetektiv gerade außer Haus, und wir hatten den Weg umsonst gemacht.

»Was nun?«, fragte Diana. »Hast du sonst noch Pläne?«

»Einige sogar. Ich möchte mit Andreas' übrigen Freunden sprechen. Bei Günther Fabricius kann ich nicht darauf vertrauen, dass er die Wahrheit notiert hat. Er scheint mir wegen seiner Karriere ein wenig voreingenommen gewesen zu sein. Da mache ich mir lieber persönlich ein Bild.«

»Wie viele sind es denn?«

Ich zählte im Kopf nach. »Vier.«

»Dann willst du den ganzen restlichen Tag durch Ostfriesland gondeln und wildfremde Leute bitten, sich mal eben spontan an ihr Leben vor vierzig Jahren zu erinnern? Hört sich nicht gerade nach einem guten Plan an. Außerdem sind die meisten bestimmt noch bei der Arbeit.«

»Irgendwelche Alternativvorschläge?«

»Schau doch einfach mal bei Facebook rein, vielleicht sind sie dort vertreten, und du kannst dir unnötige Wege sparen.«

»Ich bin nicht bei Facebook.«

»Wie?« Diana sah mich an, als könnte sie meinen Worten nicht ganz folgen.

»Ich habe keinen Facebook-Account«, sagte ich.

»Aber du brauchst doch eine Autorenseite. Wie machst du denn auf deine Bücher aufmerksam?«

»Na ja, beim letzten Mal wurde in den Zeitungen so viel

über mich geschrieben, dass ich keine Werbung machen musste.«

»Verstehe«, sagte Diana mit einem Nicken. »Wenn man einen Mord aufklärt und dabei selbst fast draufgeht, macht einen das gleich viel interessanter.«

»Darauf kann ich dieses Mal gut verzichten.«

»Dann fahren wir jetzt zu dir und legen die Seite für dich an.«

»Ich habe aber keine Ahnung, was ich da schreiben soll.«

»Das übernehme ich für dich. Ich habe eine Bekannte, die ist Influencerin. Sie hat Profile auf verschiedenen Seiten und hat mir mal von ihren Tricks erzählt. Du kannst dich ganz entspannt zurücklehnen, ich habe mich gerade zu deiner PR-Managerin ernannt.«

»Gratuliere, du bist nun Teil der großen Facebook-Welt.« Meine PR-Managerin deutete auf den Bildschirm, auf dem meine Autorenseite zu sehen war. »Wink deinen Daten noch mal freundlich hinterher. Willst du die Leute jetzt gleich anschreiben?«

»Kann nicht schaden.« Ich rutschte auf dem Sofa zu Diana rüber, sie drehte den Laptop in meine Richtung.

»Hoffentlich sind die nicht auch so dröge wie dieser Frank Heykes. Man ist ja völlig desillusioniert, wenn man so hübsche Menschen auf alten Fotos sieht und dann erkennen muss, wie grausam die Zeit mit ihnen umgegangen ist.«

»Bestimmt sagt man das später auch über uns«, gab ich zu bedenken.

»Möglich. Aus den Coolen von damals werden halt oft die Spießer von heute. Und umgekehrt.«

»Ich war nie besonders cool.«

»Dann kannst du dich ja auf die Zukunft freuen.«

Ich zog den Laptop näher heran und gab zunächst Inge Behrends' Namen ein. Zum Glück trug sie noch ihren Mädchennamen. Sie war mit ihrer eigenen Baufirma vertreten, besaß aber auch ein privates Profil. Das Profilbild zeigte einen Papagei, der auf einer Stange saß. Ich tippte eine Nachricht, in der ich mich als Maria Vogels Tochter vorstellte und sie bat, mir etwas zu den damaligen Ereignissen zu erzählen. Alles, was ihr in den Sinn käme, wann sie Andreas das letzte Mal gesehen habe, ob er ihr verändert vorgekommen sei oder ob sie eine Vermutung zu seinem Verschwinden habe. Vielleicht hatte sich ihre Ansicht darüber ja im Laufe der Jahre in irgendeiner Form gewandelt und entsprach nicht mehr dem, was sie Günther Fabricius einst gesagt hatte.

»Man merkt, dass du lange im Büro gearbeitet hast«, sagte Diana. »Klingt, als würdest du einen Geschäftsbrief aufsetzen.«

Ich kopierte den Text, um ihn gleichlautend auch an die anderen Cliquenmitglieder zu schicken, die ebenfalls bei Facebook waren, und stöberte in ihren Profilen.

Norbert Coordes gab sich auch heute noch sportlich, auf seinem Profilbild posierte er oben ohne vor einem Fitnessgerät. Es ist schon sehr bezeichnend für mich, dass ich nicht die geringste Ahnung hatte, um was für ein Gerät es sich dabei handelte und an welcher Stelle die Beine und wo die Arme eingesetzt werden mussten. Überhaupt bestanden seine Fotos fast ausschließlich aus leicht bekleideten Aufnahmen bei sportlichen Aktivitäten. Ich musste zugeben, dass er sich sehen lassen konnte – wenn seine Haare nur nicht in so einem unnatürlichen Rotbraunton gefärbt wären. Er postete beinahe täglich Sinnsprüche, die von falschen Freunden, lieblosen Frauen und der Ungerechtigkeit der Welt handelten.

Dieter Kuhlmann hatte entschieden zu viel Haut für sein Gesicht, sein Profilfoto ähnelte einem Faltenhund. Er gab an, Inhaber einer IT-Firma zu sein, von der ich noch nie etwas gehört hatte. Seine Freundeszahl war überschaubar und sein letzter Eintrag schon eine ganze Weile her.

Rita Janssen war nicht im Internet vertreten. Aus Günther Fabricius' Aufzeichnungen wusste ich, dass sie inzwischen

Lugner hieß, aber auch hier kein Treffer. Im Telefonbuch stand sie nicht, somit hatten wir vorerst keine Möglichkeit, sie zu kontaktieren.

»Fertig«, sagte ich. »Wollen wir uns jetzt noch mal die Fabricius-Unterlagen ansehen?«

»Her damit.« Diana löste sich aus dem Schneidersitz und stellte die Füße auf den Boden.

Ich karrte den Karton heran und stellte ihn zwischen uns aufs Sofa. »Irgendwas an den Notizbüchern kommt mir seltsam vor, aber ich kann nicht ausmachen, was es ist.«

Diana winkte ab. »Wenn da was ist, kommst du schon noch drauf.« Sie beugte sich über den Karton und nahm einen Ordner heraus, in dem Zeitungsberichte abgeheftet waren.

»Ach ja, noch eine Sache: Andreas ist doch angeblich per Anhalter zum Emder Bahnhof gefahren. Mir ist aufgefallen, dass die Augenzeugen ihn am Ortsausgang von Aurich, in Moordorf, in Georgsheil und kurz vor Loppersum gesehen haben wollen.«

»Und?« Diana sah mich fragend an.

»Von Aurich nach Emden sind's keine dreißig Kilometer. Findest du es nicht seltsam, dass er auf der Strecke an so vielen verschiedenen Stellen gesehen wurde?« Ich war noch nie per Anhalter gefahren, meine Angst vor einem Serienmörder hatte mich immer davon abgehalten, aber ich war mir ziemlich sicher, dass man nicht alle paar Kilometer wieder ausstieg, um sich erneut an die Straße zu stellen.

Diana dachte nach. »Stimmt schon. Wurde er danach direkt am Bahnhof gesehen?«

»Nein, aber er ist relativ häufig mit dem Zug gefahren, das hat meine Mutter mir gesagt, daher lag diese Vermutung nahe.«

»Besaß er denn kein Auto? Wenn ich eine reiche Mutter hätte, würde eine vernünftige Karre zu meinen ersten Anschaffungen gehören.«

»Er fand es wohl cool, keins zu haben. Zu der Zeit schraubten alle Jungs an ihren Autos rum, und er wollte immer anders ein.«

Mein Laptop gab einen Ton von sich, am Bildschirmrand hatte sich ein Nachrichtenfenster geöffnet.

»Oh, das ging ja schnell.« Ich überflog die Nachricht. »Ist aber nur von Tim. Er freut sich, dass er mich jetzt auch im Internet gefunden hat.« Ich verdrehte die Augen und tat so, als müsste ich mich auf meine Tastatur übergeben.

Tim ist mein Stalker, jedoch keiner von der gefährlichen Sorte. Er weiß gern, wo ich bin, und hat damit im letzten Herbst sogar zu meiner Rettung beigetragen. Eigentlich ganz okay, wenn er mir nur nicht ständig Bilder von seinem Dödel schicken würde.

Wie auf Kommando gab der Laptop erneut einen Ton von sich, und ein Foto von Tim im Adamskostüm erschien. Ich löschte es, ohne einen genaueren Blick zu riskieren. Im selben Moment ploppte ein weiteres Nachrichtenfenster auf. Ich erkannte das Profilbild von Norbert Coordes und wedelte aufgeregt mit der Hand vor Dianas Nase herum, um ihre Aufmerksamkeit auf den Bildschirm zu lenken. »Coordes schreibt, er habe Andreas zum letzten Mal am achtzehnten August gesehen, einem Freitag, drei Tage vor seinem Verschwinden. Da hatte Coordes Geburtstag.« Ich erinnerte mich, diese Angaben schon in den Notizbüchern gelesen zu haben. »Er glaubt, dass Andreas mit einem Trucker mitgefahren ist, deshalb sei er auch in keinem Zug gesehen worden. Aufgefallen ist ihm vorher nichts an ihm.« Ich schloss die Nachricht.

»Siehst du, du hättest dich geärgert, wenn du für diese mickrigen Informationen durch die Weltgeschichte gedüst wärst. Wo wohnt dieser Coordes denn überhaupt?«

Ich rief das Profil auf. »In seinen persönlichen Informationen steht Wittmund als Wohnort.«

»Na schau, auch nicht gerade um die Ecke. In Zeiten des Klimawandels muss man sich genau überlegen, welche Strecke man mit dem Auto zurücklegt.«

»Du nimmst doch fast immer das Auto.«

»Ja, aber ich spare meine gar nicht erst zurückgelegten Kilometer auf einem grünen Konto. Nach Wittmund sind es hin und zurück bestimmt fünfzig Kilometer, dafür kann ich fast einen ganzen Monat lang mit dem Auto zur Arbeit fahren.«

Ich klappte den Laptop zu und streckte mich. »Mal schauen, wann die anderen sich melden. Und ob sie es überhaupt tun. Ich muss wohl auch noch mal ausführlicher mit meiner Mutter sprechen, gestern hatte sie nicht so viel Zeit, weil sie zur Arbeit zurückmusste, und ich habe noch einige Fragen an sie.«

»Das reicht auch morgen. Wenn du heute noch zu ihr fährst, läufst du Gefahr, zum Essen bleiben zu müssen.«

»Danke für den Hinweis.« Die Kochkünste meiner Mutter sind legendär, allerdings im negativen Sinn.

»Apropos Essen. Ich habe einen ganz schönen Hunger.« Diana sah von ihrem Ordner auf. »Wollen wir uns eine Pizza bestellen?«

»Lass uns zu Ernestos Pizzeria fahren, ich muss mal raus.« Ich rief Alexa an und fragte sie, ob sie noch in der Stadt war und sich dort mit uns treffen wollte. Sie war und sie wollte.

Als wir beim Restaurant ankamen, saß Alexa bereits an unserem Stammtisch und wartete auf uns – ein gewohntes Bild.

»Heute hätte ich darauf getippt, dass du zu spät kommst, Elli«, sagte sie zur Begrüßung. »Diana hat das schon die letzten beiden Male geschafft.«

»Ich werde es nachholen.«

Der Kellner kam, brachte die Speisekarten und nahm unsere Getränkebestellungen auf. Wir orderten eine Runde Bier, wobei Alexa auf die alkoholfreie Variante zurückgriff.

Mir fiel auf, dass sie ziemlich unglücklich wirkte. Verständlich, meine Lebensfreude würde auch ganz schön leiden, wenn ich den ganzen Tag nur gesundes Zeug essen und nie Alkohol trinken würde. »Ist alles in Ordnung?«

»Ach, es ist wegen Henry.« Alexa klappte die Speisekarte auf, sah aber nicht hinein, sondern stützte ihren Ellenbogen auf die »besonderen Empfehlungen des Hauses« und seufzte.

»Dem Knastbruder?«, fragte Diana. »Aus deiner Gruppe beim Kontaktzentrum?«

Alexa nickte. »Meine Muse. Genau das ist das Problem.«

»Du willst mit ihm ins Bett«, stellte Diana nüchtern fest.

Alexa zuckte mit den Schultern. »Wäre mir ganz recht.«

»Und wo liegt das Problem?« Diana hatte für die Speisekarte keinen Blick mehr übrig. »Du bist genauso verklemmt wie deine Cousine. Riskier's doch einfach.«

»Ich bin nicht verklemmt«, protestierte ich. »Ich lass es nur gern langsam angehen, man kann ja auch mal an einen Serienmörder geraten.«

»Henry saß nur wegen mehrerer Einbrüche«, sagte Alexa, »er ist kein Gewalttäter. Aber wenn ich dem Drang nachgebe, war's das mit der Muse. Sobald Sex im Spiel ist, ist es mit der Inspiration vorbei.«

»Sagt wer?« Diana wirkte ganz und gar nicht überzeugt.

»Alle großen Meister, die die Erfahrung gemacht haben. Sobald sich die Sehnsucht erfüllt, hat die Muse ihren Daseinszweck verloren.«

»Also willst du uns lieber nur die Ohren volljammern?«, fragte Diana.

»Du hast es erfasst.«

Der Kellner brachte unsere Getränke und nahm unsere Essensbestellungen auf. Die fällt, zumindest was mich betrifft, immer gleich aus. Ich habe nicht viele Ziele im Leben, aber mein Traum ist es, dass Ernesto eines Tages eine »Pizza Elli« ins Programm aufnimmt, dann muss ich sie mir nicht mehr extra mit Paprika, Oliven, Champignons und doppelt Käse bestellen.

»Wann ist deine Mutter eigentlich wieder im Lande?«, fragte ich Alexa. Vielleicht konnte Tante Christine mir etwas zu den damaligen Ereignissen sagen, immerhin stand sie ihrer

Schwester – meiner Mutter – immer sehr nahe. Momentan befand sie sich irgendwo am Mittelmeer, wo sie ihren Abschied vom Arbeitsleben feierte. Mallorca, wenn ich es richtig mitbekommen hatte.

»Bis zum Polterabend will sie auf jeden Fall wieder da sein.«

»Habe ich euch eigentlich schon erzählt, dass Bruno jetzt mit einem Zauberer zusammenarbeitet? Ich helfe ihm bei der Show.« Diana warf sich voller Stolz in die Brust.

Ich nahm einen Schluck von meinem Bier. »Wenn du hier demnächst auch als Clown auftauchst, sind wir geschiedene Leute.«

Diana winkte ab. »Keine Sorge, rote Haare stehen mir überhaupt nicht.«

»Schön, dass wir uns da einig sind.«

»Wie ist es dir eigentlich mit Madame Cassandra ergangen?«, fragte Alexa. »Konnte sie dir irgendwas Interessantes über Andreas Kalski berichten?«

»Wie man's nimmt. Sie hat angeblich mehrfach mit seinem Geist gesprochen.«

Alexa sah wenig überzeugt aus. »Sie besitzt zwar das sehende Auge, aber Geister gibt es nicht.«

Was das sehende Auge anbelangte, war ich mir nicht so sicher, aber grundsätzlich dachte ich genau wie Alexa, was Geister anging. Allerdings nur bei Tageslicht, nach Einbruch der Dunkelheit ging gern mal die Phantasie mit mir durch. »Sie sagte, sie hätte in einer Vision gesehen, dass meine Mutter etwas mit Andreas' Tod zu tun haben würde. Ansonsten habe ich keine wirklich brauchbaren Informationen aus ihr herausbekommen. Ach ja, bis auf eines, das hätte mich fast umgehauen. Sie behauptete, Andreas' Geist würde noch immer in der Villa umgehen. Violetta Kalski hat die Wohnräume ihres Sohnes deshalb seit vierzig Jahren nicht verändert. Alles ist noch so wie an dem Tag, an dem er das Haus für immer verließ.«

»Traurig.« Alexa schüttelte den Kopf.

Ich stutzte bei meinen eigenen Worten. »Gerade fällt mir noch etwas ein. Als ich gestern bei Violetta Kalski war, erwähnte sie eine dritte Tür. Sagt dir das was?«

»Eine dritte Tür?« Alexa sah mich ratlos an. »In welchem Zusammenhang?«

»Sie sprach gerade von dem Tag, an dem Andreas verschwand, hielt dann auf einmal inne, faselte was von einer dritten Tür und meinte gleich darauf, sie hätte sich geirrt.«

»Vielleicht hat ihr Haus eine dritte Haustür, durch die Andreas sich davongeschlichen hat«, sagte Diana.

Alexa stützte das Kinn in die Hand. »Oder es hat was mit dem Ziegenproblem zu tun.«

»Wie kommst du jetzt auf Ziegen?«, fragte Diana.

»Das wird nur so genannt, es geht um Wahrscheinlichkeitsrechnung. Ihr kennt doch diese Spielshows, bei denen der Kandidat sich für eine von drei Türen entscheiden muss. Hinter zwei Türen befinden sich Trostpreise und nur hinter einer ein wirklich wertvoller Preis.«

»Und der Preis ist in diesem Fall was?«, fragte ich. »Die Kopie seines Zugtickets, die uns sagt, wohin er gefahren ist?«

»Hast du Madame Cassandra nach der Tür gefragt?«, sagte Alexa.

»Nein, ich konnte mit der Bemerkung ja gar nichts anfangen und habe bis eben nicht mehr dran gedacht.«

»Es hat bestimmt was mit ihrem Haus zu tun.« Diana heftete ihren Blick auf mich. »Wir sehen uns diese Villa morgen mal genauer an. Vielleicht finden wir ja einen Raum mit drei Türen.«

»Ich breche nicht in eine leer stehende Geistervilla ein«, sagte ich.

»Von einem Einbruch habe ich gar nicht gesprochen. Wir schauen uns das Häuschen einfach mal von außen an und werfen einen Blick durch die Fenster.«

»Und wenn uns jemand dabei sieht? Ich habe keine Lust,

künftig zusammen mit den schweren Jungs in Alexas Knastigruppe mein Dasein zu fristen.«

»Du bist schon wieder so negativ. Aber keine Sorge, niemand wird uns drankriegen. Ich weiß nämlich genau, wie wir es anstellen.«

# 12

Violetta Kalskis Haus lag nicht weit von meiner Wohnung entfernt, also ging ich zu Fuß. So konnte ich auch vermeiden, dass jemand mein Auto bemerkte, falls Dianas bahnbrechender Plan schiefging. Diana hat einen schier unerschöpflichen Fundus an Ideen, leider sind nicht alle zur Umsetzung geeignet. Das zeigt sich aber meist erst im Nachhinein, wenn die Kacke schon am Dampfen ist.

Auf dem Weg kontrollierte ich meine Facebook-Nachrichten auf dem Handy, Inge Behrends und Dieter Kuhlmann hatten nicht geantwortet.

Mit jeder Kreuzung, die ich passierte, wurde die Gegend ein wenig nobler, bis ich schließlich dort landete, wo die Straße zu beiden Seiten von imposanten Stadtvillen gesäumt wurde. Die Kalski-Villa ragte wie ein grauer Riese hinter einer Buchenhecke empor. Ich erreichte den Rand des Grundstücks just in dem Moment, als Diana in ihrem Fiat um die Ecke schoss, direkt vor der Grundstücksauffahrt hielt und aus dem Auto stieg. Sie schlug die Tür mit einem kräftigen Knall zu.

»Willst du nicht lieber dahinten parken?« Ich deutete vage die Straße runter. »So machen wir uns doch total verdächtig.«

»Eben nicht. Das tun wir nur, wenn wir einen auf geheim machen. Es gibt keinen sichereren Zeitpunkt für einen Einbruch als am helllichten Tag, weil die Leute dann nicht damit rechnen. Hier, zieh das an.« Sie reichte mir ein schwarzes Poloshirt mit einem lilafarbenen, geschwungenen Schriftzug auf Brusthöhe. »Heikes Hausmeisterservice« stand dort drauf, darunter der Zusatz »von Frau zu Frau«.

»Für einen Einbruch? Du hast gesagt, wir sehen uns nur draußen ein wenig um und spähen durch die Fenster.«

»Meinte ich ja auch. Das mit dem Einbrechen war nur ein

Vergleich. Ich habe gelesen, dass es bei Kriminellen total angesagt ist, das tagsüber zu machen.«

»Wer ist Heike?« Ich deutete auf den Schriftzug.

»Ich. Jedenfalls jetzt gerade. Ich war bei Wilbert im Druckshop und habe die Shirts für uns anfertigen lassen.« Sie drückte mir noch eine passende schwarze Schirmmütze in die Hand, ehe sie sich ihres T-Shirts entledigte, unter dem sie ein Top trug, und das Poloshirt überzog.

Ich zögerte, denn unter meinem T-Shirt befand sich nichts außer einem verwaschenen BH und einer Pommes-Plauze. Kurzerhand zog ich das Shirt einfach über das andere, klemmte meine Haare unter die Mütze und folgte Diana auf das Grundstück. In der Hand hielt sie einen lilafarbenen Werkzeugkoffer, den sie energisch vor- und zurückschwenkte, um unser Inkognito zu vervollständigen. Ich musste ihr zugestehen, dass die ganze Sache dadurch gleich viel offizieller wirkte. Falls uns trotzdem jemand ansprach, konnten wir immer noch behaupten, wir hätten uns im Haus geirrt.

Das ganze Anwesen wirkte erstaunlich gepflegt, wenn man bedachte, dass seine Besitzerin seit mehreren Jahren in der Seniorenresidenz lebte. In den Steinfugen der Auffahrt zeigte sich kein Fitzelchen Unkraut, die Fenster glänzten wie frisch geputzt. Am gesamten Haus gab es nicht die Spur eines Verfalls.

»Wollen wir zuerst klingeln?«, fragte ich. »Um ganz sicher zu sein, dass niemand hier ist? Vielleicht hat sie die Villa oder einen Teil davon vermietet, und derjenige hält sie für sie in Schuss. Auf jeden Fall sieht regelmäßig jemand nach dem Rechten, so ordentlich, wie alles ist.« Ich wünschte, dies würde auch für meine Wohnung gelten, die meist einem mittelschweren Schlachtfeld glich. Zumindest dann, wenn unerwartet Besuch vor der Tür stand. Wenn sie mal sauber und aufgeräumt war, besuchte mich nie jemand.

Diana nickte, und ich drückte den Klingelknopf. Ein dunkler Gong ertönte, der Strom war also nicht abgeschaltet. Was auch immer das bedeuten mochte. Wir spitzten die Lauscher, um zu hören, ob sich Schritte näherten, aber nichts tat sich. Zur Sicherheit klingelten wir erneut, aber auch diesmal Fehlanzeige.

»Lass uns schauen, ob jemand hinten im Garten ist.« Ich öffnete eine Pforte seitlich von uns.

Das Grundstück war im hinteren Teil von dichten Büschen umwachsen, vorne versperrte die Buchenhecke den Blick. Violetta Kalski hatte eindeutig Wert auf Privatsphäre gelegt. Mir sollte es recht sein, so saßen wir hier wenigstens nicht auf dem Präsentierteller.

Der Verkehrslärm der nahe gelegenen Fockenbollwerkstraße drang durch die Blätterwand nur dumpf zu uns herüber. Der Garten bestand überwiegend aus einer gepflegten Grünfläche, in deren Mitte sich ein weißer Springbrunnen von etwa zwei Metern Höhe befand, dessen Wasserzulauf jedoch abgestellt war. Um das untere Wasserbecken wanden sich eingemeißelte und ineinander verwobene Körper. Noch so ein Kunstwerk, das ich nicht verstand.

»Wollen wir mal durch die Fenster sehen?«, fragte Diana.

Ich nickte. »Die Idee mit der dritten Haustür können wir jedenfalls vergessen, das Haus hat nur zwei Eingänge.«

Wir lugten durch ein Fenster.

»Vermietet ist das Haus definitiv nicht.« Ich stellte mich auf die Zehenspitzen, um den ganzen Raum, wahrscheinlich das Wohnzimmer, überblicken zu können. »Die Möbel sind allesamt mit weißen Laken abgedeckt. Wie in diesen alten Filmen.« Irgendwie ganz schön gruselig, bei diesem Anblick konnte ich mir sehr gut vorstellen, dass in diesem Haus ein Geist umging, Tageslicht hin oder her.

Wir klapperten die übrigen Fenster ab, in sämtlichen Räumen waren die Möbel abgedeckt.

»Von außen gibt es nicht viel zu sehen«, sagte ich.

Diana schritt erneut um das Haus herum und auf die Haustür zu. »Warte kurz, ich will mir mal eben das Klingelschild ansehen.«

»Was soll an einem Klingelschild so besonders sein?« Ich folgte ihr eher unwillig. Diana hatte sich zum Türschloss gebeugt und stocherte mit irgendetwas darin herum. »Bist du jetzt total bekloppt? Du kannst doch nicht einbrechen!«, zischte ich. »Hattest du das etwa die ganze Zeit geplant, als du sagtest, wir wollten uns auf dem Grundstück umsehen?«

Diana sah nicht einmal auf. »Du musst dringend lockerer werden.«

»Seit wann weißt du überhaupt, wie man Schlösser knackt?«

»Ich habe mir gestern ein Video-Tutorial im Internet angesehen und zu Hause geübt. Schau, ich stecke einfach diesen gedrehten Draht unten in das Schloss und schiebe mit dem anderen Draht die Stifte im Inneren hoch. Das dauert nur ein paar Sekunden.«

Es dauerte nicht nur ein paar Sekunden. Genau genommen tat sich auch nach mehreren Minuten noch nichts. Nervös trippelte ich von einem Fuß auf den anderen und wünschte mich ganz weit weg.

Nach einer gefühlten Ewigkeit zog Diana die beiden Drähte entnervt aus dem Schloss. »Scheiß Video-Tutorial, war bestimmt von der Polizei gesponsert. Von wegen Einbruchverhütung und so.« Sie steckte ihr Werkzeug wieder ein und zuckte enttäuscht mit den Schultern. »War wohl nichts.«

»Hast du das gestern überhaupt an einem richtigen Schloss ausprobiert?«

»Klaro.«

»An einem *Tür*schloss?«

»Du bist schon wieder so negativ. Es war kein Türschloss, sondern eins dieser Vorhängeschlösser. Aber Schloss ist Schloss, da gibt es kaum Unterschiede. Kennst du eins, kennst du alle. Das ist eine alte Weisheit unter uns Türknackern.«

Wir kehrten zu Dianas Fiat zurück.

»Wir wissen jetzt immerhin, dass das Haus derzeit nicht bewohnt ist.«

Diana warf einen Blick zurück auf das graue Gebäude. »Der

alte Kasten kommt mir seltsam vor. Irgendwas stimmt da nicht, aber ich kann nicht sagen, was. Es ist nur ein Gefühl.«

»Kann am Geist liegen. Willst du dir etwa noch ein Tutorial über Türschlösser ansehen, um da reinzukommen?«

Sie lehnte sich gegen ihren Wagen, ihre Miene erhellte sich. »Ich habe einen besseren Plan.«

»Und der lautet?«

»Wir hören uns bei Alexas Knastjungs um, bestimmt ist einer dabei, der sich mit Einbrüchen auskennt.«

»Darf ich dich daran erinnern, dass beim letzten Mal, als wir uns an die Knastjungs gewandt haben, jemand auf mich geschossen hat?«

»Das war doch gar keine scharfe Munition.«

»Ich hatte zwei Wochen lang blaue Flecken!«

Diana ignorierte meinen Einwand. »Ist Alexas Henry nicht seinerzeit wegen Einbruchs verknackt worden? Vielleicht kann er uns helfen.«

»Sie wird Henry sicherlich nicht dieser Gefahr aussetzen. Wenn er erneut in den Knast wandert, hat sie schließlich nichts mehr von ihrer Muse.«

»Dann eben einer seiner Kollegen. Es gibt doch sicherlich mehrere Einbrecher in der Gruppe.«

»Kann schon sein. Aber die Jungs sind doch nur im Kontaktzentrum gelandet, weil sie bei ihren Taten erwischt wurden und in den Bau mussten«, gab ich zu bedenken. »Das klingt nicht gerade nach einer besonderen Empfehlung.«

»Wenn du einen besseren Plan hast, dann nur her damit. Das Haus ist nun mal die heißeste Spur, die wir haben.«

Mein Hirn arbeitete auf Hochtouren, ich hatte nicht die geringste Lust, in ein Geisterhaus einzubrechen. »Wir sollten unser Glück erst noch mal bei dem Privatdetektiv versuchen. Und mit meiner Mutter will ich außerdem reden. In den Notizbüchern von Fabricius steht eine Aussage von ihr, der zufolge sie damals glaubte, Andreas habe einen Unfall gehabt. Mir hat sie gesagt, er habe ihr wohl nicht alles erzählt und sei ins Ausland gegangen. Ich würde zu gern wissen, wie es zu diesem Sinneswandel kommen konnte.«

»Meinetwegen. Aber wenn da nichts bei rauskommt, fragen wir bei den Knastjungs nach.«

»Klaro.« Ich hoffte inständig, dass es nicht dazu kommen würde.

Mein Telefon klingelte, ich fischte es aus meiner Handtasche. Die Nummer meiner Eltern war im Display zu sehen, zu meiner Überraschung meldete sich jedoch mein Vater. Er greift nur selten zum Hörer, sofort beschlich mich ein ungutes Gefühl.

»Was ist passiert?«, fragte ich.

»Es geht um deine Mutter.« Seine Stimme zitterte. »Sie hatte einen Unfall. Sie wurde gerade ins Krankenhaus gebracht.«

Die Ubbo-Emmius-Klinik lag nur einen Katzensprung von der Kalski-Villa entfernt. Diana hielt mit quietschenden Reifen vor dem Eingang, ich sprang aus dem Wagen, und sie fuhr weiter zum Parkplatz. Am Empfang nannte man mir Station und Zimmernummer. Ich flitzte die Gänge entlang und die Treppe hinauf. Kurz bevor ich das Krankenzimmer meiner Mutter erreichte, lief ich einer Schwester über den Weg. Sie sah mich streng an, als ich schlitternd vor ihr zum Stehen kam.

»Entschuldigen Sie, ich möchte zu Maria Vogel, sie ist meine Mutter. Sie hatte heute einen Unfall. Können Sie mir sagen, wie es um sie steht?«

Der Blick der Krankenschwester wurde weicher. »Sie müssen sich keine Sorgen machen, Ihrer Mutter geht es den Umständen entsprechend gut. Wir behalten sie eine Nacht zur Beobachtung hier.

Mir fiel ein Felsbrocken vom Herzen. Ich klopfte an die Zimmertür und trat ein.

»Eleonore.« Meine Mutter lag blass zwischen den weißen Laken und wirkte ungewohnt verletzlich. Sie lächelte zur Begrüßung, und ich umarmte sie, wobei ich darauf achtete, mich nicht in dem Tropf zu verheddern, der in ihrer Armbeuge steckte. Der typische Geruch von Desinfektionsmitteln hing in der Luft.

»Was ist passiert?«, fragte ich.

»Ich kann mich nur verschwommen erinnern. Ich wollte das Auto aus der Garage holen, irgendwie muss sich das Garagentor gelöst haben und ist auf mich runtergesaust.« Sie deutete auf ihren Kopfverband. »Platzwunde. Macht sich nicht gut auf den Hochzeitsfotos.«

Ich zog mir einen der Besucherstühle ans Bett und setzte mich. »Ist Papa nicht hier?«

»Er ist schon wieder weg, um mir ein paar Sachen zu besorgen. Ich muss heute Nacht hierbleiben, die Ärzte wollen sichergehen, dass keine schwere Gehirnerschütterung vorliegt.« Sie seufzte. »Dieser Unfall ist zweifelsohne der bisherige Höhepunkt meiner Pechsträhne.«

Tatsächlich waren das Garagentor und ihr Kopf keine ideale Kombination. Ich dachte daran, dass meine Mutter mir erzählt hatte, ihr würden seit der Verlobung ständig Missgeschicke passieren, die nur mit Glück keinen größeren Schaden anrichteten. Ich hatte ihre Schilderungen auf ihre angespannten Nerven wegen der Hochzeit zurückgeführt, wodurch sie oft fahrig und unaufmerksam war. Aber was, wenn doch mehr dahintersteckte? »Was ist denn außer der Sache mit dem Dachziegel und den kaputten Autoreifen noch passiert? Ich meine nicht die Kleinigkeiten wie zerbrochene Vasen oder so, sondern Dinge, die wirklich ernst hätten ausgehen können.«

Meine Mutter sah zur Zimmerdecke, während sie nachdachte. »Neulich hatten sich die Reifenmuttern an den Vorderrädern unseres Wagens gelöst, da hat die Werkstatt beim Reifenwechsel wohl Murks gemacht. Und der Schlauch für die Bremsflüssigkeit hatte ein Leck, das ist mir zufällig aufgefallen, weil das Pflaster unter dem Wagen nass war. Dann die Sache mit dem Dachziegel, der vom Dach gerutscht ist, die Schrauben in den Autoreifen und nun das Garagentor. Ach ja, eine andere Sache hätte auch übel ausgehen können. Das war aber schon im Dezember, gleich nach unserer Verlobung. Als ich morgens den Ostfriesland-Reporter aus dem Zeitungsrohr zog, ist mir aufgefallen, dass ein Stromdraht an unserer Klingel herausstand. Da hat nicht viel gefehlt. Zum Glück habe ich die Zeitung ausnahmsweise geholt und nicht dein Vater, der ist morgens doch immer noch in seiner eigenen Welt und hätte das bestimmt nicht bemerkt.«

»Dir passieren in letzter Zeit ja wirklich viele solcher Dinge.«

»Sag ich doch! Es ist ein schlechtes Omen.«

»So etwas gibt es nicht. Aber womöglich haben diese Geschehnisse wirklich etwas mit eurer Hochzeit zu tun. Vielleicht handelt es sich um gut getarnte Anschläge, mit denen jemand eure Hochzeit verhindern möchte. Das würde erklären, warum diese Dinge erst seit eurer Verlobung geschehen.«

Meine Mutter sah nicht überzeugt aus. »Wer sollte das wollen?«

Gute Frage. Um sie zu beantworten, musste ich nicht lange überlegen. »Vielleicht Andreas? Möglicherweise denkt er, dass er die älteren Rechte hat.«

»Das fällt ihm aber ganz schön spät ein, immerhin hätte er mich damals doch einfach heiraten können.«

Ich glaubte meiner Vermutung selbst nicht so recht. Zumal sie äußerst spekulativ war. »War auch nur ein Gedanke.« Aber wo wir schon mal beim Thema waren ... »Ich habe mir die Unterlagen von Günther Fabricius angesehen, und dabei ist mir aufgefallen, dass du damals eine andere Meinung zu Andreas' Verschwinden hattest als heute. Demnach gingst du von einem Unfall aus.«

Meine Mutter nickte. »Das ist richtig.«

»Wie kam es, dass du deine Meinung geändert hast?«

»Wie es dazu kam?« Sie wollte sich aufrappeln, ließ sich aber mit schmerzverzerrter Miene aufs Bett zurücksinken. »Eleonore, du kannst dir nicht vorstellen, in was für einer Situation ich mich damals befand. Monatelang war ich die Eine, für die der von allen begehrte Andreas Kalski offen geschwärmt hat, die ihn aber immer wieder abblitzen ließ. Bis ich schließlich doch eine Beziehung mit ihm begann. Ich hatte einfach das Gefühl, zwischen uns würde alles passen. Nicht wenige aus Andreas' Umfeld waren aber anderer Meinung, allen voran Franks Freundin Rita. Sie sagte immer, Andreas würde mich eines Tages satthaben und das Weite suchen. Ich dachte, sie würde das nur sagen, weil sie eifersüchtig war und selbst auf ihn stand. Er hätte mich doch niemals freiwillig verlassen. Als er dann fort war und sich herausstellte, dass die anderen recht gehabt hatten, wollte ich es zunächst nicht wahrhaben und habe mir eingeredet, dass Andreas einen Unfall gehabt haben musste. Als man ihn aber auch Tage später noch immer nicht gefunden hatte, musste ich einsehen, dass ich falschlag.«

»Hast du noch Kontakt zu irgendwem aus der Clique?«

Sie schüttelte den Kopf. »Nein, es waren ja in erster Linie Andreas' Freunde, und nach der Schulzeit trennen sich die Wege in den meisten Fällen sowieso. Nur Norbert Coordes habe ich letzten Monat noch mal bei unserem vierzigjährigen Klassentreffen gesehen.«

»Weißt du zufällig, wie es zum Zeitpunkt seines Verschwindens finanziell bei Andreas und seiner Mutter aussah?«

»Ich denke, gut. Er hat nie etwas Gegenteiliges erwähnt, und seine Mutter ließ damals die Villa renovieren, das hätte sie sicherlich nicht gemacht, wenn sie es sich nicht leisten konnte.«

»Hat Andreas mal über seinen Vater gesprochen?«

»Nein, der war ihm egal. Ich weiß, worauf du hinauswillst, aber das, was damals in den Zeitungen stand, wonach Andreas sich auf die Suche nach ihm begeben hätte, war völliger Quatsch, da bin ich sicher. Und die ganzen Theorien, wer alles für die Vaterschaft in Frage käme, auch. Nur Violetta Kalski kennt die Antwort auf diese Frage.«

»Du sagtest, ihr hättet euch bei eurer letzten Begegnung in der Stadt getroffen. Was habt ihr da gemacht?«

»Wir waren Eis essen, bummeln, haben die freie Zeit vor dem Studium genossen. Und uns beim Juwelier im Schaufenster nach Trauringen umgesehen.« Sie lächelte versonnen. »Wir wollten am nächsten Tag in das Geschäft gehen, aber daraus wurde dann ja nichts mehr.« Ihr Lächeln schwand.

»Ist dir an dem Tag irgendwas an ihm aufgefallen? Hat er sich anders verhalten, oder schien er Angst vor jemandem zu haben?«

»Nein, er war wie immer, vielleicht ein wenig ruhiger als sonst. Er hatte sich wohl einen bösen Bluterguss geholt. Manchmal ist er plötzlich zusammengezuckt, wenn ich ihn berührt habe. Er sagte, er sei über eine Werkzeugkiste gefallen, die die Handwerker im Flur abgestellt hatten.«

»Sagt dir ›die dritte Tür‹ etwas? Vielleicht in Bezug auf das Kalski-Haus?« Irgendjemand musste doch wissen, was es mit dieser Andeutung auf sich hatte. Violetta Kalski hatte zwar behauptet, sie hätte sich geirrt, aber ich wurde das Gefühl nicht los, dass mehr dahintersteckte.

»Nein, das sagt mir nichts. Kann aber auch daran liegen.« Sie deutete auf ihren Kopf und machte ein bedauerndes Gesicht.

Ich tätschelte ihre Hand und sah auf die Uhr. »Ich sollte langsam wieder los, Diana wartet auf dem Parkplatz. Kommst du hier klar? Sonst kann ich schnell runterlaufen und ihr sagen, dass sie schon mal ohne mich fahren soll.«

»Mach dir keine Sorgen, dein Vater wird bald zurück sein. Und morgen schmeißen sie mich hier sowieso wieder raus. Heutzutage wird man ja schnell entlassen, Hans ist nach seinem Zusammenbruch schließlich auch schon wieder zu Hause.«

Ich hielt inne. »Mir kommt da gerade ein schräger Gedanke. Wo wir doch eben davon sprachen, dass es sich bei deinen Unfällen vielleicht um den Versuch handelt, die Hochzeit zu sabotieren: Könnte es sein, dass jemand Hans Lemkes Herzanfall absichtlich herbeigeführt hat? Immerhin machst du kein

Geheimnis daraus, dass du Papa nur heiraten wirst, wenn er euch traut.«

»Das klingt sehr weit hergeholt. Ich weiß gar nicht, ob so was möglich ist. Außerdem wäre das bei seiner Untersuchung im Krankenhaus doch bestimmt aufgefallen.«

»Weiß Papa eigentlich von dir und Andreas?«

Meine Mutter nickte. »Ich habe keine Geheimnisse vor ihm.«

Ich umarmte sie zum Abschied und kehrte zum Parkplatz zurück, wo Diana in ihrem Auto saß und den Hip-Hop-Song hörte, zu dem Wilbert seinen Ausdruckstanz am Kugelbrunnen hingelegt hatte.

»Wie geht es ihr?«, fragte sie.

»Besser als gedacht. Sie darf morgen schon wieder nach Hause.« Ich erzählte ihr, was passiert war, während ich mich auf den Beifahrersitz setzte und mich anschnallte. Auch meinen Verdacht, jemand könnte die Hochzeit sabotieren wollen, erwähnte ich. »Ich musste sofort an Andreas denken, der schließlich zuerst mit ihr verlobt war, auch wenn es abwegig erscheint.«

»Wenn man Madame Cassandra glaubt, irrt Andreas doch schon seit vierzig Jahren als Geist herum. Ich kann mir kaum vorstellen, dass er von den Toten auferstanden ist, um zu verhindern, dass deine Mutter einen anderen heiratet. Aber falls er noch lebt … dann könnte er schon etwas damit zu tun haben, da stimme ich dir zu.« Diana griff zum Schlüssel im Zündschloss. »Jetzt also zum Privatdetektiv?«

»Ja. Hoffentlich ist er inzwischen zu Hause. Danach wenden wir uns an die Knastis, egal was bei dem Besuch herauskommt. Und heute Nacht sehen wir uns in der Villa um. Ich will wissen, was Violetta Kalski mir verschwiegen hat und ob an der Idee was dran ist, dass ihr Sohn nach Aurich zurückgekehrt ist, um zu verhindern, dass meine Mutter einen anderen heiratet.«

## 13

Georg Hoffmeyer war ein ausgewachsenes Arschloch. Um das festzustellen, musste ich kein Proktologe sein. Er erinnerte mit seinem markanten Schnauzbart an Kommissar Schimanski, hatte aber eine zu hohe Stimme, um wirklich cool zu wirken. Dieses Defizit machte er durch Unfreundlichkeit wieder wett.

»Sie sollten sich nicht in Dinge einmischen, die Sie nichts angehen.«

»Die Sache geht mich etwas an. Ich will wissen, was mit dem Verlobten meiner Mutter passiert ist.«

»Ich kann zu laufenden Ermittlungen keinerlei Auskunft geben.«

»Nichts für ungut, aber der Vermisstenfall liegt vierzig Jahre zurück«, sagte ich. »Ich weiß, dass Frau Kalski vom Tod ihres Sohnes ausgeht, das hat sie mir persönlich gesagt. Worin bestehen also Ihre Ermittlungen? Es kann doch eigentlich nur noch darum gehen, Andreas' Leichnam zu finden, oder nicht?«

»Möglich.«

»Dann teilen Sie ihre Einschätzung? Oder haben Sie auch andere Spuren verfolgt, die Auslandstheorie zum Beispiel?«

»Ich bin Ihnen keine Rechenschaft schuldig, Sie sind nicht meine Klientin.«

»Aber die Gehaltsschecks nehmen Sie doch sicherlich noch gern an. Bekommt Frau Kalski dafür überhaupt noch eine Gegenleistung, oder findet Ihre Dienstleistung nur auf dem Papier statt?«

Er schlug uns die Tür vor der Nase zu, und wir waren genauso schlau wie zuvor.

»Bestimmt rührt der in dieser Sache schon seit Jahren keinen Finger mehr«, sagte ich. »Der streicht nur noch das Geld ein, sonst hätte er gerade nicht so ertappt reagiert.«

»Was für ein Unsympath«, sagte Diana, als wir uns wieder

ins Auto setzten. »Ich wette, wenn wir genug Kohle auf den Tisch geblättert hätten, wäre er gesprächiger gewesen.«

»Wenn er denn überhaupt brauchbare Informationen hat. Er wirkte auf mich nicht gerade so, als habe er sich in den letzten Jahren ein Bein ausgerissen, um Violetta Kalski zu helfen.« Ich nahm mein Handy und strich über das Display. »Ich rufe jetzt Alexa an und organisiere uns einen Türöffner für die Kalski-Villa.«

»Du gefällst mir, wenn du so handlungsbereit bist. Mut zum Risiko.«

Ich wählte die Nummer und erklärte Alexa unser Problem. Sie versprach, sich bei ihren Schützlingen umzuhören und sich gleich wieder zu melden.

Nur Minuten später erfolgte der Rückruf, ich stellte das Telefon auf laut.

»Toto hilft euch gern«, sagte Alexa. »Er ist Henrys Cousin zweiten Grades und noch nicht vorbestraft, also hätte er nur mit einer Bewährungsstrafe zu rechnen, sollte er erwischt werden.«

Ich wünschte, ich könnte mir von Totos optimistischer Lebenseinstellung eine Scheibe abschneiden. »Wann kann er uns Zutritt zu der Villa verschaffen?«

»Ihr sollt bei Einbruch der Dämmerung vor Ort sein. Er sagt, er sei noch ein Einbrecher vom alten Schlag und würde von den neumodischen Methoden, tagsüber irgendwo einzusteigen, nichts halten. Wenn es dämmert, braucht ihr auch noch keine Taschenlampen und macht draußen niemanden auf euch aufmerksam.«

Dafür ist der Geist dann bestimmt schon in der Villa unterwegs, überlegte ich. Keine schöne Vorstellung. Ich bedankte mich bei Alexa und legte auf.

»Das finde ich gut, ich mag Männer mit Prinzipien«, sagte Diana. »Man muss auch nicht jeden neumodischen Trend mitmachen. Toto ist der Fachmann, wir sollten auf sein Urteil vertrauen. Ich glaube inzwischen sowieso, dass das in dem Video-Tutorial totaler Quatsch war.«

»Sag bloß. Dann bist du jetzt ja wenigstens davon kuriert.«

»Mal schauen, bis zur Dämmerung sind es noch ein paar Stunden, die muss ich mir irgendwie vertreiben.«

Auch ich nutzte die Stunden, die mir bis zum Zusammentreffen mit dem hilfsbereiten Einbrecher blieben, und ging erneut alles durch, was mir an Informationen vorlag, um mir einen Überblick über meine gesammelten Erkenntnisse zu verschaffen.

Bislang war ich mir noch nicht darüber klar geworden, wie ich Andreas Kalski einschätzen sollte. Konnte es wirklich sein, dass er als Racheengel unterwegs war, um die Hochzeit meiner Eltern zu verhindern? Ich konnte es mir eigentlich nicht vorstellen, vorausgesetzt, dass er überhaupt noch lebte, aber in manchen Köpfen gehen ja die absonderlichsten Dinge vor, daher wollte ich keine Möglichkeit ausschließen.

Ich machte ein Nickerchen auf dem Sofa, O'Malley lag schnurrend auf meinem Bauch und verschaffte mir durch seine Körperwärme Schweißausbrüche. Es wurde wirklich Zeit, dass dieses Sommerintermezzo ein Ende fand. Als Ostfriese ist man darauf eingestellt, dass fast das ganze Jahr hindurch Herbstwetter herrscht. Diese Hitze brachte meinen Organismus völlig durcheinander, außerdem war ich noch meilenweit von einer bikinitauglichen Figur entfernt.

Das Telefon klingelte, es war Phil. »Ich wusste nicht, ob du noch wach bist.«

»Bin ich, es ist ja noch nicht mal zehn.«

»Hast du noch was vor?«

»Nein.« Einem Polizisten sollte man wohl besser nicht erzählen, dass man einen Einbruch plant. Jedenfalls konnte es nicht schaden, diese Tatsache zu verschweigen.

»Soll das heißen, du liegst jetzt ganz allein in deinem großen Bett und denkst an mich?«

»Weder das eine noch das andere. Ich liege auf dem Sofa, O'Malley hat sich auf mir breitgemacht.«

»Der Glückliche.«
»Wann kommst du am Freitag an?«
»Gegen Abend. Darf ich dich dann zum Essen einladen?«
»Gern. Worauf darf ich mich denn freuen?«
»Ernesto-Pizza und Bier in meiner Wohnung?«
»Hört sich nach der Sparversion an.«
Seine Stimme wurde weicher. »Es geht eigentlich mehr um den Nachtisch.«
Mein Herzschlag legte einen Zahn zu, und ein Kribbeln breitete sich in mir aus. »Ich hatte schon lange keinen Nachtisch mehr. Woran hast du da gedacht?«
»Er wird wohl ziemlich heiß sein. Heißer jedenfalls als Ernestos Pizza.«
»Oh, und die ist immer besonders heiß.«
»Nichts im Vergleich zu meinem Nachtisch, Süße. Verlass dich drauf.«

Von Toto, dem Einbrecherkönig, sah ich nicht viel mehr als einen dunklen Umriss. Er trug schwarze Kleidung und hatte eine schlaksige Gestalt. So schnell, wie er aufgetaucht war, verschwand er auch wieder. Lautlos, ohne ein Wort. Der einzige Beweis für die Sekunden seiner Anwesenheit war die Haustür, die nun unheilvoll in den Angeln schwang.
»In einer Stunde kommt er zurück und schließt wieder ab. Also auf ins Vergnügen.« Diana marschierte zielstrebig voraus.
»Mir ist überhaupt nicht wohl dabei.« Ich schlich hinter ihr her, trat vorsichtig über die Schwelle und scannte den lang gezogenen Flur nach einem Geist ab.
»Wir brechen doch gar nicht ein, die Tür stand schließlich schon offen.«
»Was nicht der Fall gewesen wäre, hätten wir Toto nicht darum gebeten, sie zu öffnen.« Ich trippelte dicht hinter Diana her, Schweiß sammelte sich in meinen Einweghandschuhen. »Außerdem geht Andreas' Geist in der Villa um. Ich bin nicht scharf darauf, ihm zu begegnen.«

»Warum hast du dich nicht vorbereitet? Ich trage eine Kreuzkette um den Hals und habe zu Hause noch extra viel Knoblauch gegessen.«

»Er ist doch kein Vampir.«

»Woher willst du das wissen?«

Obwohl meine Turnschuhe auf dem mit Läufern ausgelegten Boden keine Geräusche verursachten, ging ich auf Zehenspitzen. Nach dem zu urteilen, was ich im Dämmerlicht erkennen konnte, lag hier weniger Staub als in meiner Wohnung. Nun gut, dazu gehörte auch nicht viel, aber es war schon auffällig, dass ein leer stehendes Haus so sauber war. Vielleicht war Andreas aber auch einfach ein wirklich guter Hausgeist; mit irgendwas musste er sich schließlich die Zeit vertreiben, wenn er seit vierzig Jahren hier umging. Das Haus roch auch nicht so, als sei es seit Jahren unbewohnt. Der einzig wahrnehmbare Geruch bestand aus Dianas Knoblauchfahne.

Vom Flur zweigten vier Türen und eine Treppe ab. Wir steuerten auf die Treppe zu und stiegen in Andreas Kalskis Reich im Dachgeschoss empor.

Oben stießen wir im deutlich kürzeren Flur auf drei weitere Türen, und Violetta Kalskis Bemerkung über die dritte Tür schob sich in mein Gedächtnis. Hatte sie auf Andreas' Wohnung angespielt?

Ich sah in jeden Raum, um mir einen Überblick zu verschaffen. Links befand sich das Wohnzimmer, geradeaus ein kleines, grün gefliestes Gäste-WC und rechts das Schlafzimmer. Auf den ersten Blick überall spukfreie Zone. Vielleicht gehörte der Geist aber auch der alten Schule an und tauchte erst um Mitternacht auf. Ich hoffte es, denn dann würden wir schon über alle Berge sein.

Wir starteten im Wohnzimmer. Ein braunes Sofa mit Rundecke auf einem beigefarbenen Teppich, alte Werbeplakate an den Wänden und ein großer Wohnzimmerschrank empfingen uns. Wir machten uns daran, ihn zu durchsuchen. In einem

Barfach standen verschiedene Spirituosen, daneben Gläser. Oberhalb waren Bücher aufgereiht. Ich schaute noch kurz in eine Schublade, aber außer einiger Spielkarten und Fotos von Personen, die ich nicht kannte, befand sich nichts darin.

»Ich glaube nicht, dass er hier die Dinge aufbewahrt hat, die ihm wirklich wichtig waren«, sagte ich. »Lass uns mal ins Schlafzimmer gehen, vielleicht finden wir da was.«

Die Möblierung im Schlafzimmer bestand aus einem Bett mit Nachtkonsole, einem Kleiderschrank und einem Schreibtisch. Ich durchsuchte den Nachttisch. Alte Zeitschriften und ein batteriebetriebener Wecker, der längst den Geist aufgegeben hatte. Ich tigerte weiter zum Schreibtisch, Diana machte sich am Kleiderschrank zu schaffen. Über dem Schreibtisch hing ein Foto meiner Mutter. Sie saß auf einem abgesägten Baumstamm, ein Schlapphut hing ihr schief ins Gesicht, und sie lachte den Fotografen an. Das Blitzen in ihren Augen verriet mir, dass es sich dabei um Andreas handeln musste.

»Ich hatte mir von unserer Aktion irgendwie mehr versprochen«, sagte ich, nachdem ich den Schreibtisch abgearbeitet hatte. Nur Schulunterlagen, sonst nichts. Keine aufschlussreichen Entdeckungen, keine Anhaltspunkte, was es mit der dritten Tür auf sich haben könnte.

Diana tauchte aus dem Kleiderschrank auf. »Ich habe auch nichts Besonderes gefunden. Na ja, wenn man davon absieht.« Sie hielt einen geblümten BH hoch. »Könnte deiner Mutter gehören.«

»Ich will's lieber gar nicht wissen. Wollen wir uns noch im restlichen Haus umsehen?« Ich warf einen Blick auf meine Armbanduhr. »Wir haben noch über zwanzig Minuten, der erste Stock würde mich interessieren.«

»Aye, Captain.« Diana schloss die Schranktür, und wir gingen ein Stockwerk nach unten.

Als Erstes öffnete ich die Tür, die der Treppe am nächsten war. Dahinter befand sich ein Schlaf- beziehungsweise Gästezimmer. Nicht besonders interessant. Im nächsten Raum stand ein Tisch mit zwei Holzstühlen, sonst nichts. An der anderen Seite des Zimmers gab es eine weitere Tür.

»Irgendwie kommt mir das hier bekannt vor.« Ich trat zögernd über die Schwelle, ging zu der Tür und lugte in das angrenzende Zimmer. Es handelte sich um eine Abstellkammer, Öl- und Aquarellfarben stapelten sich in einem Regal, dazu ein ganzes Bataillon an Pinseln. Ich schloss die Tür wieder und ließ meinen Blick durch den Raum wandern, dann stellte ich mich ans Fenster, darauf bedacht, dass man mich von außen nicht sehen konnte. Jetzt erkannte ich, wo ich mich befand. Und ich sah auch, was an diesem Raum nicht stimmte.

»Violetta Kalskis Atelier«, flüsterte ich. »Ich glaube, ich habe die dritte Tür gefunden.«

# 14

»Wer sind Sie, und was machen Sie hier?«

Die Zimmerbeleuchtung wurde eingeschaltet; wir fuhren vor Schreck zusammen. Von der Helligkeit geblendet dauerte es einen Moment, bis ich die Person im Türrahmen wahrnahm.

Eine stämmige Frau mit kurzen, grau gelockten Haaren starrte missmutig von Diana zu mir. Eigentlich sah sie aus wie eine liebe Omi, nur die drohend erhobene Dachlatte in ihrer rechten Hand passte nicht so richtig ins Bild.

»Wir … ich …« Gedanklich sah ich uns schon im Gefängnis. Da hatte ich meinen ersten Einbruch unternommen und war prompt erwischt worden. Miese Bilanz.

»Wir sind Bekannte von Violetta Kalski«, sagte Diana.

»Sie sind Einbrecherinnen«, stellte die Frau fest.

Diana ließ sich nicht beirren. »Keineswegs. Die Haustür stand offen. Oder haben Sie Einbruchspuren bemerkt?«

»Nein. Das erklärt aber nicht, was Sie nachts in Violettas Haus zu suchen haben.«

»Frau Kalski möchte nicht, dass unsere Nachforschungen bei Tageslicht und unter den Augen der Öffentlichkeit stattfinden. Es geht um ihren verschwundenen Sohn.«

Diana war wirklich um keine Ausrede verlegen. Ich wünschte, ich hätte auch nur einen Bruchteil ihres Talents.

»Es geht immer um Andreas.« Die Frau seufzte. »Seit dem Tag seines Verschwindens ging es um nichts anderes mehr.«

Ich interpretierte das als Gesprächsangebot. »Ich bin Elli, und das ist meine Freundin Diana. Wir hatten wirklich nichts Unrechtmäßiges im Sinn.«

Angesichts der ziemlich eindeutigen Situation war das zwar etwas weit hergeholt, aber es konnte nicht schaden, ein wenig Freundlichkeit ins Spiel zu bringen. Und tatsächlich senkte sich die Holzlatte etwas.

Ich wurde mutiger. »Darf ich fragen, wie Sie heißen?«

»Ich bin Grete, Violettas Haushaltshilfe und Freundin. Vielleicht die einzige, die sie hat.«

»Und was machen Sie hier?«

»Ich lebe hier. Zumindest in den Tagen rund um Andreas' Geburtstag. Er wäre heute dreiundsechzig geworden. Ich musste Violetta bei ihrem Auszug versprechen, dass das Haus an seinem Geburtstag immer bewohnt sein wird.«

»Glaubt sie denn, dass er eines Tages zurückkehren wird?«, fragte ich. »Ich dachte, sie hält ihn für tot.«

Grete hob die Schultern. »Die Hoffnung hat sie wohl nie aufgegeben. Wer kann es ihr verdenken, sie ist seine Mutter. Aber nun mal ehrlich. Warum sind Sie hier? Violetta hätte es mir gesagt, wenn sie jemandem den Zutritt zum Haus gestattet hätte.«

Ich hatte während unserer kurzen Unterhaltung eine gewisse Sympathie für Grete entwickelt, aber als sie die Latte nun wieder hob, wich ich vorsichtshalber einen Schritt zurück. »Also gut. Wir werden ehrlich zu Ihnen sein, wenn Sie uns im Gegenzug versprechen, uns nicht bei der Polizei zu verpfeifen.«

»Diese Entscheidung dürfen Sie getrost mir überlassen. Raus mit der Sprache!«

Ich wechselte einen Blick mit Diana, die mir zunickte, und erzählte Grete von meinem Job beim Ostfriesland-Reporter und dass ich eigentlich einen Bericht über Violetta Kalski schreiben wollte, dabei aber auf die frühere Verlobung meiner Mutter mit Andreas gestoßen war. »Als ich Frau Kalski ein zweites Mal aufsuchte, befragte ich sie zu Andreas' Verschwinden. Da erinnerte sie sich wohl an etwas und sprach von einer dritten Tür, also wollten wir nachsehen, welche Tür sie gemeint haben könnte. Dieses Zimmer kam mir auf Anhieb ungewohnt vertraut vor.« Ich machte eine Geste, die den gesamten Raum einschloss. »Im Atelier meiner Cousine hängt ein Gemälde, das Violetta Kalski vor dreiundvierzig Jahren von ihrem Atelier gemalt hat. Darauf sind drei Türen abgebildet, die dritte ist heute nicht mehr vorhanden.« Ich deutete geradeaus auf die Stelle, an der sie sich befunden haben musste.

Grete sah nicht überzeugt aus. Sie blickte mich unverwandt an und schürzte die Lippen, als überlegte sie, was sie darauf entgegnen sollte. »Das Haus wurde vor vierzig Jahren umgebaut«, sagte sie schließlich.

Ich nickte. »Zu der Zeit, als Andreas verschwand.«

»Worauf wollen Sie hinaus?«

Ich atmete tief durch. »Die dritte Tür muss eine Bedeutung haben, sonst hätte Frau Kalski sie nicht erwähnt.«

»Und? Was wollen Sie jetzt machen?«

»Ich würde gerne die Wand abklopfen. Die Firma, die damals die Renovierung vorgenommen hat, war eine Trockenbaufirma, das hat Frau Kalski gesagt. Also ist es gut möglich, dass die Arbeiter an der Stelle einfach ein oder zwei Rigipsplatten eingezogen haben.«

Die Haushälterin zuckte mit den Schultern. »Tun Sie sich keinen Zwang an. Aber langsam, damit ich Sie im Auge behalten kann. Sie gehen mit.« Sie deutete mit der Latte auf Diana. »Ich will Sie nicht in meinem Rücken haben.«

Diana schlenderte zu mir rüber. Ich klopfte die Wand ab, bis ich eine Stelle fand, die hohl klang, und arbeitete den gesamten Bereich ab, um die genauen Ausmaße auszumachen. »Die Tür hat sich genau hier befunden.«

Auch Diana untersuchte die Stelle. »Dann wollen wir mal.«

»Wollen wir mal was?«, fragte Grete.

»Durchbrechen.«

»Auf keinen Fall, Sie können doch nicht Violettas Haus zerstören.«

»Ich mache Ihnen einen Vorschlag. Sollte ich falschliegen, und der Raum hinter der Wand ist leer, komme ich persönlich für den Schaden auf.« Das gab mein Kontostand zwar derzeit nicht her, aber damit konnte ich mich immer noch auseinandersetzen, sollte sich diese Spur als Sackgasse erweisen. »Sie sagten doch selbst, wie sehr Ihre Freundin seit Jahrzehnten leidet.«

»Da haben Sie recht. Also gut, sehen Sie nach. Aber glauben Sie mir, wenn Sie die Wand umsonst zerstören, werde ich darauf achten, dass Sie bis zum letzten Cent für den Schaden aufkommen. Violetta dürfte in dem Fall natürlich nie etwas davon erfahren.«

Das war auch ganz in meinem Sinn. »Ich verspreche es Ihnen.«

Die Leichtbauwand innerhalb des Türrahmens einzureißen war ein Kinderspiel. Das konnte aber auch einfach daran liegen, dass ich eine natürliche Veranlagung habe, Dinge kaputt zu machen.

Ich spähte in den nun frei gewordenen Durchgang. Licht aus dem Atelier fiel in die kleine Kammer und beleuchtete einen großen, länglichen Haufen aus weißem Zeug, zerrissene Papiersäcke lagen rundherum am Boden.

Diana lugte über meine Schulter. »Baumaterialien. Sieht aus, als wären die Säcke umgekippt.«

»Eher so, als seien sie hastig geleert worden.« Ich warf ihr einen vielsagenden Blick zu. »Sollen wir die Polizei rufen?«

Grete machte eine auffordernde Geste mit der Holzlatte. »Sehen Sie nach, ob etwas unter dem Zeug ist.«

»Auf keinen Fall, ich möchte gar nicht wissen, was sich darunter befindet.«

»Eventuell hatte hier nur jemand keine Lust zum Aufräumen«, sagte Diana. »Dann wäre es ganz schön peinlich, wenn wir die Polizei rufen würden.«

»Du kannst ja nachsehen«, sagte ich.

»Geht leider nicht. Ich habe eine Allergie gegen«, sie beugte sich vor, um die Schrift auf den Säcken entziffern zu können, »irgendwas mit Kalk.«

»Du hast keine einzige Allergie oder Unverträglichkeit, genau wie ich. Wir sind wie Kakerlaken, die selbst einen Atomkrieg überleben.«

»Jetzt machen Sie schon.« Grete kam näher und pikste mich mit der Holzlatte in den Rücken.

»Meinetwegen.« Widerwillig pirschte ich mich an den Haufen heran.

»Nur nicht so zaghaft«, sagte Diana. »Ich würde dir ja helfen, aber ich merke jetzt schon meine Allergie.« Sie gab einen falschen Huster von sich. »Ich gehe lieber einen Schritt zurück.«

»Gib mir mal irgendwas, womit ich das Kalkzeug zur Seite schieben kann.« Ich drehte mich um und sah auf Gretes Dachlatte.

»Vergessen Sie's.« Sie hob das gute Stück etwas an.

Diana ging rüber zur anderen Tür, kramte in der Kammer und kam mit einem großen Pinsel zurück. »Vielleicht klappt es damit.«

Ich hockte mich hin und begann zaghaft, den Kalkhaufen zu untersuchen. »Ich habe da ein ganz mieses Gefühl.«

Das Material unter den Borsten wurde härter, ich drehte den Pinsel um und kratzte mit dem Stiel weiter. Dann stieß ich auf etwas Weiches. Ein Stück Stoff kam zum Vorschein. Es war gelb.

»Oh mein Gott!« Ich konnte gar nicht schnell genug ins Atelier zurückspringen. »Das ist das gelbe T-Shirt, das Andreas am Tag seines Verschwindens getragen hat – *er* liegt da drin. Von wegen sein Geist ist noch im Haus, er ist es selbst! Er liegt seit Jahrzehnten tot neben dem Atelier seiner Mutter!«

Dumpf ertönte der Klang von Holz auf Holz, als Grete die Dachlatte fallen ließ. Sie stand da wie versteinert und starrte mit aufgerissenen Augen in das kleine Kabuff.

Diana tat es ihr gleich, fing sich aber schnell wieder. »Herzlichen Glückwünsch zum Geburtstag, Andreas. Immerhin bist du an deinem Ehrentag wiederaufgetaucht.«

## 15

Polizisten können sehr unangenehme Fragen stellen, besonders wenn sie wissen wollen, wie man in ein fremdes Haus gelangen konnte, in dem man eigentlich nichts zu suchen hatte. Zum Glück war Phils Kumpel Stefan Bruns unter den Beamten, und so fiel unsere Befragung ziemlich human aus. Diana und ich konnten unsere Story, der zufolge Violetta Kalski uns den Zutritt erlaubt hatte, natürlich nicht aufrechterhalten. Die Polizisten würden sie bei nächster Gelegenheit persönlich befragen, und ich ging nicht davon aus, dass sie mich auch nur annähernd genug ins Herz geschlossen hatte, um für mich zu lügen.

»Ich war hier mit den beiden verabredet«, sagte Grete völlig unvermittelt, ehe wir das Märchen von der offen stehenden Tür verbreiten konnten.

Diana und ich wechselten einen überraschten Blick.

»Stimmt das?«, fragte Stefan.

»Natürlich stimmt das«, sagte Grete. »Sehen Sie mich an, ich bin eine alte, hilflose Frau. Sehe ich aus, als würde ich in einem leer stehenden Haus allein auf Leichensuche gehen?«

Stefan sah mich fragend an, ich zuckte mit den Schultern. Er schien mit der Antwort zufrieden zu sein, aber er hatte Grete ja auch nicht mit der Dachlatte in der Hand gesehen. Von »alt und hilflos« war sie meilenweit entfernt.

Wir versprachen ihm, morgen auf dem Polizeirevier in Aurich vorbeizuschauen, um in Ruhe eine Aussage zu machen, und spazierten zu meiner Wohnung, wo Dianas Wagen parkte.

»Wahnsinn, was bei so einem Leichenfund alles los ist«, schwärmte Diana. »Bei deiner letzten Leiche war ich ja leider nicht dabei.«

»Ich hätte liebend gern darauf verzichtet«, sagte ich.

Diana ist ein robuster Typ, der Fund einer Leiche beziehungsweise dessen, was nach vier Jahrzehnten von ihr übrig war, brachte sie nicht sonderlich aus der Fassung. Bei mir sah die Sache anders aus. Meine Beine zitterten, und ich war heilfroh, als wir meine Wohnung erreichten. Wir wechselten noch ein paar Worte, dann schmiss Diana sich in ihren Fiat und düste davon.

Drinnen empfing mich O'Malley mit vor Freude steil aufgerichtetem Schwanz. Ich gab ihm ein paar Leckerlis, nahm mir zwei Flaschen Bier aus dem Kühlschrank und lümmelte mich aufs Sofa. Ehe ich mich jedoch meinem flüssigen Beruhigungsmittel widmen konnte, klingelte das Telefon; Phils Name erschien im Display. Ich trank einen großen Schluck und nahm das Gespräch an. Je früher ich es hinter mich brachte, desto besser.

»Stefan hat mich gerade angerufen.« Keine Begrüßung.

»Wie geht es ihm denn so?«, fragte ich mit der Flasche an den Lippen. »Was macht seine Frau?«

»Lenk nicht ab. Warum, um alles in der Welt, bist du in das Kalski-Haus eingebrochen?«

»Ich bin nicht eingebrochen, die Haustür stand offen. Außerdem war die Hausverwalterin dabei.«

»Woher wusstest du von der Leiche?«

»Das hat Stefan dir doch bestimmt alles schon erzählt. Ich habe einfach gut kombiniert.« Ich berichtete ihm von Violetta Kalskis Bemerkung über die dritte Tür und wie mir in dem Moment, als ich in ihrem Atelier das Motiv von Alexas Gemälde erkannte, ein Licht aufgegangen war.

Phil seufzte. »Geht es dir gut?«

»Den Umständen entsprechend. Ich steh nicht so auf Leichenfunde.«

»Sehr gut, denn damit ist dieser Fall für dich erledigt. Du hast herausgefunden, was mit Andreas Kalski passiert ist. Ab sofort kannst du dich wieder voll und ganz deiner Artikelserie und den Vorbereitungen für die Hochzeit deiner Eltern widmen.«

»Zum Glück kann ich das noch selbst entscheiden.«

»Ich meine es ernst, Elli. Die Sache geht dich nichts mehr an. Lass die Polizisten ihre Arbeit machen und pfusch ihnen nicht ins Handwerk.«

»Ich pfusche niemandem ins Handwerk. Wenn die Polizei sich damals ernsthaft mit dem Vermisstenfall beschäftigt hätte, wäre die Leiche längst entdeckt worden.«

»Lass es bitte einfach gut sein.« Phils Stimme wurde tiefer und weicher. »Ich freue mich auf übermorgen.«

»Ich mich auch.«

»Ich liebe dich, Elli.«

Mein Herz setzte einen Schlag aus. »Ich … danke dir.«

Wir beendeten das Gespräch, und ich ließ mich gegen die Sofalehne fallen. Warum nur gelang es mir nicht, Phil die berühmten drei Worte zu sagen? Dass ich ihn liebte, stand außer Frage. Glaubte ich jedenfalls. Okay, es gab einige Sachen an ihm, die mich tierisch auf die Palme brachten, aber gerade diese nervtötenden Kleinigkeiten zeigen einem doch, dass man eine Person liebt, oder?

O'Malley sprang aufs Sofa und legte sich zu mir. Ich kraulte sein Fell. Er war gerade mitten im Fellwechsel, kleine Haarwölkchen trudelten durch die Luft.

»Ich liebe dich«, flüsterte ich.

O'Malley schnurrte und schloss die Augen.

Na also, war doch gar nicht so schwer. Immerhin war ich in der Lage, es auszusprechen. Dann musste es wohl an Phil liegen, hätte ich mir ja gleich denken können.

Die Kuschelrunde mit O'Malley beruhigte mich, das Bier tat sein Übriges. Bestimmt würde es auf der Welt friedlicher zugehen, wenn sich einfach jeder eine Katze zulegen würde.

Komplett angezogen und mit O'Malley auf dem Schoß schlief ich ein.

Ich wachte mit schmerzendem Nacken auf. Es war bereits Morgen, Tageslicht fiel durchs Fenster in mein Wohnzimmer, allerdings nicht so hell und blendend wie in den Tagen zuvor. Ein Gewitter schien über der Stadt aufzuziehen, dunkle Wolken hingen tief am Himmel. O'Malley hopste von meinem Schoß und stellte sich mit leidendem Gesichtsausdruck vor seinen Futternapf. Schon erstaunlich, in welch kurzer Zeit so eine Katze fast verhungern kann.

Ich streckte mich und kämpfte mich auf die Füße. Die Uhr zeigte fünf Minuten nach neun. Langsam setzte die Erinnerung an die Ereignisse der vergangenen Nacht ein.

Es war uns also tatsächlich gelungen, Andreas Kalski zu finden. Natürlich bestand noch eine verschwindend geringe Möglichkeit, dass es sich nicht um ihn handelte, aber ich ging nicht davon aus, dass jemand eine fremde Leiche in Violetta Kalskis Haus versteckt hatte. Somit hatte sich mein Verdacht, Andreas könnte etwas mit der Hochzeitssabotage zu tun haben, in Luft aufgelöst. Handelte es sich dabei also doch nur um reine Zufälle?

Ich musste unbedingt Alexa anrufen und ihr erzählen, was sich in der Villa ereignet hatte. Sie saß sicher schon auf glühenden Kohlen, nachdem ich mich gestern nicht mehr gemeldet hatte. Und – oh Gott! – meine Mutter! Sie musste es unbedingt erfahren, bevor sich die Neuigkeit herumsprach. Hastig griff ich zum Handy und wählte die Nummer meiner Eltern. Meine Mutter war so früh bestimmt noch nicht aus dem Krankenhaus entlassen worden, also würde ich meinen Vater an der Strippe haben. Sehr gut, dann musste sie die traurige Nachricht wenigstens nicht am Telefon erfahren.

»Hallo, Papa«, sagte ich zur Begrüßung. »Fährst du gleich zu Mama ins Krankenhaus?«

»Ja, ich hole sie ab.«

»Kannst du ihr schonend beibringen, dass wir letzte Nacht die sterblichen Überreste eines Menschen gefunden haben? Wahrscheinlich handelt es sich um Andreas Kalski.«

Mein Vater stieß die Luft aus. »Auch das noch.«

»Kriegst du das hin?«

»Ich kann es zumindest versuchen. Kommst du vorbei, wenn sie wieder zu Hause ist?«

»Ja, ich beeile mich.«

»Mach dir keinen Stress, wir sind bestimmt erst in einer Stunde wieder da.« Er legte auf, vorher hörte ich noch, wie er »verdammte Scheiße« murmelte. Ich konnte es ihm nachempfinden.

Alexa fiel aus allen Wolken, als ich ihr die Neuigkeiten berichtete. »Und da rufst du mich erst jetzt an? Ich fasse es nicht!«

»Es war schon spät, als wir nach der Polizeibefragung endlich gehen konnten, und dann bin ich auf dem Sofa eingeschlafen.«

»Ich fasse es einfach nicht«, wiederholte sie und legte auf.

Ich fütterte O'Malley, duschte ausgiebig und seifte mich dreimal ein, um die möglichen letzten Spuren des Leichenkalks abzuwaschen. Ich schlüpfte in Jeans und T-Shirt und band meine Haare zu einem Pferdeschwanz zusammen.

Dann schnappte ich mir meine Handtasche und meine Schlüssel und verabschiedete mich von O'Malley. Er folgte mir bis nach draußen, aber als es in den Wolken über uns bedrohlich grummelte, machte er kehrt und tapste in die Wohnung zurück. Ich stieg ins Auto. Gerade als ich den Schlüssel im Zündschloss drehen wollte, klingelte mein Handy.

»Hast du die letzte Nacht gut überstanden?«, fragte Diana.

»Wie man es nimmt. Ich bin gerade auf dem Weg zu meiner Mutter, um mit ihr darüber zu sprechen.«

»Telefonieren wir heute Abend?«

»Ich melde mich.«

Obwohl es von meiner Wohnung in Aurich zu meinem Elternhaus in Großefehn nicht viel mehr als zehn Kilometer sind, kam mir die Fahrt endlos vor. Dunkle Wolken hingen unheilvoll am Himmel, aber der ersehnte Regen ließ noch auf sich warten.

Ich hielt vor dem Haus meiner Eltern, mein Vater stand

schon in der Haustür. Ein ungewohnter Anblick, sonst erwartete mich meine Mutter hier.

»Danke, dass du so schnell kommen konntest, Mäuschen.«

»Wie geht es ihr?«

»Nicht so besonders.«

Ich legte meine Sachen ab und ging in die Küche. Meine Mutter saß am Küchentisch, ich umarmte sie. »Es tut mir so leid.«

Sie sah mich mit rot geweinten Augen an. »Weißt du, ich habe früher immer damit gerechnet, dass man mir die Nachricht von seinem Tod überbringen würde, aber wenn es dann Jahrzehnte später tatsächlich geschieht, wirft einen das doch ganz schön aus der Bahn.« Sie schnäuzte sich. »Wie habt ihr ihn denn nur gefunden?«

In mir zog sich etwas schmerzhaft zusammen. Ich hatte meine Mutter nur selten weinen sehen und konnte mich an das letzte Mal nicht einmal mehr erinnern. Es fiel mir nicht leicht, ihr die Umstände des Leichenfunds zu erklären.

»Aber das heißt dann ja, dass er ermordet wurde.« Sie sah mich entsetzt an.

Ich nickte. »Eine andere Erklärung gibt es wohl nicht, wenn man bedenkt, dass er hinter dieser Wand verborgen war. Hatte Andreas Feinde?«

»Feinde? Ich denke nicht, eigentlich war er ziemlich beliebt.«

»Weißt du denn, ob er mit jemandem Streit hatte?«

Sie zuckte die Schultern. »Wir waren jung, da haben wir uns natürlich von Zeit zu Zeit mal untereinander gestritten. Richtig ernst war das aber nie, soweit ich mich erinnere. Am Freitag vor seinem Verschwinden waren wir abends auf einer Party, dort hat er sich mit Frank gezofft. Es ging um Rita, Franks Freundin. Sie hat Andreas immer ziemlich offen angeflirtet, auch in Franks Gegenwart, und dem gefiel das nicht. Es scheint aber nicht so tragisch gewesen zu sein, Andreas sagte mir bei unserem Stadtspaziergang am Sonntag, dass er die

Angelegenheit mit Frank geklärt hätte und sie sich am Abend auf ein Bier treffen wollten.«

»Was hat Andreas am Tag nach der Feier gemacht? Habt ihr euch da auch getroffen?«

»Das wollten wir, aber er hat kurzfristig abgesagt. Nachdem er mich nach Hause gebracht hatte, ist er noch mal zur Party zurückgegangen und ziemlich abgestürzt. Daher war er am Samstag komplett außer Gefecht. Sein Alkoholpegel in der Nacht war wohl auch der Grund, warum er beim Nachhausekommen über den Werkzeugkasten gestolpert ist, den die Handwerker im Flur stehen gelassen hatten.«

»Hat er oft Alkohol getrunken?«

»Nicht über die Maßen. Aber Norberts Feiern waren legendär, da ging es immer hoch her.«

»Kennst du jemanden, der damals bei der Firma Friesen-Bau gearbeitet hat?«

Meine Mutter dachte nach. »Frank hat auf dem Bau gearbeitet, aber das muss eine andere Firma gewesen sein, er war ja auch oft auf Montage.«

»Hast du schon mal was von Madame Cassandra gehört?«

»Die Wahrsagerin? Warst du etwa bei ihr?« Eine steile Zornesfalte bildete sich zwischen den Augenbrauen meiner Mutter. »Sie ist eine Schwindlerin, die sich gut verkaufen kann. Violetta Kalski hat immer ein Mordstheater ihretwegen gemacht.«

»Ich war vorgestern bei ihr. Sie sagte, sie hätte dich damals in einer Vision an Andreas' Totenbett stehen sehen.«

»Mit dieser Geschichte hat sie seine Mutter erfolgreich gegen mich aufgebracht. Madame Cassandra hat Phantasie im Übermaß, aber ganz bestimmt nicht das sehende Auge. Das ist doch alles Quatsch.«

»Ach, aber du glaubst, dass Hochzeiten für dich unter einem schlechten Stern stehen.« Ich zog die Augenbrauen hoch. »Ist das nicht auch Aberglaube?«

»Das sind persönliche Erfahrungswerte.«

»Madame Cassandra sagte bei unserem Gespräch auch, dass Andreas sich immer noch in der Villa aufhalten würde. Dabei hat sie zwar von seinem Geist gesprochen, aber es könnte ja sein, dass sie mehr weiß, als sie zugeben will. Vielleicht sollte ich noch mal mit ihr reden«, überlegte ich halblaut. Darüber hinaus musste ich auch noch mal mit Violetta Kalski sprechen, aber heute würde sie wohl kaum erpicht darauf sein, die Person zu treffen, die die Leiche ihres Sohnes gefunden hatte. Zumal sie von der Polizei befragt werden würde, und da wollte ich auf keinen Fall stören. War ja wirklich nicht nötig, dass Stefan Phil brühwarm erzählte, wie wenig ich mich aus der Sache raushielt.

»Wenn du meinst.« Meine Mutter rieb sich mit den Handflächen durchs Gesicht. »Aber lass dir nicht die Zukunft voraussagen, sie versetzt die Leute gern in Angst und Schrecken. Keiner ihrer Kunden hat jemals eine wirklich positive Prognose bekommen.«

»Ich wusste, du würdest mich erneut aufsuchen.«

Tatsächlich schien Madame Cassandra mich in gewisser Weise erwartet zu haben, denn statt ihres selbst gemachten Batikshirts trug sie heute eine wallende schwarze Bluse und einen langen grauen Rock. In ihren buschigen Haaren steckte ein Haarreif mit goldenen Perlen und Federn.

»Andreas Kalski ist tot«, sagte ich ohne Umschweife. Ich hatte gerade meine Aussage bei der Polizei gemacht und verspürte keine Lust mehr auf längere Erklärungen. »Seine sterblichen Überreste wurden letzte Nacht gefunden.«

Madame Cassandra nickte.

»Sie haben gesagt, er würde sich immer noch in dem Haus aufhalten.«

»Und das tat er wohl auch, oder?«

»Schon, aber –«

»Du fragst dich, woher ich das wissen konnte.«

»Ich habe viele Fragen.«

»Komm herein, wir werden sie im Raum der Erkenntnis besprechen.«

Ich hatte es befürchtet. »Eigentlich möchte ich Sie nur zu Andreas und Violetta Kalski befragen. Kein Grund, in den Erkenntnisraum zu gehen.« Zu Mister Schrumpfkopf.

»Deine Fragen stehen mit meiner Arbeit in Zusammenhang, also sollten wir sie auch in meinem Arbeitszimmer besprechen.«

Ich seufzte und folgte ihr ergeben in ihren Arbeitsbereich, wo ich auf dem Stuhl Platz nahm, auf dem ich auch bei meinem letzten Besuch gesessen hatte, und wo ich nun krampfhaft versuchte, nicht zu dem verschrumpelten Gesicht im Regal mit den Gläsern zu schauen. Ich richtete meine Aufmerksamkeit fest auf Madame Cassandra. Heute kam mir ihr Schielen noch ausgeprägter vor als beim letzten Mal, meine Augen tränten, als ich versuchte, ihren Blick zu erwidern.

»Hat Violetta Kalski Ihnen gegenüber jemals von einer dritten Tür gesprochen?«, fragte ich. »Oder haben Sie ihr gegenüber mal eine dritte Tür erwähnt? Vielleicht ist sie in einer Ihrer Visionen vorgekommen.«

Madame Cassandra dachte kurz nach. »Nein. Wo soll sich diese Tür befinden?«

»In Frau Kalskis Villa. Andreas' Leichnam befand sich dahinter. Die Tür wurde damals bei der Umgestaltung ihres Ateliers zugebaut. Waren Sie mal in der Villa?«

»Nur ein einziges Mal, zu dem Zeitpunkt war Andreas längst verschwunden. Ich habe mit seinem Geist kommuniziert.«

»Und der hat Ihnen nicht geflüstert, dass sich sein Körper noch im Haus befand? Das wäre für ihn doch bestimmt nicht mit großen Umständen verbunden gewesen.«

Madame Cassandras Mundwinkel zogen sich nach unten. »Du schätzt die Toten falsch ein. Das war ihm nicht wichtig. Die leblose Hülle interessiert die Hinübergegangenen nicht mehr.«

Innerlich verdrehte ich die Augen. Madame Cassandra hatte sich im Laufe ihres Wahrsagerinnenlebens bestimmt unzählige Plattitüden zurechtgelegt, mit denen sie auf unerwünschte Nachfragen reagierte. Sie würde auf alles eine Antwort finden, daher konnte ich es mir sparen, sie zu fragen, woher sie bei meinem letzten Besuch meinen vollständigen Vornamen gekannt hatte.

»Sie sprachen beim letzten Mal davon, dass ich jemanden wiedersehen würde. Denjenigen, den ich suche. Sie sagten, es würde an dem Tag geschehen, an dem der Tod in mein Leben tritt.«

Madame Cassandra nickte. »So ist es.«

»Der Tod ist letzte Nacht in mein Leben getreten, das war noch vor Mitternacht. Folglich hätte ich Seb… äh, den Mann, den ich suche, bereits gestern wiedersehen müssen, aber das ist nicht passiert.« Das Blut in meinen Adern gefror zu Eiswasser, als ich begriff, was das bedeuten konnte. »Es sei denn …«

»Dass es nicht das letzte Mal war, dass der Tod in dein Leben tritt«, beendete Madame Cassandra den Satz für mich.

Schöne Aussichten! Ein ungutes Gefühl machte sich in mir breit. Ich meine, jeder muss irgendwann mal abtreten, einige früher, andere später. Aber der Gedanke, dass es sich bei der nächsten Leiche, die meinen Weg kreuzte, vielleicht um eine Person handeln könnte, die mir nahestand, grub sich wie eine Eisenfaust in meinen Magen.

Madame Cassandras geschultes Auge – in welche Richtung es auch immer blicken mochte – nutzte meine Schwäche. »Soll ich für dich einen Blick in die Karten werfen?« Sie griff nach einem Stapel, der mit der Rückseite nach oben auf dem Tisch lag, und mischte ihn.

»Ich bin eher der Typ Mensch, der sich von der Zukunft überraschen lässt. Ich möchte lieber nicht –«

»Gib mir einfach ein Stopp.«

»Stopp«, sagte ich mechanisch.

Madame Cassandra deckte die Karte auf, die sie bei diesem

Wort in der Hand hielt. Es zeigte ein Skelett in Ritterrüstung auf einem weißen Pferd, das dem Sonnenaufgang entgegenritt.

»Der Tod«, sagte sie.

Ich hatte echt nichts Positives erwartet, aber warum musste es gleich der Tod sein? Ich hätte gehen sollen, als es noch möglich war, jetzt hing ich hier wie ein Fisch an Madame Cassandras Haken und wartete darauf, dass sie ein Urteil über meine Zukunft fällte.

»Der Tod ist die dreizehnte Karte im Tarotblatt.«

Ausgerechnet. »Mit der Dreizehn habe ich nicht unbedingt die besten Erfahrungen gemacht.«

»Aber sie ist keine Unglückskarte. Der Tod steht für den Neuanfang. Deine gegenwärtige Situation wird sich bald ändern.«

»Zum Guten?« Ein Funke Hoffnung keimte in mir auf.

»Das kann ich dir nicht sagen, dazu müsste ich das große Tarotblatt auslegen. Das kostet aber.«

Ich beschloss, es mit der Zukunft für heute gut sein zu lassen. Es würde sich etwas ändern. Punkt. Das konnte nicht schaden, denn momentan gab es genug Baustellen in meinem Leben. »Nein danke.«

»Ganz wie du meinst. Hast du noch eine spezifische Frage, die ich dir beantworten soll? Eine Frage zu deiner Zukunft ist gratis.«

Natürlich gab es eine ganze Menge Fragen, deren Antworten mich brennend interessierten, aber ich fürchtete mich ein wenig davor, was dabei herauskommen würde. So entschied ich mich für die harmloseste Variante, die mir einfiel. »Was für ein Kleid werde ich auf der Hochzeitsfeier meiner Eltern tragen?«

Es konnte kaum schaden, wenn ich mir in dieser Angelegenheit übersinnlichen Rat holte, mit dem Tod hatte die Antwort sicher nichts zu tun, und mit etwas Glück würde mir das anstrengende Einkaufstouren ersparen.

Madame Cassandras ohnehin stark geschwungene Augenbrauen kletterten noch ein Stück höher. »Ist das wirklich eine deiner drängendsten Fragen?«

»Absolut.«

Sie schüttelte den Kopf und packte ihre Karten beiseite. »Du solltest dich an gedeckten Farben orientieren.«

»Sie haben ja gar nicht in Ihre Karten gesehen.«

»Das sagt mir meine Kugel.« Sie deutete beiläufig auf die Kristallkugel, die mittig auf dem Tisch stand. »Sie sagt mir auch, dass du deiner Liebe in diesem Kleid gegenüberstehen wirst.«

Auf mich wirkte das alles sehr halbherzig, denn sie hatte die Kugel bislang keines Blickes gewürdigt. »Geht das auch etwas genauer? Welche Farbe hat das Kleid?«

»Irgendwas mit Blau. Oder meinetwegen auch Grau.«

»Die Länge?«

»Mittel.«

»Und die Ärmel?«

»Auch.«

Also entweder waren Madame Cassandra und ich uns in Modefragen ähnlicher, als zu erwarten war, oder ich hatte auch das sehende Auge. Zumindest bestätigte sie durch ihre Antwort indirekt, dass die Hochzeit meiner Eltern stattfinden würde, also würde sich letztlich alles irgendwie zum Guten wenden.

Madame Cassandra betrachtete gedankenverloren das Fenster in meinem Rücken. Sie sah ein wenig so aus, als befände sie sich in Trance. Jedenfalls erinnerte mich ihr ausdrucksloses Gesicht stark an die Berichte, die ich aus Geistergeschichten kannte.

»Will mir das Schicksal noch etwas mitteilen?«, fragte ich vorsichtig.

»Der Mann ohne Gesicht verfolgt dich.« Sie blinzelte nicht, eines ihrer Augen musterte mich, das andere schaute über meine Schulter hinweg in weite Ferne.

Keine Ahnung, von wem sie da sprach. »Hat Ihnen das auch die Kugel gesagt?«

»Nein, das sagen mir meine Augen. Er steht direkt hinter dir und beobachtet dich durchs Fenster.«

## 16

Ich schnellte herum, doch hinter der Scheibe war niemand mehr zu sehen. Ich sprang auf und hechtete zum Fenster, sah, wie der Mann wegrannte. Er trug eine blaue Hose, ein schwarzes T-Shirt und ein Basecap. Er war schlank, aber ich konnte nicht ausmachen, ob es sich um einen jüngeren oder älteren Mann handelte.

Ich stürmte zur Haustür und jagte die Auffahrt entlang, schlug die Richtung ein, in die der Unbekannte geflohen war. Dabei ahnte ich schon, dass meine Anstrengung vergebens sein würde. Ich war eine miserable Läuferin, an Kondition mangelte es mir sowieso, und außerdem hatte der Mann einen gehörigen Vorsprung. Ich rannte bis zur nächsten Kreuzung, sah ihn aber in keiner der Straßen. Er konnte überall sein, Versteckmöglichkeiten gab es auf den umliegenden Grundstücken genug.

Ein leiser Wind kam auf und brachte die Bäume und Büsche zum Rascheln, erste Tropfen fielen vom Himmel. Ich kehrte zu Madame Cassandras Haus zurück. Langsam, damit mein Puls sich wieder normalisieren und ich wieder zu Atem kommen konnte.

Was wollte der Kerl von mir? Und warum hatte Madame Cassandra ihn den Mann ohne Gesicht genannt?

Die Wahrsagerin erwartete mich an der Tür. »Du hast ihn nicht einholen können.«

»Gut erkannt.« Von meinem Ruhepuls war ich noch weit entfernt. »Kannten Sie den Mann?«

»Nein, ich habe ihn nie zuvor gesehen. Weder in dieser Welt noch in der gegensätzlichen Sphäre.«

»Warum nannten Sie ihn den Mann ohne Gesicht?«

Sie verschränkte die Arme vor der Brust und lehnte sich an die Hauswand. Sie dachte nach. »Das kann ich gar nicht so genau sagen. Er hatte einfach ein nichtssagendes Gesicht ohne besondere Merkmale. Ich habe ihn angesehen, aber ich könnte ihn nicht beschreiben.«

»Gar nicht? Nicht einmal das ungefähre Alter?«

Sie hob ratlos die Schultern. »Nicht mehr so jung wie du, aber auch nicht alt.«

»Fünfzig? Sechzig?«

»Möglich.«

»Wie lange hat er mich beobachtet?«

»Vielleicht eine halbe Minute.«

»Aber Sie haben auch vorher häufiger an meinem Gesicht vorbeigeschaut.«

»Was willst du damit sagen? Dass ich schiele?«

Lieber nicht antworten, nachher hetzte sie mir noch einen Fluch auf den Hals. Aber war ihr noch nie aufgefallen, dass ihre Augen gern mal unabhängig voneinander die Welt erkundeten?

Mein Handy klingelte.

»Eleonore?«, schlug mir die aufgebrachte Stimme meiner Mutter entgegen.

»Ja. Was ist passiert?«

»Ich glaube, du hattest doch recht mit deiner Theorie über die Anschläge. Ich habe gerade mit Hans telefoniert. Jemand hat die Reifenmuttern an seinem Auto gelöst, und das nun schon zum zweiten Mal in den letzten zwei Wochen.«

Ich sagte in Madame Cassandras Gegenwart nicht viel dazu, verabschiedete mich und steckte das Handy weg. Beinahe hätte ich laut aufgestöhnt. Heute war so ein Tag, an dem man mittags schon Muskelkater im Mittelfinger haben konnte. Ich wollte lieber gar nicht wissen, was er noch an Überraschungen für mich bereithielt.

Hans Lemkes Wohnung lag auf halber Strecke zwischen Madame Cassandras Haus und meiner Bude. Der rote Backsteinbau war in mehrere Wohneinheiten unterteilt und wirkte sehr gepflegt, ohne unnötigen Schnickschnack. Kein Geschnörkel am Gebäude, keine Statussymbole auf den Parkplätzen vor der Haustür. Lediglich ein Gartenstecker ragte neben dem Eingang aus der Erde, eine blaue Holzmöwe, deren Flügel sich im leichten Wind drehten.

Lemke öffnete die Tür und sah mich fragend an. Er lächelte, als er mich erkannte. »Eleonore, komm doch rein.«

Ich folgte ihm durch das Treppenhaus hinauf zu seiner Wohnung. Wir gingen ins Wohnzimmer, in dem eine schwere braune Ledergarnitur stand, im Fernseher lief eine Dokumentation über Kreuzfahrtschiffe. Eine grau getigerte Katze lag eingerollt auf einer Fleecedecke auf einem klobigen Sessel. Zu meiner Erleichterung roch die Wohnung nicht nach Lemkes Parfüm. Der Geruch hätte bestimmt unangenehme Erinnerungen in mir geweckt, Stichwort Brustlöckchen.

»Setz dich doch.« Er wies auf das Sofa und hockte sich selbst auf die Lehne des Katzensessels. »Ich würde dir gern den Sessel anbieten, aber wie du siehst, hat Jupiter ihn in Beschlag genommen.«

»Das ist schon okay, ich kenne das Problem.« Das Leder unter meinem Hintern quietschte, als ich Platz nahm. »Ich habe auch einen Kater, an guten Tagen lässt er mich sogar in meinem Bett schlafen.«

»Jupiter kommt aus dem Tierheim. Er wurde in einem Müllcontainer gefunden und wäre fast verhungert, also hat er ein wenig Luxus verdient. Aber du bist sicherlich nicht hier, um dich mit mir über Katzen zu unterhalten. Also, was treibt dich her? Wie geht es deiner Mutter? Sie hat mich angerufen und mir von dem Leichenfund erzählt. Schrecklich. Die arme Maria. Und die arme Frau Kalski.«

Und die arme Finderin. »Das klingt, als würden Sie Violetta Kalski persönlich kennen.«

»Flüchtig. Andreas und ich gingen früher auf dieselbe Schule, da sind wir uns ein paarmal über den Weg gelaufen. Sie ist halt eine alte Frau, der man so eine Neuigkeit gern erspart hätte.« Er sprang auf und schlug sich gegen die Stirn. »Ach, was bin ich nur für ein Gastgeber! Möchtest du etwas trinken? Ein Tässchen Tee?«

»Nein danke. Fällt Ihnen jemand ein, der ein Motiv gehabt hätte, Andreas zu ermorden?«

»Ihn zu ermorden?« Er ließ sich langsam auf die Sessellehne zurücksinken. »Soll das heißen …«

»Die Auffindesituation lässt leider kaum einen anderen Schluss zu.«

Genau genommen hätten wir von einem Tötungsdelikt sprechen müssen, denn Phil sagte immer: »Es ist nicht alles Mord, was tötet.« Aber ich wollte mich in dieser Situation nicht am Polizeijargon festbeißen.

»Woher weißt du das?«

»Hat meine Mutter das nicht gesagt? Ich habe ihn gefunden.«

»Oh. Das tut mir leid für dich, Eleonore.« Er sah kurz ins Leere, so als sortierte er seine Gedanken. »Dann hast du geschafft, was die Polizei vierzig Jahre lang nicht zu leisten vermochte. Wie hast du das nur fertiggebracht?«

Ich wollte nicht mit ihm über die dritte Tür sprechen, schließlich gehörte er nicht zum engeren Kreis um Violetta Kalski und ihren Sohn, die Details gingen ihn nichts an. »Ich habe nur im richtigen Moment den passenden Schluss gezogen. Wissen Sie, ob Andreas Feinde hatte?«

»Feinde, Neider, Fans, die ganze Bandbreite. In seiner Position als gut aussehender Sohn einer reichen und berühmten Künstlerin wohl ganz selbstverständlich.«

»Gab es jemanden, der besonders herausstach?«

»Schwer zu sagen, es kam häufiger vor, dass man ein weinendes Mädchen auf dem Schulhof sah, dem er den Laufpass gegeben hatte. Oder ein Junge, dessen Freundin für Andreas schwärmte, wünschte ihm die Pest an den Hals. Um genau zu sein, standen derartige Szenen auf der Tagesordnung. Zumindest bis er Maria traf.«

»Kannten Sie ihn gut?«

»Wie man einen Mitschüler eben kennt. Das meiste weiß ich vom Hörensagen, hauptsächlich natürlich durch die Schwärmerei deiner Mutter.« Er zwinkerte mir zu, und ich musste unwillkürlich lächeln. Es passte zum Temperament meiner Mutter, dass sie heftig für etwas oder jemanden schwärmte. Wenn ich an meine frühere Begeisterung für Sebastian Beck dachte, hatte ich diesen Charakterzug wohl von ihr geerbt. Vielleicht waren wir gar nicht so verschieden, wie ich immer dachte.

»Ich bin hier, weil meine Mutter mir erzählt hat, dass jemand die Muttern an Ihren Autoreifen gelockert hat. Ich werde das Gefühl nicht los, dass derjenige, der hinter der Manipulation an Ihrem Auto steckt, auch für eine ganze Reihe Beinaheunfälle und das jüngste Unglück meiner Mutter verantwortlich ist, vielleicht sogar für Ihren Zusammenbruch. Es könnte dabei um die Hochzeit gehen, so absurd das auch klingt. Immerhin will meine Mutter sich nur von Ihnen trauen lassen. Wenn Sie ausfallen, fällt auch die Hochzeit ins Wasser.«

Lemke nickte. »So habe ich das noch gar nicht gesehen. Aber wie sollte man einen Herzanfall künstlich herbeiführen?«

»Ich habe nicht die geringste Ahnung. Haben die Ärzte im Krankenhaus Sie denn komplett auf den Kopf gestellt?«

Er zuckte mit den Schultern. »Ich denke schon. Allerdings gab es keinen Anlass, von etwas Ungewöhnlichem auszugehen. Das war ja nicht mein erster Herzanfall.«

»Wenn Ihnen dazu noch irgendwas einfällt, könnten Sie sich dann bitte bei mir melden?«

»Natürlich, ich werde noch einmal in Ruhe über alles nachdenken. Besonders über den Tag meines Herzanfalls. Wenn das und der Unfall deiner Mutter tatsächlich bewusst herbeigeführt wurden, möchte ich gar nicht wissen, zu was dieser Mensch noch fähig ist.«

»Ich sehe, wir verstehen uns.«

»Frau Vogel, Sie sind die Frau der Stunde. Haben Sie wirklich Andreas Kalskis Leiche gefunden?« Martin Jägers Stimme klang blechern aus der Freisprechanlage meines Handys.

»Mit allerhöchster Wahrscheinlichkeit ja«, sagte ich.

»Das ziehen wir ganz groß auf, ich bringe Sie auf die Titelseite. Können Sie gleich in die Redaktion kommen? Dann können wir uns an einen Bericht für unser Blatt setzen.«

Ich hatte es fast zu meiner Wohnung geschafft, doch nun hieß es wieder kehrtmachen und in die Innenstadt fahren. Martin Jägers Begeisterung ließ sich bestimmt dazu nutzen, ein saftiges Gehalt für diesen Sonderartikel auszuhandeln.

Das Gewitter war weitergezogen, ohne einen nennenswerten Niederschlag zu hinterlassen, von ein paar Tropfen mal abgesehen. Ich parkte meinen Golf und betrat das Redaktionsgebäude. Meine Blase meldete sich, und ich suchte die Toilette auf. Die rechte der beiden Kabinen war besetzt, also nahm ich die linke. Ich erleichterte mich und wusch mir die Hände.

In diesem Moment öffnete sich die andere Kabinentür, und Helena Schön trat heraus. »Ach, die Möchtegern-Journalistin ist da.«

»Ja, ich sehe auch, dass du anwesend bist.«

Helena wusch sich die Hände und trocknete sie mit einem Papiertuch ab, dabei musterte sie mich im Spiegel. »Wow, du hast ja schon voll die Stirnfalten.« Sie zog eine Puderdose aus ihrer Handtasche und mattierte ihre babyglatte Stirn.

»Die kommen vom Denken, also wirst du wohl davon verschont bleiben.«

»Ich habe mit Martin Jäger ausgehandelt, dass mein nächster Artikel auf der Titelseite erscheint.« Helena zog ihren Lippenstift nach und warf ihrem Spiegelbild ein Küsschen zu.

»Hoffentlich hast du dir während der Verhandlungen nicht deine Knie wund gescheuert. Apropos Martin Jäger, weißt du, ob er gerade in seinem Büro ist?«

»Du bist wegen des Gesprächs über die Kalski-Sache hier, richtig?«

»Genau.« Kein Grund, ihr auf die Nase zu binden, dass noch vor ihrem blöden Artikel über was auch immer *mein* Leichenfundbericht auf der Titelseite der morgigen Ausgabe erscheinen würde. Das würde sie noch früh genug bemerken.

»Du kannst schon mal in den Besprechungsraum gehen, er ist eine Tür weiter auf dieser Seite.«

»Okay, danke.« Ich ging zur besagten Tür und öffnete sie, aber statt in einem möblierten Zimmer fand ich mich in einer Abstellkammer wieder. Putzmittel und Toilettenpapier stapelten sich in den Metallregalen. »Sehr witzig, Helena Schön«, brummte ich.

»Was machst du denn da? Der Besprechungsraum ist doch hier.« Helena überholte mich und öffnete die übernächste Tür.

Ich folgte ihr in den Raum, aber zu meiner Überraschung ging sie nicht wieder weg, sondern setzte sich mir gegenüber an den Besprechungstisch.

»Kommt Martin Jäger nicht?«, fragte ich verwirrt.

»Wozu? Dein Artikel fällt in meinen Zuständigkeitsbereich.«

»In deinen …« Mit einem Mal dämmerte es mir. Also würde es *ihr* Bericht sein, der es auf die morgige Titelseite schaffte, mit mir als Protagonistin. Und ich kannte sie gut genug, um mich über diesen Umstand nicht zu freuen.

Ich saß auf dem Sofa und verputzte gerade mein zweites Schokoladeneis, als mein Laptop einen Videoanruf von Phil meldete.

»Du bist heute ganz schön früh dran«, sagte ich.

»Ich weiß, das kennt man gar nicht von mir.« Er lächelte. »Ich bin eben immer für eine Überraschung gut.«

Ein Bartschatten lag in seinem Gesicht, was sein Lächeln nur noch stärker betonte, die dunkelbraunen Haare fielen ihm in die Stirn. Schlagartig stieg meine Körpertemperatur an, doch so schnell, wie sein Lächeln aufgeflammt war, verschwand es auch wieder.

»Ist was passiert?«, fragte ich.

»Stefan hat mich gerade angerufen. Die vorläufigen Ergebnisse der Rechtsmedizin sind da. Bei dem Toten handelt es sich um Andreas Kalski, das hat der Abgleich mit den zahnmedizinischen Unterlagen ergeben. Aber daran hat ja niemand wirklich gezweifelt.«

»Wie kann es sein, dass man ihn dort nicht entdeckt hat? Ich meine, er muss doch … gerochen haben.«

»Er lag vor einer Außenwand ohne Isolierung oder dergleichen, weshalb in dem Raum immer ein gewisser Luftzug herrschte. Der Kalkputz, den der Täter über ihm ausgeschüttet hat, tat sein Übriges. Dadurch wurden die Gerüche und austretenden Körperflüssigkeiten absorbiert, sodass niemand die Verwesung wahrgenommen hat.«

»Konnte man feststellen, woran er gestorben ist?«

»Ja. Diese Info ist auch schon durchgesickert und wird bald in den Zeitungen stehen. Ich rufe an, weil ich möchte, dass du vorgewarnt bist: An den Rippen wurden Kerben entdeckt. Es sieht so aus, als sei er erstochen worden. Mitten ins Herz.«

»Und was bedeutet das? Warum glaubst du, mich vorwarnen zu müssen?«

»Die meisten Tötungsdelikte sind Beziehungstaten, und wenn dann noch ein Messer im Einsatz ist, deutet diese sehr direkte Art zu töten auf ein persönliches Motiv hin. Der Täter stammt wahrscheinlich aus Andreas Kalskis näherem Umfeld.«

Langsam dämmerte mir, worauf Phil hinauswollte. »Du denkst, meine Mutter hat ihn umgebracht?«

»Nein, das denke ich natürlich nicht. Aber man wird deine Mutter befragen. Vielleicht intensiver als seine anderen Freunde und Bekannten.«

»Das ist doch Unsinn. Vergiss nicht, dass die dritte Tür zugebaut war. Der Mörder muss bei Friesen-Bau gearbeitet haben, um die Tat vertuschen zu können. Das trifft auf meine Mutter definitiv nicht zu. Sie hätte sich nach dem Feierabend der Handwerker auch gar nicht mehr ins Haus schleichen können, ohne von Violetta Kalski bemerkt zu werden.«

»Es handelt sich ja auch hauptsächlich um Routinefragen.«

»Sie hat gerade eine mittelschwere Kopfverletzung erlitten, ist erst heute aus dem Krankenhaus entlassen worden und musste gleich darauf vom Tod ihres einstigen Verlobten erfahren. Können die Polizisten ihr nicht wenigstens ein paar Tage Ruhe gönnen? Andreas hatte viele Neider, das habe ich von Hans Lemke erfahren. Und denk nur mal an seine unzähligen verflossenen Geliebten. Bestimmt war jemand dabei, der oder die die Beherrschung verloren hat.«

»Warum fährst du durch die Gegend und befragst Hans Lemke? Du hast mir versprochen, dich aus der Sache rauszuhalten, Elli.«

»Du hast mich nur darum gebeten, versprochen habe ich gar nichts. Außerdem ging es dabei eigentlich gar nicht um Andreas, sondern um meine Theorie, dass jemand die Hochzeit sabotiert.« Ich spürte etwas Kaltes an meiner Hand. Mein Eis verflüssigte sich, und ich leckte die Schokoladenspur ab.

»Tu das nicht«, sagte Phil.

»Ich bin alt genug, um in der Vergangenheit meiner Eltern rumzuwühlen, wenn mir danach ist. Ich bin eine erwachsene Frau.« Zumindest dem Papier nach. Oft genug muss ich mir anhören, dass ich mich nicht wie eine Erwachsene verhalte, aber ehrlich gesagt werte ich das als Kompliment.

»Das meinte ich nicht. Ich kann nicht klar denken, wenn du dich so hingebungsvoll mit deinem Eis beschäftigst.«

»Dich würde es auch anmachen, wenn ich einfach nur die Fenster putzen würde.«

»Auf der Leiter im kurzen Röckchen? Dann eindeutig ja.« Phil grinste. »Vielleicht gelingt es mir ja, dich ab morgen von dem Fall abzulenken. Ich glaube, wenn ich erst wieder in Ostfriesland bin, kann ich dich ganz schnell auf andere Gedanken bringen.«

»Da bin ich mir sicher.«

»Gibt es sonst noch Neuigkeiten bei dir?«

»Wenn du schon fragst, sollte ich dir bei der Gelegenheit von meinem neuen Bekannten erzählen. Man nennt ihn den Mann ohne Gesicht.«

Manchmal ist ein Schläfchen genau das Richtige, um den Geist zu klären, danach sind gute Einfälle quasi vorprogrammiert. Leider hatte ich darüber O'Malleys Abendbrotzeit verschlafen. Mein Kater sah mich kopfschüttelnd an, einen vorwurfsvollen Ausdruck in den bernsteinfarbenen Augen.

»Entschuldige.« Ich gab Katzenfutter in seinen Napf und streichelte sein Fell. »Kommt nicht wieder vor.«

O'Malley nahm meine Entschuldigung an, indem er sich an meiner Hand entlangrieb, und wandte sich dann seinem Futter zu.

Ich griff zum Handy, um meinen im Schlaf gefassten Plan ins Rollen zu bringen. Zuvor rief ich jedoch noch meine Mails ab. Keine Nachricht von Inge Behrends oder Dieter Kuhlmann, dafür eine vom Onlineshop, bei dem ich mein Kleid für die Hochzeitsfeier bestellt hatte. Man teilte mir mit, dass sich die Lieferung voraussichtlich verzögern würde. Na super.

Ich setzte mich aufs Sofa und wählte Dianas Nummer. Am anderen Ende der Leitung meldete sich Bruno.

»Was machst du mit Dianas Handy?«, fragte ich irritiert.

»Ich habe den Anruf angenommen.«

Ach was. »Warum?«

»Weil es geklingelt hat.«

Ich verdrehte die Augen. »Kann ich Diana sprechen?«

»Kleinen Moment, ich halte ihr den Hörer hin.«

»Elli?« Dianas Stimme klang seltsam fern.

»Alles in Ordnung?«, fragte ich.

»Wie man es nimmt. Ich bin ans Bett gefesselt.«

»Du warst doch gestern noch so fit. Sommergrippe?«

»Handschellen.«

Zu viel Information! »Verschone mich bitte mit Details.«

»Es ist harmloser, als es klingt. Bruno und ich üben gerade für die Entfesselungsnummer, die er mit dem Zauberer aufführen möchte.«

Ich schüttelte den Kopf, aber eigentlich sollte mich bei Diana gar nichts mehr wundern. Ich berichtete ihr von den Ereignissen des Tages, vom Mann ohne Gesicht und davon, dass ich Hans Lemkes Zusammenbruch nicht mehr für einen Zufall hielt. »Ist dir an dem Tag bei Paulis Pommesmobil jemand aufgefallen, der ihm etwas ins Essen getan haben könnte?«

Diana überlegte. »Pauli hatte doch diesen neuen Mitarbeiter, der hätte die Möglichkeit dazu gehabt. Aber ich kann mir nicht vorstellen, dass Pauli so jemanden beschäftigt. Wer dermaßen leckere Pommes macht, kann eigentlich keinen schlechten Charakter haben. Außerdem standen jede Menge Menschen in der Schlange, es wäre bestimmt irgendwem aufgefallen, wenn er etwas ins Essen gemischt hätte.«

»Kannst du mir Bruno noch mal geben?«

»Klaro. Mach's gut.«

»Mach's besser. Viel Erfolg bei der Entfesselungsnummer.«

»Hallo? Hier ist Bruno.«

Wer hätte es denn auch sonst sein sollen? So langsam glaubte ich, der Typ hatte nicht nur eine Seh-, sondern auch eine Denkschwäche. »Hör zu, ich habe einen Auftrag für dich. Nichts Besonderes, du musst nur zuverlässig sein und Stillschweigen bewahren.«

»Mein Spezialgebiet«, sagte er.

»Okay. Dann treffen wir uns morgen um halb zehn vor der Seniorenresidenz in Norddeich. Bring Diana mit, sie kennt den Weg. Und zieh dein Kostüm an.«

Ich hätte nie gedacht, dass ich diesen Satz mal freiwillig zu einem Clown sagen würde, aber was tut man nicht alles, um die Unschuld der eigenen Mutter zu beweisen?

## 17

»Ich spüre es genau: Das wird mein Durchbruch.« Bruno trat nervös von einem Fuß auf den anderen, rieb die Handflächen aneinander und atmete tief durch. Heute trug er die rote Perücke.

»Dir ist schon klar, dass das ein Altersheim ist?«, sagte ich.

»Das ist es ja gerade.« Diana trug einen schwarzen Einteiler mit riesigen roten und grünen Punkten, auf ihrem Kopf thronte Brunos grüne Perücke. »Was meinst du, wie viele Enkelkinder da zusammenkommen! Auf diese Weise sind die Buchungen für die Kindergeburtstage doch schon so gut wie gebongt.«

Beim Anblick von Diana in einem Clownskostüm hatte mich fast der Schlag getroffen. Mir fiel ein, dass sie behauptet hatte, sie würde nicht zum Clown taugen, weil rote Haare ihr nicht standen. An Brunos grüne Perücke hatten wir in dem Moment anscheinend beide nicht gedacht.

»Zum Glück habe ich mir neulich ein Farbberatungs-Tutorial angesehen, sonst wüsste ich gar nicht, dass mir Grün so gut steht.« Sie rückte die Perücke zurecht.

»Du solltest das mit den Tutorials wirklich sein lassen, es kommt einfach nichts Gutes dabei raus.«

»Was genau soll ich noch mal sagen?«, fragte Bruno.

»Du sagst, dass heute der große funny Freitag ist, an dem Bruno und Bärbel – also ihr – kostenlos an wechselnden Orten als Überraschungsgäste auftretet. Und einer davon ist die Seniorenresidenz.«

»Okay.« Bruno holte tief Luft und wiederholte die Schlagworte »funny Freitag«, »kostenlos« und »Bruno und Bärbel«.

»Bärbel ist irgendwie kein passender Künstlername für mich«, sagte Diana.

»Sondern?«

»Vielleicht Belinda.«

»Es ist doch total egal, wie du heißt. Euer Auftritt dient nur als Ablenkungsmanöver, damit ich mich an dem Empfangsdrachen vorbei zu Violetta Kalski schleichen kann.« Ich musste unbedingt noch mal mit ihr über die dritte Tür sprechen. An welches Detail hatte sie sich bei dieser Erwähnung erinnert? Einen Namen? Ein Gesicht?

»So locker kann ich das nicht sehen«, sagte Diana. »Ich überlege ernsthaft, eine Umschulung zu machen.«

»Zum Clown?« Das war echt das Blödeste, was ich jemals gehört hatte. Okay, ich konnte mir gut vorstellen, dass es Diana gelegentlich auf die Nerven ging, im Friseursalon zu arbeiten. Den ganzen Tag stehen, Kunden zuhören, die ungefragt ihre Lebensgeschichte herausposaunen, und das alles bei mieser Bezahlung. Aber musste es unbedingt das Clown-Business sein?

Diana nickte. »Genauer gesagt zur Clownin. Ich habe mich im Internet schlaugemacht. Stell dir vor, so eine Clown-Ausbildung dauert meist nur ein Wochenende.«

»Überrascht mich nicht.«

»Ich kann nicht feststellen, dass sich deine negative Meinung über Clowns inzwischen geändert hat.«

»Kein Stück.«

»Hier, schau dir das an.« Sie drückte mir einen Flyer in die Hand.

»Ludwigs Lachschule«, las ich vor. »Werden Sie an nur einem Wochenende zum Lachspezialisten.« Ich gab Diana den Flyer zurück. »Klingt nicht wirklich überzeugend.«

»Du irrst dich. Du hast ja keine Ahnung, was so ein Clown alles wissen muss. Das sind fast schon Psychologen.«

»Das Wort, das du suchst, heißt Psychopath.«

»Ach, jetzt mal im Ernst, Elli. Zum Clownsein gehört ein hohes Maß an Feingefühl und Menschenkenntnis.«

»Gilt das nicht vielmehr für Friseure?«

»Auch. Darum bin ich ja sozusagen schon vorgebildet. Da reicht ein Wochenendkurs dicke aus.«

»Heißt die weibliche Form tatsächlich Clownin?«, fragte ich skeptisch.

»Ja. Zumindest glaube ich das. Klingt irgendwie richtig.«

Für mich klang das ganz und gar falsch, wie alles, was mit Clowns zu tun hatte.

»Funny Freitag, kostenlos, Bruno und Bärbel«, murmelte Bruno vor sich hin.

»Belinda«, verbesserte Diana ihn. »Ich bin jetzt die Clownin Belinda.«

Brunos Gesicht nahm einen verzweifelten Ausdruck an. »Ich konnte mir gerade Bärbel merken.«

»Es bleibt bei Bärbel«, entschied ich, um dem ein Ende zu machen. Außerdem befürchtete ich, dass Brunos Gedächtnisleistung nicht ausreichte, um sich so kurzfristig noch an einen anderen Namen zu gewöhnen. »Nach eurem heutigen Auftritt kannst du dich nennen, wie du willst, jetzt ist es nur wichtig, dass wir da reinkommen, damit ich mit Violetta Kalski sprechen kann.«

»Ganz wie du meinst.« Diana hakte sich bei Bruno unter, und gemeinsam watschelten sie in ihren übergroßen Schuhen zur Anmeldung der Seniorenresidenz, an der heute eine Brünette mit Locken Dienst schob. Ich hatte sie hier noch nie gesehen, also würde sie mein Gesicht hoffentlich nicht zuordnen können. Vorsichtshalber hielt ich mich im Hintergrund.

Als die Empfangsdame Bruno und Diana bemerkte, rückte sie ihre Brille mit den dicken schwarzen Rändern zurecht und lächelte ihnen freundlich entgegen. »Was kann ich für Sie tun?«

»Wir sind Funny und Freitag, die Clowninnen«, plapperte Bruno drauflos. »Wir wechseln kostenlos.«

»Entschuldigen Sie bitte«, warf Diana ein. »Mein Kollege ist vor Auftritten immer sehr nervös. Wir heißen Bruno und Belinda. Heute ist unser funny Freitag, da reisen wir durch Ostfriesland und treten kostenlos auf. Wir würden Ihren Bewohnern gern eine Freude machen.«

»Und Sie sind?« Die Brünette reckte den Hals und sah mich fragend an.

»Helena Schön«, sagte ich, weil das der erste Name war, der mir einfiel. »Ich bin die Tourmanagerin von Bärbel und Bruno.«

»Ich dachte, die Clownin heißt Belinda.«

»Ach ja, natürlich. Entschuldigung, ich mache den Job erst seit Kurzem, da habe ich die Namen noch nicht so parat.«

»Sie kennen die weibliche Form.« Diana strahlte die Empfangsdame an. »Sie wissen, was eine Clownin ist.«

»Sollte ich das nicht?«

»Viel mehr Leute sollten das.« Diana sah mich vielsagend an.

»Ich weiß nicht, ob wir so spontan auf eine Vorstellung eingerichtet sind. Am besten, wir sehen mal im Atrium nach, ob sich dort ein Publikum für Sie findet.«

Das Atrium befand sich im rechten Flügel des Gebäudes, maß etwa zehn mal zehn Meter und war bepflanzt wie ein Dschungel. Etwa fünfzehn Bewohner saßen an kleinen Gruppentischen, ergingen sich in Unterhaltungen oder spielten Schach und Dame.

Es fand sich tatsächlich eine greise Gruppe, die sich den Auftritt von Diana und Bruno ansehen wollte. Ich zog mich an die hintere Wand zurück und tat so, als beobachtete ich das Treiben meiner Schützlinge, dabei scannte ich das Publikum nach Violetta Kalski ab, aber sie war nicht unter den Zuschauern. Als die Show richtig in Gang kam, seilte ich mich ab und machte mich auf in Richtung Zimmer Nummer hundertachtzehn.

Ich musste den Weg durch den Haupttrakt nehmen. Zwar sah ich auf meinem Weg hier und da eine Außentür, aber ich ging fest davon aus, dass diese nur von innen zu öffnen waren, sonst hätte die Rezeption mit ihrer strengen Einlasskontrolle keinen Sinn ergeben. Ich kam erneut am Empfang vorbei und wollte mich ungesehen vorbeischleichen, aber die Brünette bemerkte mich.

»Gibt es Probleme mit Ihrer Aufführung?«

»Nein, alles super. Ich suche die Toiletten.« Ich erinnerte mich, die Toilettentüren bei meinem letzten Besuch links um die Ecke gesehen zu haben, schräg gegenüber dem Salon. Von dort aus konnte ich mich ungesehen weiter den Flur entlangschleichen.

»Ach, den Weg hätten Sie sich sparen können. Neben dem Atrium befinden sich Toiletten, Sie hätten nur ein paar Meter in die andere Richtung gehen müssen, dann wären Sie gleich da gewesen.«

»Gibt es hier in diesem Bereich auch noch welche? Es ist wirklich sehr dringend. Wenn ich den ganzen Weg zurücklaufen muss, gibt es ein Unglück.« Ich machte X-Beine, um meine vermeintliche Notsituation zu unterstreichen.

Sie wies mir den ohnehin schon bekannten Weg. Um mein Inkognito zu wahren, stattete ich dem stillen Örtchen einen Besuch ab, ehe ich wieder hinausschlich und zu Violetta Kalskis Zimmer ging. Ich klopfte an ihre Tür und wartete. Nichts rührte sich, also klopfte ich erneut. Wieder keine Reaktion.

Ich konnte nicht glauben, dass die ganze Aktion umsonst gewesen sein sollte. Noch einmal würde es mir sicherlich nicht gelingen, mich hier einzuschleichen, ob mit Clowns oder ohne.

Ich trottete zurück, unschlüssig, was ich tun sollte. Ich konnte schlecht die ganze Residenz durchkämmen, irgendwann würden Diana und Bruno die Ideen ausgehen, und die Empfangsdame würde sich wundern, wo ich abblieb.

Mein Blick fiel auf das Schild mit der Aufschrift »Salon«. Vielleicht meine letzte Möglichkeit. Ich klopfte leise an und schlüpfte durch die unverschlossene Tür. Im Gesellschaftszimmer herrschte gedämpftes Licht, Fenstervorhänge verwehrten den Blick nach außen und sperrten den Sonnenschein aus. Es dauerte einen Moment, bis sich meine Augen an die Lichtverhältnisse gewöhnt hatten. Ich ließ den Blick über die ausladenden roten Polstermöbel schweifen und bemerkte, dass in einem der hohen Lehnstühle am Bücherregal jemand mit dem Rücken zu mir saß. Nach dem, was ich von hinten sehen konnte, waren die Haare zu einem strengen Dutt nach oben gebunden.

»Frau Kalski?« Umgeben von den ganzen Polstern klang meine Stimme eigenartig dumpf. »Ich bin es, Elli Vogel. Ich weiß, ich dürfte eigentlich nicht hier sein, aber es ist sehr wichtig.«

Ich trat näher, doch sie schien nicht willens, mir zu antworten oder sich umzudrehen.

»Das mit Ihrem Sohn tut mir leid, ich weiß, Sie haben immer gehofft, er würde eines Tages zurückkehren. Ihre Freundin Grete hat mir das gesagt. Wer könnte das getan haben? Sie selbst erwähnten bei meinem letzten Beuch die dritte Tür. Haben Sie eine bestimmte Person in Verdacht?«

Ich hatte einfach drauflosgeplappert, um ihr möglichst viele Ansatzpunkte für ein Gespräch zu geben, ehe sie mich wieder vor die Tür setzte. Aber noch immer rührte sie sich nicht.

Ich hatte ein ganz mieses Gefühl und musste mich zwingen, um den Stuhl herumzugehen und Violetta Kalski ins Gesicht zu sehen.

Was ich sah, ist für den Rest meines Lebens in mein Gedächtnis eingebrannt. Violetta Kalski saß, aufrecht und erhaben wie immer, in ihrem Stuhl, ein aufgeschlagenes Buch auf dem Schoß. Der Einband zeigte nach oben. Genau wie ihre Augen, die im Tod weit aufgerissen zur Decke starrten.

# 18

»Ich weiß, du hörst es in diesem Zusammenhang nicht gern, aber drei sind Ostfriesenrecht«, sagte Diana.

»Ich glaube nicht, dass sich dieses Sprichwort auf Leichen bezieht«, erwiderte ich.

»Immer positiv denken, das würde nämlich bedeuten, dass du mit dem Thema durch bist.« Sie zählte die Leichenfunde, die auf meine Kappe gingen, an den Fingern ab, als müsste sie mich daran erinnern, wen ich schon alles tot aufgefunden hatte. »Vor einem guten halben Jahr hast du deine erste Leiche entdeckt, vorgestern die von Andreas und heute Violetta Kalski. Nun wirst du sicherlich keine mehr finden.«

»Und dabei hatte ich mich gerade daran gewöhnt.«

Diana, Bruno und ich saßen auf einer Bank vor dem Eingangsbereich der Seniorenresidenz mit Blick auf den Springbrunnen. Eine ganze Armee von Polizisten und Kriminaltechnikern war in das Gebäude eingefallen und stellte es auf den Kopf, der Bereich um den Salon war weiträumig abgesperrt. Wir sollten hier auf unsere Befragung warten. So langsam bekam ich Übung darin und hätte genauso gut einen schriftlichen Bericht abgeben können, dann wäre ich jetzt bereits fertig gewesen und hätte nach Hause fahren und mir gepflegt einen hinter die Binde kippen können, wie es sich in solchen Situationen gehört.

»Hast du heute eigentlich schon den Ostfriesland-Reporter gelesen?«, fragte Diana.

»Ja, heute Morgen, bevor ich losgefahren bin. Helena hat mal wieder ganze Arbeit geleistet.« Wie erwartet, war ich in ihrem Artikel nicht besonders gut weggekommen. Kein Wort von meiner Kombinationsgabe, durch die ich das Leichenversteck gefunden hatte, sie stellte es so dar, als sei ich quasi zufällig durch die Rigipswand gestolpert. »Wahrscheinlich muss ich mich noch glücklich schätzen, dass sie mir keine Straftat nachsagt.«

»Dafür bist du nun wieder in aller Munde, deine Buchverkäufe werden bestimmt wieder kräftig anziehen, genau wie im letzten Jahr.«

Genau, fehlte nur noch jemand, der es auf mein Leben abgesehen hatte, dann hätten wir die gleiche Konstellation wie im November.

Zwischen umherwuselnden Schritten und halblaut geführten Gesprächen drang das Rauschen der Nordsee an mein Ohr, es hatte etwas Beruhigendes.

»Bin gleich zurück«, sagte ich. Ich stieg auf den Deich und sah dem Spiel der Wellen zu, die träge an Land schwappten. Ich schloss die Augen und genoss die wärmenden Sonnenstrahlen auf meiner Haut. Die Nordsee ist wie eine alte Freundin für mich. Ich muss nicht ständig bei ihr auf der Matte stehen, aber ich weiß, dass sie da ist.

Ich drehte mich um und sah zu Diana und Bruno, zwei Polizisten waren auf dem Weg zu ihnen. Also ging ich zurück und traf zeitgleich mit den Uniformierten bei den beiden ein.

»Wer von Ihnen ist Helena Schön?«, fragte der Größere der beiden Polizisten, der sich als Kommissar Reinhardt vorstellte. Sein Begleiter hieß Kommissar Klöver.

»Ich. Also genau genommen heiße ich nicht Helena Schön, sondern Elli. Eleonore Vogel.«

»Gibt es einen Grund, warum Sie gegenüber der Mitarbeiterin der Seniorenresidenz einen falschen Namen angegeben haben?«

»Das hört sich in Anbetracht der Umstände sicherlich seltsam an, aber Violetta Kalski wollte mich nicht sehen. Sie hat meinen Namen am Eingang auf die Liste der unerwünschten Personen setzen lassen.«

Die Polizisten sahen sich ratlos an. »Den Papierkram übernimmst dieses Mal du«, sagte Klöver zu Reinhardt. »Hört sich nach einer Menge Arbeit an.«

»Soll das heißen, dass Frau Kalski sich durch Sie bedroht fühlte?«

»Was? Nein. Das kam jetzt völlig falsch rüber«, sagte ich. »Das hat sie nur gemacht, weil ich mich ihrer Meinung nach zu viel mit ihrem Sohn beschäftigt habe.« Ich stockte. »Ach, ich geb's auf. Stellen Sie einfach Ihre Fragen, schießen Sie los.«

»Aber bitte nicht wortwörtlich.« Bruno deutete auf die Waffe in Kommissar Klövers Holster und tat so, als würde er tödlich getroffen auf der Bank zusammensacken.

»Beachten Sie ihn am besten gar nicht«, sagte ich. »Er ist mit der Situation überfordert.«

»Sie nicht?«, fragte Kommissar Reinhardt.

»Elli hat schon Übung darin«, sagte Diana. »Das war ja nicht ihr erster Leichenfund, sie ist schon bei Nummer drei. Aber jetzt kommt bestimmt keine mehr. Sie wissen ja: Drei sind Ostfriesenrecht.«

»Aber der erste Fund ist schon ein paar Monate her, das hat mit dieser Sache gar nichts mehr zu tun«, warf ich ein.

Die Polizisten sagten nichts. Schade eigentlich, denn wenn man mich nicht stoppt, wenn ich unter Stress stehe, rede ich mich um Kopf und Kragen.

»Vorgestern habe ich Andreas Kalskis sterbliche Überreste gefunden, er war der seit vierzig Jahren verschwundene Sohn der Frau, die heute ermordet wurde.«

»Vielleicht sollten wir sie gleich im Streifenwagen mitnehmen«, schlug Reinhardt an seinen Kollegen gewandt vor.

»Nein!« Nicht auszudenken, wenn Phil mich nach seiner Ankunft gleich als Erstes von der Wache abholen musste. »Hören Sie, ich bin nur etwas aufgeregt. Vielleicht kennen Sie meinen Freund, Phil Winter. Er ist ebenfalls Polizist und …«

»Ah!« Klövers Blick erhellte sich. »Jetzt weiß ich, warum mir der Name so bekannt vorkam. Die Autorin.«

Reinhardt sah ihn fragend an.

»Sie ist die Freundin von München-Phil«, half ihm Klöver

auf die Sprünge. »Der mit der Crystal-Meth-Geschichte letztes Jahr.«

»Ja klar, an den erinnere ich mich.«

»Und das hier ist seine Chaos-Elli, die junge Dame, von der er während der Ermittlungen so oft erzählt hat.«

Es soll ja ein gutes Zeichen sein, wenn der Freund über einen spricht, aber die Bezeichnung Chaos-Elli schmeichelte mir nicht unbedingt.

»Okay, konzentrieren wir uns also erst einmal auf heute«, sagte Reinhardt. »Der Notruf ist um neun Uhr siebenundfünfzig bei uns eingegangen, er kam von einer Sandra Engels, das ist die Mitarbeiterin vom Empfang. Ich gehe davon aus, dass Sie die Tote unmittelbar zuvor aufgefunden haben?«

»Richtig. Ich konnte sie in ihrem Zimmer nicht antreffen und habe mein Glück im Salon versucht, da saß sie dann tot in einem Sessel. Ich wusste sofort, dass sie nicht mehr lebte – ihre Augen waren weit aufgerissen und starrten nach oben, außerdem war ihre Bluse voller Blut.« Ich schlang die Arme um meinen Oberkörper und rieb mit den Händen über meine Oberarme, um gegen den Schauer, der mich bei dieser Erinnerung überkam, anzukämpfen.

»Ist Ihnen in der Nähe des Aufenthaltsraums jemand begegnet?«

»Nein, sonst war niemand da.«

»Eine Pflegerin sagte, sie habe einen Mann mit blauer Jeans, schwarzem T-Shirt und schwarzer Schirmmütze beim Verlassen des Gebäudes beobachtet. Er war kein regelmäßiger Besucher der Seniorenresidenz, sie hatte ihn noch nie zuvor gesehen. Am Empfang hatte er sich auch nicht angemeldet. Ist Ihnen hier heute jemand aufgefallen, auf den diese Beschreibung zutrifft?«

»Konnte sie weitere Angaben machen, gab es irgendwas Auffälliges an dem Mann?«

»Nein, sie sagte, er habe keine besonderen Merkmale gehabt, an die sie sich erinnern könne. Nur die Kleidung.«

Das hörte sich verdächtig nach dem Mann ohne Gesicht an. Dann war er also nicht mehr nur mein Verfolger, sondern auch ein skrupelloser Mörder. Es sah gut aus für meine Buchverkäufe.

Ich wollte Alexa die Nachricht von Violetta Kalskis Ableben lieber persönlich überbringen, also suchte ich sie im Kontaktzentrum auf.

»Hey, welch unerwartete Überraschung. Henry ist gerade gegangen.« Alexa saß an ihrem Schreibtisch und erledigte Papierkram. Das Bild von Henry mit Feigenblatt stand auf der Staffelei.

»Sieht aus, als wärst du damit fertig.« Ich deutete auf das Gemälde.

Alexa folgte meinem Blick. »Leider.«

»Hast du es heute fertiggestellt?«

»Nein, vor drei Tagen.« Sie legte ihren Kugelschreiber zur Seite und fuhr sich mit den Fingern durch die langen schwarzen Haare. »Ich hab es ihm nur noch nicht gesagt.«

Henry war nicht unbedingt die hellste Kerze auf der Torte, wahrscheinlich konnte Alexa ihr Täuschungsmanöver bis zum Jüngsten Tag aufrechterhalten.

»Ich habe eine schlechte Nachricht für dich«, sagte ich. »Es geht um Violetta Kalski.«

»Lass mich raten: Es hat sich herausgestellt, dass die Leiche in ihrem Haus tatsächlich Andreas war. Damit hat sie bestimmt gerechnet. Natürlich trauert sie jetzt sehr, aber es ist gut, dass sie endlich Gewissheit hat.«

»Nun, wenn man es so sieht, habe ich auch eine gute Nachricht. Sie ist nicht mehr in Trauer, aber das liegt nur daran, dass sie tot ist.«

»Tot?« Alexas Hand schnellte zu ihrem Mund, so als wollte sie das Wort daran hindern, herauszuschlüpfen. Vielleicht stand sie auch einfach kurz davor, sich zu übergeben.

»Sie wurde ermordet.« Ich berichtete ihr von den Ereignissen in der Seniorenresidenz.

Alexa beugte sich vor, stützte die Ellenbogen auf den Tisch und das Kinn in die Hände. »Wer um alles in der Welt bringt eine alte Frau um, die gerade erst vom Tod ihres Sohnes erfahren hat?«

»Der Mann ohne Gesicht, nehme ich an. Ich glaube, dass er auch der Mörder von Andreas ist, sonst wäre es schon ein unglaublicher Zufall, dass sie kurz nach dem Auffinden der sterblichen Überreste ihres Sohnes ermordet wurde. Ich denke, er hatte Angst, dass diese Nachricht unerwünschte Erinnerungen in ihr wachrufen könnte. Erinnerungen, die die Polizei auf seine Spur führen würden. Eine Pflegekraft hat eine Beschreibung – oder besser eine Nicht-Beschreibung, weil es an ihm so wenig zu beschreiben gibt – von dem Mann abgegeben. Die paar Details, die man über ihn sagen kann, stimmen genau überein.«

»Also willst du dich auf seine Spur begeben? Wie?«

»Am liebsten würde ich mir den Privatdetektiv noch mal vorknöpfen. Er stand immer noch bei ihr in Lohn und Brot, und ich frage mich, ob Violetta Kalski die dritte Tür auch ihm gegenüber erwähnt hat, nachdem ihr der Gedanke kam. Leider hat er uns schon beim letzten Mal abblitzen lassen.«

Alexa stand auf, sie wirkte wild entschlossen. »Lass mich das machen. Künstlermord nehme ich persönlich, ich bringe den Kerl schon zum Reden.«

Georg Hoffmeyer erkannte mich sofort wieder und hatte sogar meinen Namen parat. Er wusste, dass der Sohn seiner Auftraggeberin tot aufgefunden worden war, die Polizei hatte ihn angerufen und um die Zusendung der über die Jahre angefertigten Statusberichte gebeten. Ich erzählte ihm von Violetta Kalskis Ermordung, und Alexa steuerte ein paar Scheinchen bei, die seine Zunge lockerten.

»Ich denke, in Anbetracht der Situation bin ich es Frau Kalski schuldig, mein Wissen mit Ihnen zu teilen«, räumte er großmütig ein. »Die Aufklärung ihres Todes und der Todesumstände ihres Sohnes hat jetzt oberste Priorität.«

Dass seine bisherige Geldgeberin seine Taschen nun nicht mehr füllen konnte, war bestimmt auch ein Grund, warum er plötzlich das Maul aufbekam. Seine Loyalität ihr gegenüber hatte nur so lange Bestand, wie der Geldhahn aufgedreht war.

»Hat sie Sie vor ihrem Tod noch einmal kontaktiert?«, fragte ich.

»Ja.« Hoffmeyer strich mit Daumen und Zeigefinger über seinen Schnurrbart. »Es muss am Montag gewesen sein. Da rief sie mich an und sagte, ich solle mich nach dem Verbleib eines Mannes umhören, der damals an den Umbauarbeiten ihrer Villa beteiligt war. Er war wohl als Aushilfskraft bei der beauftragten Firma beschäftigt.«

Mein Herz schlug schneller. Hatte Hoffmeyer den Mann ohne Gesicht womöglich ausfindig gemacht? Privatdetektive hatten Zugang zu allen möglichen Daten und konnten alles herausbekommen, was sich jemals im Leben einer Person abgespielt hatte. Zumindest in meiner Vorstellung. »Wer war es?«

»Ich bin mitten in den Ermittlungen.«

»Und in welche Richtung gehen die?«

»Das kann ich noch nicht genau sagen.«

»Der Anruf ist vier Tage her«, sagte Alexa. »Haben Sie seitdem überhaupt etwas unternommen?«

»Meine Arbeitsweise geht nur mich etwas an.«

Übersetzt hieß das, dass er sich lieber die Eier schaukelte und das Geld fürs Nichtstun einsteckte, statt zu ermitteln.

»Wie alt war der Mann damals, hat Frau Kalski das gesagt?«, fragte ich.

»Es hörte sich an, als sei er etwa im Alter ihres Sohnes gewesen.«

»Hatte sie vorher schon mal von ihm gesprochen?«

»Nein, es war das erste Mal.«

»Erwähnte sie in dem Telefonat eine dritte Tür? Oder grundsätzlich eine Tür?«

»Nein, wir haben uns nur über den jungen Mann unterhalten.«

»Was war all die Jahre Ihre Theorie, was mit Andreas passiert ist?«

»Ich war überzeugt, dass er sich ins Ausland abgesetzt hat«, sagte Hoffmeyer. »Jedenfalls hätte ich nie ernsthaft damit gerechnet, dass man eines Tages seine Leiche findet.«

»Warum waren Sie sich da so sicher?«

»Er hat vielen Menschen gegenüber davon gesprochen, dass er eines Tages fortgehen würde.«

»Ich erzähle den Leuten auch ständig, was ich alles machen werde, wenn ich mal reich und berühmt bin«, sagte ich. »Dabei bin ich mir ziemlich sicher, dass es nie dazu kommen wird.«

Hoffmeyer stieß die Luft mit einem kurzen, verächtlichen Schnauben aus. »Derartige Pläne werden aber ganz schnell konkret, wenn eine Ihrer Affären plötzlich Früchte trägt.«

Mein Herz setzte einen Schlag aus, als ich begriff, was das bedeutete. »Ein Kind? Er wäre Vater geworden?«

»Es wundert mich eher, dass es sich nur um einen Fall handelte, wenn man seinen Lebenswandel bedenkt.«

»Wer?«, fragte ich tonlos. Meine Mutter konnte es nicht gewesen sein, zwar waren Victoria und Michael älter als ich, an die Vierzig reichten sie aber noch nicht heran.

Ein schmieriges Lächeln stahl sich auf Hoffmeyers Gesicht. »Der Klassiker. Er hatte die Freundin seines besten Freundes geschwängert.«

# 19

»Das Schlimme ist, dass meine Mutter dadurch ein noch stärkeres Motiv gehabt hätte, ihn zu töten«, sagte ich. »Ich wollte eigentlich Beweise für ihre Unschuld sammeln, und nun habe ich genau das Gegenteil erreicht.«

»Deine Mutter könnte nie im Leben jemanden erstechen, dafür kann sie viel zu schlecht mit Messern umgehen.«

»Ihre nicht vorhandenen Kochkünste wird die Polizei kaum als entlastendes Indiz durchgehen lassen.«

Eigentlich wollten Diana und ich nur eine Pommes beim Friesengrill essen, die frittierten Sonnenstrahlen waren genau das, was mein Gemüt jetzt brauchte. Irgendwie schaffte sie es, mich danach zu einer Shoppingtour zu überreden. Meinetwegen, vielleicht dachte ich dann mal ein paar Stunden lang nicht an Leichen und gesichtslose Mörder. Und ich konnte die Gelegenheit nutzen, mich nach einem Kleid für die Hochzeitsfeier umzusehen, falls mein maßangefertigtes China-Exemplar nicht rechtzeitig zur Hochzeit eintraf.

Leider stellte sich ziemlich schnell heraus, dass Graublau in dieser Saison nicht unbedingt der Renner war.

»Dann nimmst du halt eine andere Farbe und sagst deiner Mutter, du hättest dich umentschieden«, schlug Diana vor.

»Das kann ich nicht machen, Madame Cassandra hat auch von einem graublauen Kleid gesprochen, mittellang und mit mittellangen Ärmeln. Darin werde ich meiner großen Liebe gegenüberstehen.«

»Für ein vorherbestimmtes Kleid lässt es sich aber ganz schön schwer aufspüren.« Diana durchforstete einen Kleiderständer, schob Kleid um Kleid zur Seite und reichte mir schließlich ein royalblaues Etwas mit Mörderausschnitt. »Probier das mal an.«

»Das ist aber nicht graublau.«

Sie sah mich streng an, ich gab klein bei und taperte in die nächstgelegene Umkleidekabine, wo ich mich folgsam in den Fummel hineinquälte. Ich bereute es augenblicklich, denn sobald Diana mir den Reißverschluss am Rücken hochgezogen hatte, reichte der Platz nur noch, um meine Lungen pro Atemzug mit gefühlt etwa zwei Kubikzentimetern Luft zu füllen.

»Aus-ziehen!«, keuchte ich.

»Es sieht aber wirklich heiß aus.« Diana trat einen Schritt zurück und betrachtete mich in all meiner eingezwängten Pracht.

»Kei-ne Luft!«

»Du musst dir dringend eine positivere Einstellung aneignen.« Sie zog den Reißverschluss runter, und ich fühlte mich wie eines dieser Aufbackbrötchen aus rohem Hefeteig, die beim Öffnen aus der Verpackung platzen. »Nimm mich als Beispiel. Ich könnte sagen, dass ich keine Clownin werden kann, weil mir leuchtend rote Haare nicht stehen, aber ich mache das Beste aus der Situation und steige einfach auf Grün um. Du musst öfter improvisieren.«

»Vor allem muss ich atmen.« Ich reichte ihr das Kleid durch den Vorhang zurück. Mein Telefon klingelte. In Unterwäsche nahm ich das Gespräch an.

»Schon wieder eine Leiche, das ist ja großartig! Frau Vogel, Sie sind meine persönliche Heldin!« Martin Jägers Stimme überschlug sich fast vor Begeisterung. »Schreiben Sie, was das Zeug hält, Sie bekommen die Titelseite und eine Doppelseite im Innenteil.«

»Was soll ich denn drei Seiten lang über den Tod von Violetta Kalski schreiben?« Ich kramte nach meinem Shirt und zog es umständlich über, während ich das Telefon in die andere Hand wechselte.

»Nehmen Sie halt das Leben von Mutter und Sohn und bauen dabei ihr trauriges Ende ein. Bei den Kalskis sind ja allein die Affären des Sohnes ausreichend, um zwei Seiten zu füllen«, sagte Jäger. »Und das, wenn Sie sich nur auf die Aufzählung der Namen beschränken.«

»Tut mir leid, aber ich bin voll ausgelastet, an einen längeren Artikel ist derzeit nicht zu denken.« Ich hatte Wichtigeres zu tun, wollte ich meine Mutter nicht demnächst im Gefängnis besuchen. Außerdem war ich noch ein wenig nachtragend, weil ich beim letzten Mal als Interviewpartnerin für Helena herhalten musste. »Nach der Hochzeit meiner Eltern können wir das Thema gern aufgreifen, bis dahin liegen sicherlich auch weitere Informationen der Polizei vor, auf die man aufbauen kann.«

»Hm, dann müsste Frau Schön bis dahin für Sie übernehmen.«

»Das sollte sie unbedingt tun.« Ich freute mich schon auf ihr Gesicht, wenn sie erfuhr, dass sie die Berichterstattung an mich abgeben musste. Es ist nicht leicht, ein so intensives Gefühl wie Hass über einen längeren Zeitraum aufrechtzuerhalten, bei Helena gelingt es mir jedoch ohne Probleme.

Ich legte auf, und schon eine Minute später klingelte es erneut. Mit der Nummer konnte ich nichts anfangen.

»Hallo, Frau Kollegin«, flötete Helena in den Hörer.

*Merke: Bei unbekannten Nummern nicht rangehen, lass die Mailbox ihren verdammten Job machen!*

»Was willst du?«

»Hast du ein paar Minütchen Zeit, um mir etwas über den Mord an Violetta Kalski zu erzählen?«

Lieber würde ich mir die Zunge abbeißen. »Ich bin gerade auf dem Sprung. Wende dich an die Polizei, vielleicht sagen die dir was.«

»Tun sie nicht. Ich stand gerade eine halbe Ewigkeit vor der blöden Polizeiabsperrung an der Seniorenresidenz. Dann hörte ich, dass du die Leiche gefunden haben sollst.«

»Möglich.«

»Hast du ein Foto gemacht?«

»Natürlich nicht!«

»Ganz schwach. Konntest du denn wenigstens die Todesursache ausmachen? Ist viel Blut geflossen?«

»Darauf habe ich nicht geachtet«, log ich. »Du weißt ja, Schock und so. Du wirst dir deine Informationen schon selbst besorgen müssen.« Ich legte grußlos auf.

»Weiß deine Mutter eigentlich schon von der Sache mit Andreas und der anderen Frau?«, fragte Diana.

»Nein, nach dem Gespräch mit Georg Hoffmeyer habe ich Alexa am Kontaktzentrum abgesetzt und bin direkt zu dir gefahren. Mit meiner Mutter habe ich noch nicht wieder gesprochen. Am Telefon ist das auch nicht gerade passend.« Ich überlegte, ob ich das Thema ihr gegenüber momentan überhaupt zur Sprache bringen sollte.

»Wie hat denn die Kalski seinerzeit auf die frohe Kunde reagiert, hat Hoffmeyer das gesagt?«

»Er meinte, sie hätte die Angelegenheit geregelt. Mehr war nicht aus ihm rauszukriegen. Außerdem ist es so, dass die Information von der Kalski stammte und nicht durch Hoffmeyer ausgegraben wurde. Woher sie davon wusste, konnte er nicht sagen.

»Meinst du, man kann diesem Privatdetektiv trauen?«

»Trauen würde ich dem niemals, aber bei der Sache mit der Schwangerschaft könnte er richtigliegen.«

»Wie heißt die Glückliche noch mal?«

»Rita Janssen, inzwischen Lugner.«

»Irgendwelche weiteren Infos?«

Ich schüttelte den Kopf. »Sie ist nach Berlin gezogen, ihre aktuelle Adresse konnte ich noch nicht ausfindig machen.«

Wir verließen den Laden unverrichteter Dinge. Manchmal wünschte ich, ich hätte einen Hang zu Frustkäufen, denn ich glaube, man kann damit eine ganze Menge kompensieren, aber leider war ich dagegen immun.

»Dem Heykes hat das sicherlich nicht gefallen, dass seine Freundin auf Andreas stand«, sagte Diana. »Der war doch bestimmt megaeifersüchtig.«

»Allerdings. Dazu passt, dass meine Mutter meinte, die beiden hätten wegen Rita am Wochenende vor seinem Verschwinden Streit gehabt. Genau aus dem Grund fahre ich gleich noch mal nach Wilhelmshaven und hake genauer nach. Ich kann mir gut vorstellen, dass sein Ego damals ganz schön angekratzt war. Und dann sind manche Leute ja zu allem fähig.«

Frank Heykes kniete wieder einmal vor seiner Geröllhalde und schwang den Staubsauger. Meine Güte, der Kerl saugte seinen Garten häufiger als ich meine Wohnung!

»Was verschafft mir das erneute Vergnügen?« Er kämpfte sich umständlich auf die Beine und zog seine Hose hoch.

»Andreas Kalski«, sagte ich nur.

»Hätte ich mir denken können, die Polizei war auch schon da und hat mich befragt.«

»Haben Sie dabei die Schwangerschaft Ihrer Freundin Rita erwähnt?«, fragte ich.

Er pustete die Backen auf. »Dann wissen Sie's also auch schon. Die Polizei hat mich deswegen ganz schön in die Mangel genommen. Wie es aussieht, hat damals ein Privatdetektiv hinter uns hergeschnüffelt.«

»War nicht schwer rauszubekommen«, log Diana frech. »Hätten Sie besser gleich gesagt.«

»Wie haben Sie damals davon erfahren?«, fragte ich.

»Sie hat es mir gebeichtet, da waren wir gerade vier Monate zusammen.«

»Hätten Sie dann nicht ebenso der Vater sein können?«

Heykes presste die Lippen zusammen. »So nahe waren wir uns noch nicht gekommen.«

»Verstehe.« Sehr interessant, ihm war es also nicht so leichtgefallen wie seinem Freund, die Auserwählte in die Federn zu bekommen. Das dürfte ihm gar nicht geschmeckt haben. »Wann hat Rita Ihnen von der Schwangerschaft erzählt?«

»Das war am Tag nach Norbert Coordes' Geburtstagsfeier, da war sie in der sechsten Woche.«

Also hatte Andreas doch nicht den großen Wandel vollzogen, von dem meine Mutter gesprochen hatte. Er hatte sie eiskalt betrogen. »Wer wusste noch davon?«

»Nur Andreas. Wir haben uns darauf geeinigt, es nicht an die große Glocke zu hängen.«

»Seine Mutter wurde nicht informiert?«

»Um Himmels willen, nein. Nur wir wussten davon.«

Ich konnte nicht ausmachen, ob er die Wahrheit sagte. Wenn ja, bedeutete das, dass Rita die werdende Großmutter im Alleingang informiert hatte. Aber warum? »Wie haben Sie reagiert, als Sie Andreas nach dieser Nachricht zum ersten Mal wiedergesehen haben?«

»Wie wohl? Ich habe ihm eine gelangt.«

»Nur eine? Und damit war alles gut?«

»Natürlich nicht. Und es war auch nicht nur ein Schlag. Ich habe ihn ziemlich vertrimmt. Ich war so wütend auf ihn. Immer hat er alles bekommen, was er wollte. Immer!«

Ich stutzte. Keiner der Befragten hatte von sichtbaren Spuren einer Schlägerei gesprochen. »Ins Gesicht geschlagen haben Sie ihn aber nicht?«

»Ich wollte nicht, dass die Leute Fragen stellen. Eine ungewollte Schwangerschaft war zu der Zeit ein echtes Problem, es hätte Rita in Schwierigkeiten gebracht.«

Andreas war es offenbar ähnlich gegangen, sonst hätte er meiner Mutter kaum das Märchen von der Werkzeugkiste erzählt.

»Am Abend vor seinem Verschwinden haben Sie sich aber noch mal mit ihm getroffen, das haben Sie selbst gesagt, und auch meine Mutter hat davon gesprochen. War da zwischen Ihnen wieder alles geklärt?«

»Wir haben uns getroffen, um über die Sache zu reden. Klären konnten wir die Angelegenheit wohl nicht endgültig, aber wir konnten wenigstens wieder normal miteinander sprechen.«

»Nach Aussage meiner Mutter hatten Sie sich auf der Feier auch schon mit ihm gestritten«, sagte ich. »Worum ging es da?«

»Er hatte sich Rita gegenüber blöd verhalten, dauernd ließ er sie auflaufen und reagierte gereizt auf ihre Fragen und Kommentare. Da habe ich ihm zwischendurch mal Bescheid sagen müssen. Es stellte sich später heraus, dass sie ihm an dem Tag von der Schwangerschaft erzählt hatte. Er wusste wohl nicht, wie er damit umgehen sollte.«

»Sie erwähnten neulich, dass Sie vor Ihrer Zeit als Gartengestalter auf dem Bau gearbeitet haben. War die Firma Friesen-Bau zufällig auch mal unter Ihren Arbeitgebern?«

»Wann?«

»Sagen wir, so vor vierzig Jahren?«

»Nein.«

Ich wechselte einen Blick mit Diana. »Wissen Sie noch, wo Sie an dem Tag waren, als Andreas verschwand?«

Heykes' Augen wurden groß. »Hören Sie mal, nur weil ich der gehörnte Freund war, heißt das noch lange nicht, dass ich Andreas etwas antun würde!«

Trotzdem schien er meine Frage nicht beantworten zu wollen, er machte ein verstocktes Gesicht. »Was ist aus dem Kind geworden?«

»Ich weiß es nicht, Rita und ich haben uns getrennt, und Andreas verschwand. Wir haben nie wieder darüber gesprochen. Rita ist dann auch weggezogen und hat geheiratet.«

Ich nickte. »Ich habe gehört, dass sie nach Berlin gegangen ist.«

»Das stimmt, aber sie ist mit ihrem Mann wieder nach Ostfriesland zurückgekehrt, habe ich gehört.«

»Von wem?«

»Von Norbert Coordes, als ich ihn neulich zufällig bei der Arbeit vor seinem Fitnessstudio traf. Sein Jahrgang hatte kürzlich vierzigjähriges Klassentreffen, und da hat er von Ritas Rückkehr erfahren.«

»Hat er Ihnen auch gesagt, wo genau sie wohnt?«, fragte Diana.

»Da standen meine Ohren wohl auf Durchzug.«

Wir stiefelten zum Fiat zurück und stiegen ein, Diana startete den Motor.

»Was hältst du von seiner Aussage?«, fragte sie.

»An einem Motiv mangelte es ihm jedenfalls nicht. Und er hat zugegeben, dass er wütend war. Ich frage mich, ob diese Wut ausgereicht hat, seinen Freund zu töten und hinter einer Leichtbauwand verschwinden zu lassen. Hast du bemerkt, wie er auf meine Frage nach Friesen-Bau reagiert hat?«

»Ja, er hat mit einer Gegenfrage geantwortet. Schon seltsam. Klang fast, als wollte er Zeit schinden.«

»Wir müssen rauskriegen, ob Heykes dort gearbeitet hat.« Ich griff nach meinem Handy, um die Telefonnummer der Firma rauszusuchen. »Kein Eintrag«, sagte ich nach einer kurzen Recherche. »Ich glaube, die existieren gar nicht mehr. Warte mal, ich rufe kurz bei der Stadtverwaltung an. Die können mir doch bestimmt sagen, ob es die Firma noch gibt.«

Ich wählte die Nummer, aber ein Anrufbeantworter teilte mir mit, dass ich außerhalb der Sprechzeiten anrief. Dann klingelte mein Telefon, es war meine Mutter.

»Violetta Kalski ist tot?« Ihre Stimme hatte einen schrillen Unterton. »Die Leute sagen, du hättest ihre Leiche gefunden.«

»Da haben die Leute ausnahmsweise mal recht.«

»Warum findet meine Tochter ständig Leichen? Meine Freundinnen erzählen mir von ihren Enkelkindern, und ich kann immer nur was vom neuesten Toten meiner Tochter beisteuern.«

»Ist doch ein interessantes Gesprächsthema.«

»Darüber unterhalte ich mich in den letzten Tagen schon oft genug mit der Polizei.« Sie wechselte das Thema. »Kommst du heute noch zu uns, Eleonore?«

»Ja, hatte ich vor. Liegt was Bestimmtes an?«

»Eine Überraschung. Beeil dich, du wirst dich freuen.«

»Wir müssen auch noch rausbekommen, wo diese Rita wohnt«, sagte Diana, nachdem ich aufgelegt hatte.

»Wenn alles mitläuft, müssen wir dafür nicht mal einen

Finger rühren. Meine Mutter war letzten Monat auch bei dem Klassentreffen. Mit etwas Glück standen *ihre* Ohren nicht auf Durchzug.«

Eigentlich kann ich meine Schwester Victoria ganz gut leiden, aber ich bin nicht traurig, dass uns mehrere hundert Kilometer trennen. Sie arbeitet für eines dieser Bonzenunternehmen in Frankfurt, ich weiß nicht, ob sie überhaupt ein Privatleben hat. Wenn wir telefonieren, pendelt sie meistens gerade zwischen Büro und Fitnessstudio.

Wie sich herausstellte, war sie die Überraschung. Nachdem meine Mutter mir die Tür geöffnet hatte, schwebte Victoria vom oberen Treppenabsatz zu uns herab wie eine zukünftige Prom-Queen, die zum Abschlussball abgeholt wird. Sie trug ein geblümtes Sommerkleid am Körper, eine leichte Bräune auf der Haut und frisch blondierte Strähnen im Haar.

»Nori!« Sie nahm die letzten beiden Stufen auf einmal und fiel mir um den Hals, küsste mich links und rechts auf die Wange und strubbelte mir durchs Haar. »Gut siehst du aus. Ich bin mit meinem Projekt ein paar Tage früher fertig geworden. Da dachte ich mir, verbringe ich die freie Zeit doch mit meiner Familie. Wir haben uns ja so lange nicht gesehen. Hast du heute wirklich eine Leiche gefunden?«

»Ja.« Genau wie vorgestern und vor einem halben Jahr, aber ich wollte nicht angeben.

Mein Vater war auf ein Bier beim Nachbarn, und so setzten wir uns zu dritt in die Küche und tranken Tee. Dabei sprachen wir über belanglose Dinge, wie man sie sich eben erzählt, wenn man sich lange nicht gesehen hat. Natürlich erst, nachdem ich meinen Bericht über die Ereignisse in der Seniorenresidenz losgeworden war.

»Wollen wir heute Abend was zusammen unternehmen?«, fragte Victoria.

Ich schaufelte mir gerade ein Stück Schokokuchen rein. »Tut mir leid, heute kommt Phil an, mein Abend ist schon verplant.« Und wenn ich daran dachte, womit er verplant war, kribbelte es in meinem Epizentrum.

»Kommt doch morgen einfach beide zum Tee vorbei«, schlug meine Mutter vor. »Oder passt es euch besser Sonntag?«

»Sonntag ist super.«

Meine Mutter seufzte. »Ein bisschen Gemütlichkeit und Normalität ist genau das, was ich jetzt brauche. Sonst könnt ihr mich nämlich bald nach Norden bringen.«

Wenn man einen Großefehntjer »nach Norden bringen« kann, dann bedeutet das nicht, dass er gern an die Nordsee möchte, sondern dass man ihn in der dortigen Psychiatrie abliefern soll. In Anbetracht der derzeitigen Ereignisse war diese Gefühlslage meiner Mutter durchaus verständlich. Wenn es so weiterging, konnten sie mich gleich mitnehmen.

Ich versuchte, meine Mutter zu beruhigen. »Mach dir bitte keine Sorgen. Ich glaube nicht, dass die Polizei dich ernsthaft im Visier hat. Und ich bin ja auch noch da. Vielleicht finde ich etwas heraus, das dich entlastet. Ich habe gehört, dass Rita Lugner wieder in Ostfriesland wohnt, und müsste dringend mit ihr sprechen.« Die Schwangerschaft erwähnte ich vorerst lieber nicht, denn ich hatte keine Lust, meine Mutter gleich heute noch nach Norden zu bringen.

»Rita?« Der Blick meiner Mutter verfinsterte sich. »Schon ihr Name löst Übelkeit bei mir aus.«

»Ihr wart wohl wirklich nicht die besten Freundinnen«, stellte ich fest.

»Absolut nicht. Sie hat sich bei jeder passenden und unpassenden Gelegenheit an Andreas rangemacht, es aber immer als Spaß getarnt. Die Freundschaft zwischen ihm und Frank litt sehr darunter. Komischerweise hat Frank die Schuld für ihr Verhalten immer auf Andreas geschoben. Einmal wollte er sich sogar mit ihm prügeln.«

Er wollte es nicht nur, er hatte es tatsächlich getan. »Bestand denn die Gefahr, dass zwischen Andreas und Rita etwas laufen könnte?«, fragte ich so beiläufig wie möglich.

Meine Mutter stieß ein freudloses Lachen aus. »Niemals! Er hat sie immer abblitzen lassen.«

»Und wenn doch?«

»Dann hätte er gut daran getan, seinen Krempel zu packen und ins Ausland zu verschwinden. Ich hätte ihm sonst die Hölle heißgemacht. Was Frank in dem Fall getan hätte, mag ich mir gar nicht ausmalen. Er konnte sehr aufbrausend sein.«

»Kennst du Ritas aktuelle Adresse?«

»Bei unserem Klassentreffen letzten Monat meinte Norbert Coordes, dass sie sich einen reichen Kerl geangelt habe und jetzt auf der Nesse in Leer leben würde. In einer der Penthouse-Wohnungen natürlich. Meinetwegen kann sie wohnen, wo sie will, aber je weiter weg, desto lieber ist es mir. Für sie bin ich immer nur eine von denen gewesen, die von Andreas verlassen wurden. Massenware sozusagen. Das hat ihr wohl Genugtuung verschafft, weil sie nicht bei ihm landen konnte.«

Oh Mann! Hoffentlich konnte ich verhindern, dass meine Mutter etwas von der Schwangerschaft erfuhr.

Ich wollte wirklich brennend gern wissen, was es mit dieser Rita Lugner auf sich hatte. Im Auto wählte ich Dianas Nummer und verabredete mich für den nächsten Vormittag mit ihr, um der Erzfeindin meiner Mutter einen Besuch abzustatten. Dann fuhr ich nach Hause und hübschte mich für mein Wiedersehen mit Phil auf.

Bevor ich die Wohnung verließ, aktivierte ich meine Alarmanlage. Phil hatte sie seinerzeit installieren lassen, als ein paar mordlüsterne Gangster hinter mir her waren. Ich hatte sie lange nicht genutzt, aber nun, mit dem Mann ohne Gesicht im Nacken, konnte ein wenig zusätzliche Sicherheit nicht schaden.

Ich stieg ins Auto, warf einen letzten prüfenden Blick in den Rückspiegel und gab Gas. Auf Phils »Nachtisch« freute ich mich wirklich.

Phil zog mich in die Wohnung und in seine Arme. »Geht es dir gut?«

»Überraschenderweise ja, es könnte jedenfalls deutlich schlimmer sein.«

Leichenfunde hin oder her, seine Anwesenheit war der Lichtblick, den ich momentan dringend brauchte.

»Das hatte ich gehofft.« Er küsste mich, und als ich die Augen wieder öffnete, hatte er auch schon meine Bluse aufgeknöpft.

»Hey, ich dachte, ich werde zum Essen eingeladen.«

»Du hast doch ohnehin so komische Essgewohnheiten. Willst du nicht mit dem Nachtisch anfangen?«

»Ich habe keine komischen Essgewohnheiten.«

Er zog mich in Richtung Schlafzimmer und streifte mir dabei die Bluse von den Schultern. »Dann solltest du jetzt damit anfangen.«

Der Pizzalieferant klingelte, und Phil ging zur Tür. Ich zog mir eins seiner T-Shirts über und setzte mich zu ihm aufs Sofa.

Phils Ferienwohnung lag in der Nähe des Baggersees in Tannenhausen. Sie war gut ausgestattet und übertraf meine Wohnung in Sachen Stil bei Weitem. Ein kombinierter Wohn- und Essbereich mit weißen Möbeln, eine weiße Hochglanzküchenzeile mit Tresen, ein schwarzes Ledersofa. Dunkle Möbel im Schlafzimmer, dazu ein Boxspringbett. Ich war fast ein bisschen neidisch, wenn ich an meine zusammengewürfelte Inneneinrichtung dachte, aber dafür fehlte hier eine Katze.

Phil sah in den oberen der beiden Pizzakartons. »Paprika, Oliven, Champignons und doppelt Käse, das ist deine.«

Beim Essen sprachen wir über die Kalski-Morde, aber leider zeigte Phil keine Bereitschaft, sich erneut bei seinem Freund Stefan für mich umzuhören. »Elli, ich habe es dir schon gesagt. Es handelt sich um laufende Ermittlungen, da kann ich ihn nicht einfach anrufen und nach dem aktuellen Stand fragen.«

»Ich will ja nur meine Mutter entlasten.«

»Das verstehe ich, aber bitte halte dich zurück. Du hast ein solches Talent, dich in Schwierigkeiten zu bringen, dass das nicht lange gut gehen kann. Oder hast du etwas Neues herausgefunden?«

»Wie man es nimmt. Andreas hat meine Mutter betrogen und eine andere Frau geschwängert.«

»Ist das sicher?«

»Ziemlich. Der Privatdetektiv, der den Vermisstenfall untersucht hat, brachte es zur Sprache. Es handelte sich um die Freundin seines besten Freundes. Möglich, dass der ausgetickt ist, als er davon erfuhr. Er hat bereits zugegeben, dass es deswegen zu einem Streit mit Andreas gekommen ist, inklusive Schlägerei.«

Phil gab sich geschlagen. »Ich sehe ja irgendwie ein, dass du die Angelegenheit nicht auf sich beruhen lassen kannst. Aber informier bitte wenigstens Stefan, wenn du etwas Neues herausfindest.« Er schickte mir den Kontakt aufs Handy.

»Das lässt sich einrichten.« Ich speicherte den Kontakt im Telefonbuch und aß den letzten Bissen meiner Pizza, Phil war schon vor mir fertig geworden. »Und nun?«, fragte ich.

Phil grinste. »Wie wär's mit Nachtisch?«

# 20

Es gibt nicht viele Menschen, die sich eine Penthouse-Wohnung auf der Nesse leisten können. Die Halbinsel am Hafen in Leer gilt als gehobenes Wohn- und Geschäftsviertel. Wir studierten die Klingelschilder der in Frage kommenden Wohnhäuser und wurden bei einem mehrstöckigen Gebäude mit grauen Fenstern und eigenem Bootsanleger vor der Tür fündig.

»Haben sich Inge Behrends und Dieter Kuhlmann eigentlich inzwischen mal gemeldet?«, fragte Diana.

»Nein, die einzigen Facebook-Nachrichten, die ich seither bekommen habe, stammen von Tim.«

Ich drückte den Klingelknopf neben dem Namen Lugner, kurz darauf schnarrte mir eine resolute Frauenstimme aus der Gegensprechanlage entgegen. »Ja?«

Ich beugte mich zu dem Lautsprecher vor. Ich konnte nicht erkennen, wo das Mikrofon versteckt war, also redete ich vorsichtshalber etwas lauter. »Mein Name ist Elli Vogel. Ich würde gerne mit Ihnen über Andreas und Violetta Kalski sprechen.«

»Schreien Sie doch nicht so. Sagten Sie Vogel?«

»Ja«, antwortete ich, diesmal nicht mehr ganz so laut.

Es klickte in der Leitung, sonst tat sich nichts.

»Das war's dann wohl, sicherlich hat sie meinen Namen mit meiner Mutter in Verbindung gebracht.«

»Die beiden sind ja schlimmer als du und Helena.«

»Das muss ich neidlos anerkennen.« Ich wandte mich zum Gehen.

In diesem Moment erschien Rita Lugner in der Haustür. Sie sah aus wie eines dieser Edelweibchen, die man aus Sendungen über die Dekadenz der Reichen und Schönen kennt. Wobei Schönheit ja bekanntlich im Auge des Betrachters liegt. Sonnenbankbräune, blondiertes, hochtoupiertes Haar und zu viel

Make-up, das von einem leuchtend rosafarbenen Lippenstift komplettiert wurde.

Sie musterte mich mit einem strengen Blick, ihre Botox-Stirn zeigte keinerlei Regung. »Können Sie sich ausweisen?«

»Ich bin sozusagen als Privatperson hier und habe keinen –«

»Das ist mir bewusst«, unterbrach sie mich. »Ich will nur wissen, ob Sie tatsächlich Marias Tochter sind. Haben Sie einen Personalausweis dabei?«

Ich fummelte in meiner Handtasche nach meinem Portemonnaie. Endlich bekam ich es zu fassen und zog meinen Ausweis heraus. Zum Glück hatten die Dinger jetzt das kleinere Scheckkartenformat, der alte Lappen hatte immer in einem meiner Wohnzimmerschränke vor sich hin gedümpelt. »Hier.«

Sie sah vom Foto zu mir. »Sie sind jetzt runder im Gesicht. Haben Sie zugenommen?«

»Keine Sorge, das ist nicht ansteckend.«

»Wen haben Sie da bei sich?«

»Das ist meine Freundin Diana. Wir waren es, die vor ein paar Tagen Andreas Kalskis sterbliche Überreste gefunden haben, und nun versuchen wir, etwas über die damaligen Geschehnisse herauszufinden.«

»Ich habe darüber in der Zeitung gelesen. Wenn Sie Maria damit einen Gefallen tun wollen, sind Sie bei mir an der falschen Adresse.«

»Meine Nachforschungen dürften auch für Sie von Interesse sein, da ich kürzlich auf einen Punkt in Ihrer Vergangenheit gestoßen bin, der ein völlig anderes Licht auf die damaligen Ereignisse wirft.«

Das überhebliche Lächeln verschwand aus ihrem Gesicht, sie wusste sofort, wovon ich sprach. »Kommen Sie rein.«

Sie gab den Türeingang frei, wir folgten ihr und fuhren mit einem Fahrstuhl nach oben, wo sie die Tür zu ihrer Wohnung öffnete. Wir durchquerten einen Flur mit strahlend weißen Wänden, links befanden sich dunkle Türen, an der rechten Wand hingen Gemälde.

»Sie besitzen viele Kunstwerke. Sind das alles Originale?«, fragte ich.

»Ausnahmslos.«

Mein Blick glitt an den Motiven entlang, an einem Gemälde saugte er sich jedoch fest. Ich kannte dieses Motiv nur zu gut. Allerdings konnte es sich unmöglich in Rita Lugners Besitz befinden.

Wir betraten ein riesiges Wohnzimmer mit puristischer Einrichtung. Wenig Nippes, blitzeblank geputzte Riesenfenster, die einen Ausblick aufs Wasser boten. Die Wohnung hätte aus einem Werbekatalog stammen können, doch sie wirkte kalt und unpersönlich.

Rita Lugner wies auf ein weißes Sofa, und wir ließen uns darauf nieder. Auf dem Couchtisch lag der Ostfriesland-Reporter von heute, in dem sich auch mein Artikel über Alexa befand. Auf der Titelseite prangte Helenas Schlagzeile zum jüngsten Leichenfund.

Sie deutete auf die Zeitung. »Es wundert mich, dass nicht Sie die Artikel über die Leichenfunde geschrieben haben, sondern diese Frau Schön. Sie haben doch momentan auch eine Serie im Ostfriesland-Reporter. Oder hat man Ihnen die Titelseite nicht zugetraut?«

Ich überging ihre Frage. »Wissen Sie, ob jemand einen Grund hatte, Andreas zu ermorden?«

»Offen verfeindet war er mit niemandem, aber es ist schwer zu sagen, wer ihn wirklich mochte und wer sich von der Bekanntschaft mit ihm nur einen Vorteil erhoffte.«

Ich hätte meinen Arsch drauf verwettet, dass sie zur zweiten Gruppe gehörte. »Irgendjemand, der besonders herausstach?«

Sie dachte kurz nach. »Vielleicht Frank. Zwar waren die beiden unzertrennlich, aber Frank musste sich immer doppelt ins Zeug legen, damit man ihn neben Andreas überhaupt wahrnahm.«

»Erinnern Sie sich an Ihre letzte Begegnung mit Andreas?«

»Das war am Freitag, bevor er verschwand. Wir haben an

dem Abend den Geburtstag unseres Freundes Norbert gefeiert.«

»Hat Andreas sich auffällig verhalten?«

»Nein, wir haben aber auch nicht viel miteinander geredet.«

»Hatten Sie Streit?«

»Sie wissen doch bereits, was in der letzten Zeit zwischen uns stand.«

»War er wirklich der Vater des Kindes?«

Rita Lugner presste die Lippen zu einem schmalen Strich zusammen. »Mit absoluter Sicherheit.«

»Warum hatten Sie überhaupt was mit Andreas?«, mischte sich Diana in die Befragung ein. »Ich meine, Ihr Freund war doch auch nicht von schlechten Eltern.«

Rita Lugner zuckte mit den Schultern und schlug die Beine übereinander. »Andreas war eben eine gute Partie. Ich habe Ansprüche an das Leben. Ansprüche, die Frank mir niemals hätte erfüllen können.« Sie machte eine Geste, die ihr Edeldomizil und das kostbare Inventar einbezog. »Auch wenn er zunächst nur Student gewesen wäre, hätte Violetta doch dafür gesorgt, dass er seinen Lebensstandard halten konnte.«

Mir fiel auf, dass sie die Künstlerin beim Vornamen nannte. »Haben Sie sich gut mit seiner Mutter verstanden?«

»Wir sind immer auf einen gemeinsamen Nenner gekommen.« Sie lächelte hintergründig.

»Was ist aus dem Kind geworden?«

»Sie sollten jetzt gehen. Mein Mann kommt gleich zurück, und er kann unangemeldeten Besuch nicht ausstehen.« Sie erhob sich und brachte uns zur Tür.

Wie es aussah, hatte ich mit meiner Frage einen wunden Punkt getroffen. Jetzt bemerkte ich auch, dass nirgends in diesem Haus das Foto eines jüngeren Menschen zu sehen war oder überhaupt ein Anhaltspunkt, dass Rita Lugner jemals Kinder gehabt hatte. »Es tut mir leid, wenn ich –«

Sie öffnete die Tür und schob uns auf den Flur.

»Falls Sie es genau wissen wollen, ich habe mein Kind damals verloren.«

Bevor eine von uns etwas erwidern konnte, fiel die Tür krachend ins Schloss.

»So eine Nachricht kann einem ganz schön die Laune vermiesen.« Diana startete den Motor und fädelte sich in den Verkehr ein. »Sie ist zwar eine arrogante Ziege, aber einen derartigen Schicksalsschlag wünscht man niemandem.«

Ich nickte. »Ist dir in ihrer Wohnung was aufgefallen?«

»Für meinen Geschmack zu weiß und steril. Wohnen scheint nicht gerade zu ihren Hobbys zu gehören.«

»Hast du auf die Bilder an den Wänden geachtet?«

»Nicht wirklich.«

»Das Gemälde von Violetta Kalskis Arbeitszimmer, das in Alexas Atelier in Greetsiel hängt, war darunter.«

»Soll mir das irgendwas sagen?« Diana setzte den Blinker und bog auf die Bundesstraße.

»Da Alexa das Original besitzt, kann es sich bei Rita Lugners Bild nur um eine Kopie handeln. Dabei hat sie ausdrücklich betont, sie würde nur Originalgemälde besitzen.«

Diana kapierte sofort, worauf ich hinauswollte. »Wenn es wertlos ist, muss das Motiv eine besondere Bedeutung für sie haben.«

»Ganz genau. Und es handelt sich ausgerechnet um den Raum, in dem wir Andreas gefunden haben.«

»Du glaubst, sie will das Motiv stets vor Augen haben, damit sie in Erinnerungen an ihre Tat schwelgen kann?«

»Möglich. Könntest du sie dir als Mörderin vorstellen?«

»Eindeutig ja. Allerdings nicht mit einem Messer, die macht sich bestimmt nicht gern die Hände schmutzig. Außerdem ist die so zierlich, die bricht doch auseinander, wenn sie was Körperliches macht.«

»Früher war sie nicht so zerbrechlich«, erinnerte ich sie. »Denk an die Fotos, sie war schlank, dabei aber sportlich. Ob sie allerdings die Leiche eines ausgewachsenen Mannes hinter die dritte Tür schleppen konnte? Selbst wenn, sie hätte den Zugang bestimmt nicht allein so fachmännisch verschließen können.« Ich biss mir auf die Unterlippe, während ich nachdachte. »Nehmen wir mal an, sie hätte Andreas ermordet, dann muss sie zumindest beim Entsorgen der Leiche einen Helfer gehabt haben. Natürlich fällt mir da zuerst Frank Heykes ein.«

Es ergab einen gewissen Sinn, dass der in seinem Stolz gekränkte Freund seiner Freundin dabei half, den verhassten Rivalen aus dem Weg zu räumen. Zumal er gehofft haben mochte, dass sich zwischen ihnen alles wieder einrenken würde, wenn Andreas nicht mehr da war. Vielleicht hatte Rita ihm auch irgendeine Horrorstory über Andreas aufgetischt, sie wirkte eindeutig wie jemand, der seine Mitmenschen manipulieren konnte.

In meinem Kopf setzte ich hinter Rita Lugners Namen ein großes Ausrufezeichen. Der Sache mit dem Gemälde musste ich unbedingt nachgehen.

Vor meiner Haustür lag diesmal keins von O'Malleys erlegten Beutetieren, sondern ein kleines Paket, Absender war ein Modeshop. Mir wurde leicht ums Herz. Damit war das leidige Kleiderthema hoffentlich erledigt. Ich klemmte mir den Karton unter den Arm und öffnete die Tür.

O'Malley begrüßte mich im Wohnzimmer mit einem herzhaften Gähnen vom Sofa aus. Ich gab ihm ein paar Leckerlis, die er im Liegen wegfutterte, und öffnete das Paket. Die Farbe des Kleides stimmte mit dem Foto überein, das war schon mal ein gutes Zeichen. Bevor ich das gute Stück anziehen konnte, klingelte mein Handy, es war Alexa.

»Gut, dass du anrufst«, sagte ich. »Ich wollte mich ohnehin bei dir melden. Heute ist etwas sehr Seltsames passiert.« Ich erzählte ihr von unserem Besuch bei Rita Lugner.

»Sie kann das Original nicht besitzen, es hängt hier bei mir.«

»Bist du dir da absolut sicher?«

»Soll das eine Beleidigung sein? Violetta Kalskis Stil ist absolut unverkennbar. Außerdem habe ich es bei einer öffentlichen Auktion erstanden, die Gemälde wurden zuvor auf Echtheit geprüft.« Alexa machte eine kurze Pause. »Ich bin gerade auf dem Sprung nach Hause, möchtest du vorbeikommen und dir das Gemälde ansehen? Ich kann den Druck aus dem Kontaktzentrum mitbringen, dann kannst du beides in Augenschein nehmen.«

»Hört sich gut an«, sagte ich. »Bei mir wird es aber erst heute Abend was, Phil kommt gleich vorbei.«

»Kein Problem, sagen wir gegen acht?«

»Passt. Bis später.«

Kaum hatte ich aufgelegt, klingelte es an der Tür. Phil küsste mich zur Begrüßung und trat ein, legte einen Zwischenstopp bei O'Malley ein und streichelte sein Fell. Er bemerkte den Karton auf dem Wohnzimmertisch. »Was hast du denn da?«

»Das ist das Kleid, das ich für die Hochzeit meiner Eltern bestellt habe.«

»Hast du es schon anprobiert?«

»Noch nicht. Soll ich?«

»Unbedingt.« Phil setzte sich auf das Sofa.

O'Malley hob den Blick und nahm den Karton in Augenschein. Ich verzog mich in mein Schlafzimmer und probierte das Kleid an. In der Taille passte es ganz gut, aber die Länge war wohl auf Chinesengröße genormt und reichte mir nur bis knapp über den Hintern statt bis zum Knie. Die halblangen Ärmel waren viel zu eng, sodass ich die Arme kaum heben konnte, und meine Brüste wurden schmerzlich zusammengepresst und quollen oben aus dem Dekolleté hervor. Ich watschelte ins Wohnzimmer und präsentierte Phil das Malheur.

Er sah mich mit offenem Mund an und schien nach den richtigen Worten zu suchen. »Wow, das verstört mich auf mehreren Ebenen«, brachte er schließlich hervor.

»Ich bin total am Arsch.« In meiner Verzweiflung wollte ich mit den Armen gestikulieren, aber das gab der Stoff nicht her.

Phil stand auf und trat auf mich zu, ein schiefes Lächeln umspielte seinen Mund. »Der Ausschnitt hat es mir aber irgendwie angetan.« Er hakte seinen Zeigefinger am Stoff ein und zog leicht daran. »Kannst du darunter überhaupt einen BH tragen?«

Ich hätte gern einen coolen Spruch à la »Finde es doch heraus« gebracht, aber leider geht meine Schlagfertigkeit meistens flöten, wenn Phil an mir rumhantiert. Seine warme Hand ruhte an meinem Ausschnitt, und ich war froh, dass ich überhaupt noch zu einer regelmäßigen Atmung imstande war.

Seine Augen wurden eine Spur dunkler, und er zog mich an sich. Ehe ich wusste, wie mir geschah, lag das Kleid auf dem Boden.

»Ich dachte mir doch, dass darunter kein Platz für einen BH mehr ist.« Phil lächelte, ließ den Blick aufreizend langsam über meinen Körper gleiten und schob mich küssend rückwärts in Richtung Sofa.

»Oh nein, ich kann das so nicht«, sagte ich.

»Das wird sich bestimmt gleich ändern, gib mir noch einen Moment.«

»Nein, ich meine, ich kann das nicht tun, wenn O'Malley hier neben uns liegt.«

Mein Kater lag eingerollt in dem Versandkarton, beim Klang seines Namens hob er den Kopf und sah uns an.

»Er wird es schon niemandem verraten.« Phil küsste meinen Hals, seine Lippen wanderten abwärts.

»Er soll uns nicht dabei sehen. Nachher ist er traumatisiert oder so.«

Phil verdrehte entnervt die Augen. »Das wollen wir natürlich vermeiden.« Er zog mich ins Schlafzimmer und schloss die Tür hinter uns. »Dir ist aber hoffentlich klar, dass du mir dann nicht mit Blümchensex davonkommst.«

Es war schon fast halb neun, als ich bei Alexa eintraf. Die Sonne tauchte den Fischereihafen mit seinen Krabbenkuttern in ein malerisches Licht, Touristen flanierten am Ufer entlang, aber der große Ansturm des Tages war vorbei. Noch konnte man es als Einheimischer wagen, sich am Wochenende in das kleine Fischerdorf aufzumachen, aber schon in wenigen Wochen würde hier vor lauter Nordrhein-Vandalen, wie wir unsere Nachbarn liebevoll nennen, kein Durchkommen mehr sein.

Alexa tippte demonstrativ auf ihre Armbanduhr. »Also von der viel gepriesenen deutschen Pünktlichkeit hast du nicht viel abbekommen.«

»Ich weiß, ist irgendwie an mir vorübergegangen.«

»Komm rein, die Bilder sind in der Küche.«

Alexa ließ selten jemanden in ihr Atelier. Sie schirmte es als ihre eigene kleine Welt ab, in der sie keine Störungen von außerhalb zuließ. Das war mir ganz recht, denn ich hätte ohnehin nur Angst gehabt, dort etwas kaputt zu machen. Trotzdem rechnete ich es ihr hoch an, dass sie das wertvollste Gemälde ihrer Sammlung von seinem sicheren Platz genommen hatte, um es mir zu zeigen.

Raffael und Michelangelo, Alexas pechschwarze Kater, ließen sich zu einem Rundgang durch die Küche hinreißen, aber als sie merkten, dass für sie nichts zu holen war, verzogen sie sich wieder ins Wohnzimmer, wo sie optisch mit der schwarzen Couch verschmolzen.

Alexa hatte zwei Staffeleien nebeneinander in die Küche gestellt, um mir den Unterschied zwischen dem Original und einem Druck zu verdeutlichen.

»Das ist also das Original.« Ich deutete auf das linke Gemälde.

»Ich bin beeindruckt, du hast ja doch einen Blick für Kunst.«

»Eigentlich habe ich nur den Rahmen aus dem Kontaktzentrum wiedererkannt.« Ich deutete auf das rechte Bild mit dem silbernen Rahmen; der des Originals war golden.

Alexa machte sich sofort daran, mir den Unterschied zwischen den beiden Bildern zu erklären. »Bei Violetta Kalski sind die Originale immer sehr gut zu erkennen, weil sie viel Farbe verwendet hat, um Strukturen zu erzeugen.« Sie deutete auf den Holzfußboden auf dem Gemälde. »Hier ist die Maserung nicht nur durch die Farbunterschiede, sondern auch durch die unterschiedliche Farbdicke hervorgehoben. Fass die Oberfläche mal an. Aber vorsichtig!«

Ich strich mit den Fingerspitzen leicht über die Oberfläche des Gemäldes, tatsächlich spürte ich die leichten Unebenheiten. Der Druck hingegen war vollkommen glatt.

Alexa fuhr fort, mir die Unterschiede zu erklären, sprach von genagelten Leinwänden, dem Geruch echter Ölgemälde und der Beschaffenheit eines Originalrahmens. »Seit unserem Telefonat ist mir aber noch ein weiterer Gedanke gekommen. Violetta Kalski hat sich bei ihren Bildern immer eine Besonderheit einfallen lassen. Mal ergab das Gemälde auch kopfüber ein Motiv, mal hat sie ungewöhnliche Materialien verwendet. Bei diesem hier dachte ich eigentlich, die Besonderheit läge im Bild-im-Bild-Effekt, aber ich könnte mir auch vorstellen, dass sie dieses Motiv einfach doppelt gemalt hat.«

»Würdest du mich noch mal zu Rita Lugner begleiten und dir das Gemälde ansehen, während ich sie ablenke?«

»Klar. Gleich morgen?«

»Lieber Anfang nächster Woche. Morgen ist Sonntag, da ist ihr Mann bestimmt zu Hause, und sie wird nicht mit mir reden wollen. Beim letzten Mal hieß es, er könne unangemeldeten Besuch nicht ausstehen.«

»Kein Problem. Bis dahin kannst du dir noch ein gutes Ablenkungsmanöver ausdenken.«

Ich verzog das Gesicht. »Ich hoffe nur, dass das Glück dieses Mal auf meiner Seite ist. Bei meinem letzten Ablenkungsmanöver habe ich eine Leiche gefunden.«

# 21

Es war bereits dunkel, als ich mich ins Auto setzte. Alexa stand in der Tür, den Lichtschein ihrer Flurbeleuchtung im Rücken, und winkte mir nach.

Ich fuhr über die Bundesstraße nach Aurich zurück. Ein weißer Audi rauschte an mir vorbei, der Fahrer zeigte mir einen Vogel. Erst jetzt bemerkte ich, dass ich die Ortschaft bereits hinter mir gelassen hatte, und drückte aufs Gas.

In Aurich machten sich die ersten feierwilligen Jugendlichen auf den Weg in die Innenstadt, sie liefen in Grüppchen auf dem Fußgängerweg neben der Bundesstraße und versorgten sich an den Tankstellen mit alkoholischem Proviant. Ich schlängelte mich durch die Nebenstraßen und bog schließlich in meine Straße ein. Sie war fast menschenleer, ein Stück entfernt lief ein Mann mit dem Rücken zu mir auf dem Bürgersteig. Er hatte die Schultern hochgezogen, für diese Gegend ganz typisch, so mancher duckte sich hier unter dem Gesetz hindurch.

Der Mann trug eine blaue Hose, ein schwarzes T-Shirt und eine schwarze Kopfbedeckung. In meinem Hirn ratterte es. Die Beschreibung passte. Wenn der Mann ohne Gesicht mich tatsächlich verfolgte, war es naheliegend, dass er sich auch in meiner Straße herumtrieb. Ich schaltete das Fernlicht ein, und der Mann beschleunigte seinen Schritt, rannte jedoch nicht los.

Im Scheinwerferlicht sah ich etwas auf der Straße vor meiner Wohnung liegen, genau auf der Höhe, wo eben noch der Typ gewesen war. Ich nahm den Fuß vom Gas und ließ das Auto weiterrollen.

Es war ein Tier mit rötlichem Fell. Ohne die geringste Regung lag es da. Mein Herz setzte einen Schlag aus.

Ich hielt am Straßenrand, löste den Gurt mit zittrigen Fingern und sprang aus dem Auto. Dabei schickte ich ein Stoßgebet zum Himmel: *Lass es bitte nicht O'Malley sein.*

Ich konnte mich nicht mehr erinnern, ob ich ihn vor meiner Abfahrt rausgelassen hatte oder ob er sich noch in meiner Wohnung befand. Tränen brannten in meinen Augenwinkeln und verschleierten meinen Blick. Es kostete mich alle Kraft und Überwindung, einen Fuß vor den anderen zu setzen. Ich wollte nicht weitergehen, wollte meinen Kater nicht überfahren auf der Straße liegen sehen. O'Malley war doch so schlau, er würde niemals vor ein Auto springen. Aber was, wenn er sich mit einer Nachbarskatze gefetzt und keinen Blick für die Umgebung gehabt hatte?

Das Tier lag mit dem Rücken zu mir, sein Fell hatte die gleiche Tigerzeichnung wie das von O'Malley. Eine Träne löste sich aus meinem Auge und landete auf einem der roten Streifen, ich beugte mich runter, um zu sehen, ob er noch lebte.

Es war ein Stofftier.

Vor Freude entfuhr mir ein ersticktes Glucksen. Aber warum lag ein Kinderspielzeug, das eine solche Ähnlichkeit mit meinem Kater hatte, vor meiner Tür?

Ich nahm die Plüschkatze hoch, sie war nicht nur rot getigert, sondern hatte auch weiße Pfoten und ein weißes Lätzchen, ganz genau wie O'Malley, aber beim Blick in ihr Gesicht lief mir ein Schauer über den Rücken. Statt der warmen bernsteinfarbenen Augen, die mein Mitbewohner je nach Stimmung liebevoll, auffordernd oder vorwurfsvoll auf mich richtete, starrten mir zwei leere, schwarze Augenhöhlen entgegen. Ich erschrak und warf die Stoffkatze weg.

Noch bevor sie auf dem Gehweg aufschlug, explodierte sie mit einem lauten Knall, vor Schreck stolperte ich rückwärts und fiel auf den Hintern. Geistesgegenwärtig rollte ich mich zur Seite und robbte ins Gebüsch vor meinem Haus.

Benommen blieb ich einen Moment liegen und kontrollierte, ob ich noch alle Gliedmaßen hatte. Meine Handinnenflächen und Ellenbogen waren von dem Sturz aufgeschrammt, aber ansonsten war ich glimpflich davongekommen.

Im gegenüberliegenden Haus wurde ein Fenster geöffnet.

»Was ist denn da draußen los?«, brüllte eine Männerstimme aus dem ersten Stock.

Ich schüttelte den Kopf, um das Piepen aus meinen Ohren zu vertreiben. »Alles in Ordnung«, rief ich, meine Stimme bebte. Besser, wenn ich ihn schnell abwimmelte. »Hier hat nur irgendjemand einen riesigen Silvesterböller gezündet.«

»Bestimmt wieder so ein Chinading. Dass mir das nicht noch mal vorkommt!« Er knallte das Fenster zu.

Ich rappelte mich hoch und eierte mit weichen Knien zur Haustür. Die Luft roch nach verbranntem Kunststoff. Die Stoffkatze war in Tausende Einzelteile zerfetzt, von denen die letzten erst jetzt zu Boden rieselten. Einige landeten in einem angesengten Strauch vor meiner Wohnung. Definitiv kein Böller.

Nun wusste ich wenigstens, dass der Mann ohne Gesicht mir nicht einfach nur nachstellte, sondern dass er mich am liebsten tot sehen wollte. Ich griff nach meinem Handy und wählte Phils Nummer.

»Ich habe zwei Neuigkeiten«, sagte ich. »Ich bin soeben dem Mann ohne Gesicht begegnet. Und ich bin auf der richtigen Spur.«

»Das ist kein Grund, stolz auf dich zu sein!« Phils Gesicht war rot angelaufen. Er schritt aufgeregt in meinem Wohnzimmer auf und ab, gestikulierte dabei wild und schimpfte, als sei ich für die Bombe verantwortlich.

Ich saß im Schneidersitz auf meinem Sofa und ließ seine Predigt über mich ergehen. »Ich finde, es ist ein gutes Zeichen. Der Kerl fühlt sich bedroht, und das heißt, dass er über kurz oder lang Fehler machen wird.«

Die Ader an Phils Hals schwoll bedrohlich an. »Du bringst mich noch ins Grab. Mit spätestens fünfzig werde ich deinetwegen einen Herzinfarkt erleiden.«

Ich hätte ein schlechtes Gewissen haben müssen, aber ehrlich gesagt freute ich mich, dass er davon ausging, wir würden dann noch zusammen sein. Ich dachte mit einem warmen Gefühl an Madame Cassandras Worte, wonach ich auf der Hochzeitsfeier meiner großen Liebe gegenüberstehen würde. Ich musste nur noch das dämliche Kleid finden, was nach der Pleite mit dem China-Versand wieder in weite Ferne gerückt zu sein schien.

»Ich möchte gar nicht wissen, was hier bei dir abgeht, wenn ich in München bin.« Er ließ sich resigniert aufs Sofa sinken und schüttelte den Kopf.

Natürlich war seine Sorge berechtigt, aber im Moment war ich einfach nur glücklich, dass ich meinen wunderbaren, schnurrenden O'Malley in den Armen halten konnte. Okay, und es war natürlich auch ein schönes Gefühl, selbst noch am Leben zu sein.

»Möchtest du heute Nacht in meiner Wohnung schlafen?«

»Nein, ich möchte O'Malley nicht allein lassen.«

»Du könntest ihn mitnehmen.«

»Ich weiß, aber ich glaube, hier kann uns jetzt nichts mehr passieren.«

Meine Wohnung war durchsucht und für bombenfrei befunden worden, die Kriminaltechniker verrichteten nun draußen ihre Arbeit. Das zog nur wenige Nachbarn als Schaulustige an, die meisten mieden den Kontakt mit der Polizei lieber. Stattdessen stand wahrscheinlich Helena Schön draußen vor der Polizeiabsperrung. Ein Grund mehr, meine Wohnung heute nicht mehr zu verlassen. Auf ihre Fragen hatte ich nun wirklich keine Lust. Und auf ihr dämliches Puppengesicht schon gar nicht.

»Soll ich heute Nacht hierbleiben?«, fragte Phil.

»Gerne. Mit dir und der Alarmanlage werde ich mich bestimmt sicher fühlen. Meinst du, ich sollte O'Malley in den nächsten Tagen in der Wohnung behalten?«

»Kann nicht schaden. Derjenige, der es auf dich abgesehen hat, wird kaum so leichtsinnig sein, sich in den nächsten Tagen hier herumzutreiben, aber sicher ist sicher.«

»Das wird O'Malley gar nicht gefallen.« Mein Kater ist ein Freigeist. Schon wenn ich ihn abends ab einer gewissen Zeit nicht mehr rauslasse, weil ich ihn nachts gern im Haus behalte, terrorisiert er mich beim Fernsehen, straft mich mit bösen Blicken und knabbert nachts, während ich schlafe, an meiner Nasenspitze herum.

Das sah nach ein paar anstrengenden Tagen aus – mit oder ohne den gesichtslosen Mann im Schlepptau.

## 22

Ich erwachte in zerwühlten Laken, in denen der Geruch von Phils Aftershave hing. Phil schlief noch. Er bot einen wirklich hübschen Anblick, wie er da mit nacktem Oberkörper neben mir lag, aber ich wollte nicht zu den Irren gehören, die stundenlang ihre schlafenden Partner beobachten. Ich drehte mich auf den Rücken und starrte an die Zimmerdecke.

Schlagartig kehrte die Erinnerung an die gestrigen Ereignisse zurück. Jemand hatte einen Mordanschlag auf mich verübt. Die Bombe hatte die Sprengkraft einer Briefbombe gehabt und wäre vermutlich tödlich gewesen, wenn ich sie nicht vor Schreck weggeworfen hätte, das hatten die Polizisten mir versichert. Mein heimlicher Verfolger musste mein Auto beim Einbiegen in meine Straße erkannt und in dem Moment die Stoffkatze abgelegt haben, weil er wusste, dass ich sie für meinen Kater halten würde. Im Weggehen hatte er sie per Fernzünder ausgelöst. Er hatte also noch irgendwo gelauert, um meinen Tod mit anzusehen.

An welchem Punkt war ich für den gesichtslosen Mann zu einer Gefahr geworden? Das Ganze musste schon länger geplant gewesen sein. Ich war kein Experte im Bombenbau, aber so eine Höllenmaschine hatte man bestimmt nicht auf Vorrat zu Hause rumliegen, um sie bei Bedarf mal eben hervorzukramen. Dass dieses Ereignis mit meinem Besuch bei Rita Lugner zusammenhing, war damit eher unwahrscheinlich.

Frank Heykes? Er war mein erklärter Hauptverdächtiger, was den Mord an Andreas Kalski anging, aber er konnte nicht der Mann ohne Gesicht sein, dafür war er zu kräftig.

Ein Kratzen an der Schlafzimmertür riss mich aus meinen Gedanken – O'Malley forderte sein Frühstück ein. Ich strampelte die Bettdecke weg, schlich zur Tür, um Phil nicht zu wecken, und fütterte meinen Mitbewohner mit seinem Lieblingsfutter. Zur Sicherheit streute ich noch ein paar Leckerlis obendrauf, vielleicht konnte ich so seine schlechte Laune wegen der anstehenden Freiheitsberaubung im Zaum halten.

Ich ging in die Küche, um das Frühstück für Phil und mich vorzubereiten. O'Malley bezog vor der Terrassentür Stellung und miaute, damit ich ihm die Tür öffnete.

»Du musst die nächsten Tage in der Wohnung bleiben«, sagte ich zu ihm, während ich eine Packung Aufbackbrötchen aus dem Gefrierfach nahm und einige davon in den Ofen legte. Ich bin nicht unbedingt die perfekte Hausfrau, aber warum sollte ich meinen Freund nicht mal mit einem Sonntagsfrühstück überraschen?

Ich kochte Kaffee und deckte meinen winzigen Küchentisch, auf dem gerade zwei Teller, zwei Becher und etwas Brotaufstrich Platz fanden. Kein leichtes Unterfangen, wenn man von einem um die Beine streifenden Kater bei jedem Schritt fast zu Fall gebracht wird.

Wie durch den Back- und Kaffeeduft angelockt, erschien Phil in der Küche und umarmte mich von hinten. Er küsste meinen Nacken und ließ sich auf einen der weißen Küchenstühle fallen. »Ist das die Belohnung für die letzte Nacht?« Er zwinkerte vielsagend und nahm sich ein Brötchen. Suchend sah er sich auf dem Tisch um. »Hast du auch noch was anderes als Schokocreme im Haus?«

»Jeder mag Schokocreme.«

Phil begnügte sich mit einer Schicht Butter.

Im Wohnzimmer klingelte Phils Handy. Er seufzte, legte das Brötchen beiseite und ging nach nebenan. Das Gespräch dauerte einige Minuten, und seine Stimme hörte sich ungewohnt ernst an.

Er kam in die Küche zurück und raufte sich die Haare, dabei schien er nach den richtigen Worten zu suchen. »Das war mein Vorgesetzter. Ich muss nach Hause zurück.«

»Wie nach Hause?«, fragte ich. »In deine Ferienwohnung?«

»Nein, nach München.«

»Aber … du bist doch gerade erst angekommen.«

»Es tut mir leid, Elli.«

»Und was ist mit der Hochzeit? Wenn ich dort allein auftauche, heißt es wieder, meine Beziehung sei in die Brüche gegangen.«

»Es geht leider nicht anders. In München wurden in den letzten Tagen zwei Frauen ermordet, es könnte sich um einen Serientäter handeln, und wir sind wegen Krankheit massiv unterbesetzt. Da kann ich doch nicht argumentieren, dass ich auf eine Hochzeitsfeier gehen muss. Vielleicht schaffe ich es ja irgendwie, bis zum Wochenende wieder hier zu sein, zumindest für ein, zwei Tage.«

»Aber ich … ich habe dir Frühstück gemacht!« Okay, das hörte sich selbst in meinen Ohren erbärmlich an, aber ich konnte seit Phils Ankündigung nicht mehr klar denken.

»Elli.« Seine Stimme wurde weich, er nahm mich in den Arm und küsste mich hinters rechte Ohr. »Ich möchte nicht, dass wir im Streit auseinandergehen.«

Ich nickte und legte den Kopf an seine Brust.

»Ich mach's wieder gut.« Er küsste meinen Scheitel und hielt mich ein wenig von sich weg, um mich anzusehen. »Ich liebe dich.«

»Ja, ich weiß.«

Phil lächelte. »Zum Glück kenne ich ›Star Wars‹, also fasse ich das mal als Erwiderung auf.«

Er gab mir noch einen Kuss, diesmal von der Sorte, die Lust auf mehr machte, raffte seine Klamotten zusammen und machte sich auf den Weg in die Ferienwohnung, um seine Sachen zu packen.

Der Tag hatte so gut begonnen, und nun saß ich hier allein am gedeckten Frühstückstisch, auf dem ein angebissenes Brötchen lag. Ich konnte nachempfinden, warum es hieß, dass Ehen von Polizisten nicht lange hielten. Ein Grund mehr, sich von diesem ganzen Hochzeitsfieber nicht anstecken zu lassen.

O'Malley starrte mich die ganze Mittagszeit hindurch vorwurfsvoll an und lief abwechselnd vor der Wohnungs- und der Terrassentür Patrouille. Ich rief Alexa an und heulte mich bei ihr aus – seltsamerweise nicht wegen der Bombe und ihrer Folgen, sondern weil ich aller Wahrscheinlichkeit nach allein zur Hochzeit gehen musste. Sie versprach, am Abend mit Diana vorbeizukommen, um mich auf andere Gedanken zu bringen.

Ich stieg in mein Auto und fuhr nach Großefehn zum verabredeten Teetrinken mit meiner Familie. Die Sonne spiegelte sich im Fehnkanal entlang der Straße. Viele Leute hassten es, so nah am Wasser zu fahren, aber ich mochte das Wechselspiel aus moorig dunklem Wasser und den typischen weißen Klappbrücken. Außerdem verirrt sich wirklich selten mal ein Auto ins Wasser, das muss der Vollständigkeit halber gesagt werden.

Meine Mutter öffnete die Tür und schaute suchend an mir vorbei. »Wo ist Phil?«

»Auf dem Weg nach München.« Ich ging geradewegs ins Wohnzimmer.

Unter der Woche wird der Tee bei uns in der Küche getrunken, sonntags im Wohnzimmer. Mein Vater saß in seinem Sessel, den Blick starr auf die Flimmerkiste gerichtet, in der ein Formel-1-Rennen lief. Während eines Rennens ist er nicht ansprechbar, sein Körper schaltet dann auf Autopilot. Essen und lebenserhaltende Funktionen, mehr ist nicht drin.

Auf dem Tisch standen Teetassen bereit, daneben ein großer Teller mit Teekuchen, der bei uns auch »Freud-und-Leid-Kuchen« genannt wird, weil er sowohl zu frohen Ereignissen wie Geburtstagen und Taufen als auch zu Beerdigungen aufgetischt wird. Meine Mutter hätte in der derzeitigen Situation keine passendere Kuchenauswahl treffen können.

»Dein Freund ist schon wieder weg, Nori? Wie schade, ich wollte ihn doch heute endlich kennenlernen.« Victoria trat zeitgleich mit meiner Mutter ins Wohnzimmer und ließ sich auf dem Sofa nieder.

Meine Mutter gab unterdessen Kluntjes in die Tassen und schenkte Tee ein. Dann goss sie etwas Sahne hinzu, die an der Oberfläche zu einem »Wulkje« aufstieg. Eigentlich soll man dieses Kunstwerk nicht umrühren, aber ich habe eine rebellische Ader und brauchte außerdem irgendwas, um meine Hände zu beschäftigen.

»Die Arbeit hat gerufen, er musste seinen Urlaub unterbrechen. Er weiß noch nicht, ob er es zur Hochzeit schaffen wird.« Ich lauschte dem Klimpern der Kluntjes am Tassenboden.

Meine Mutter setzte sich neben Victoria und verteilte Kuchen auf die Teller. »Beim Polterabend am Mittwoch wird er dann ja bestimmt nicht da sein.«

Mist, an den Polterabend hatte ich gar nicht mehr gedacht, zu viele Leichen und gesichtslose Verfolger im Kopf. »Kann ich bei den Vorbereitungen irgendwie helfen?«

»Nein, alles schon erledigt. Wir feiern im Garten und in der Garage, der Partyservice bringt das Essen, und für die Getränke haben wir einen Bierwagen gemietet. Bestimmt findet sich an dem Abend aber noch genug, bei dem wir deine Hilfe brauchen können.«

Ich machte mich über den Kuchen her, eine perfekte Mischung aus Zucker, Mandeln und Vanillepudding. »Wie sieht es denn mit Michael aus?«

»Dein Bruder und seine Familie kommen am Donnerstag an«, sagte meine Mutter. »Zum Polterabend schaffen sie es leider nicht.«

»Stimmt es, dass in Aurich eine Bombe hochgegangen ist?«, fragte Victoria unvermittelt.

»Äh … keine Ahnung.« Hektisch rührte ich in meinem Tee, obwohl die Kluntjes sich bereits vollständig aufgelöst hatten.

»Es muss irgendwo in deiner Ecke gewesen sein«, sagte meine Mutter. »Nähere Infos habe ich allerdings nicht. Komisch, sonst zieht derartiger Klatsch doch in Rekordzeit durch ganz Ostfriesland.«

Die ungewohnte Verschwiegenheit mochte daran liegen, dass nur wenige meiner Nachbarn – aus bekannten Gründen – ihre Häuser verlassen hatten, um der Polizei bei der Arbeit zuzusehen. Es war ohnehin besser, meine Mutter erfuhr nichts von der Bombe. Als Nesthäkchen bemutterte sie mich trotz meiner einunddreißig Jahre ohnehin nur zu gern, und die Nachricht, dass der Mörder ihres ehemaligen Verlobten womöglich hinter ihrer Tochter her war, würde die Glucke in ihr garantiert zu neuem Leben erwecken. Ich kannte das.

Nach der dritten Tasse Tee und dem vierten Stück Kuchen machten wir uns ans Abräumen. Victoria war momentan sozusagen Gast im Haus, also half ich meiner Mutter dabei.

»Ich war gestern bei Rita Lugner«, sagte ich, während sie die Kuchenteller in die Geschirrspülmaschine räumte. »Sie ist ein sehr ... spezieller Typ.«

»Nett ausgedrückt.«

»Wir haben über den letzten Abend gesprochen, an dem ihr als Clique komplett wart. Norbert Coordes' Geburtstag.«

Sie wusch sich die Hände und griff nach einem Handtuch. »Hat sie den Streit zwischen Andreas und Frank erwähnt? Irgendwie haben sich an dem Abend alle ganz schön seltsam verhalten, Rita musste ständig irgendwelche Kommentare abgeben, und Frank kriegte den Mund nicht auf.« Sie hängte das Handtuch wieder an den Haken. »Andererseits, vielleicht ist er da auch einfach wieder zur Vernunft gekommen. Die große Liebe hat er in Rita zu dem Zeitpunkt wohl nicht mehr gesehen, sie trennten sich wenig später. Dabei lief sie ihm schon die ganze Zeit vor der Nase herum, aber damals war sie einfach noch zu jung.«

»Von wem redest du?«

»Von Sabine, seiner Frau. Sie ist doch Ritas jüngere Schwester. Wusstest du das nicht?«

# 23

Es war kurz nach sechs, als ich in meine Straße einbog. Mit Ausnahme des angesengten Strauchs deutete nichts mehr auf die Explosion hin. Um acht wollten Alexa und Diana vorbeikommen. Ich parkte am Bordstein vor meiner Wohnung, gab den Code der Alarmanlage ein und öffnete die Tür. Im Wohnzimmer sauste O'Malley mir maunzend entgegen. Ich gab zwei Portionstütchen Katzenfutter in seinen Napf und stellte ihn auf seine Futterstelle. O'Malley sah mich durchdringend an.

»Was ist los, das ist doch dein Lieblingsfutter?«

Er rührte sich keinen Millimeter. Vielleicht wollte er mich auch nur seine ganze Verachtung spüren lassen, weil ich ihn nicht mehr rausließ.

»Nun komm schon. Es tut mir ja auch leid, dass du nicht nach draußen darfst, aber es ist zu deinem Schutz. Soll ich dir vielleicht was kochen?«

Angesichts dieser Drohung machte sich O'Malley sofort daran, sein Futter zu verputzen.

Ich nutzte die Zeit bis zu Dianas und Alexas Ankunft und sah noch einmal die Unterlagen von Günther Fabricius durch. Irgendwas an den Notizbüchern kam mir komisch vor, und das nicht erst seit heute. Ich blätterte in den Bänden vor und zurück, sah mir die ersten Aufzeichnungen an und las die letzten Eintragungen.

Schließlich dämmerte es mir.

Fabricius hatte Andreas Kalski in seinen Notizen von Beginn an immer nur beim Vornamen genannt. Zwar sprach auch ich inzwischen nur noch von Andreas, aber das lag daran, dass ich mich nun schon seit einigen Tagen mit ihm befasst hatte. Sicher trug auch die optische Ähnlichkeit mit Sebastian dazu bei. Fabricius' Wortwahl dagegen ließ darauf schließen, dass die beiden sich gekannt hatten. Sie mussten im ungefähr gleichen Alter gewesen sein. Aber waren sie auch befreundet? Ich rief meine Mutter an, die meinen Verdacht bestätigte. Ich fragte mich, warum dieser Umstand nicht früher zur Sprache gekommen war, wahrscheinlich lag es einfach daran, dass wir Fabricius immer über seinen Beruf bei der Zeitung definiert hatten.

Alexa stand wie immer pünktlich um acht auf der Matte, auf ihrer Hand balancierte sie drei Kartons von Ernesto.

»Ich sterbe vor Hunger.« Sie stellte die Kartons auf dem Wohnzimmertisch ab und setzte sich aufs Sofa. »In fünf Minuten wird gegessen. Wenn Diana sich wieder mal verspätet, hat sie Pech gehabt.«

»Wolltest du sie nicht abholen?«

»Bruno bringt sie, die beiden haben noch irgendwas miteinander unternommen.«

Alexa wirkte ziemlich gestresst, was eigentlich nicht ihre Art war.

»Hast du schlechte Laune?«

Alexa winkte ab. »Frag nicht.«

Ich tippte auf Henry, hakte aber nicht weiter nach.

Die Gefahr einer kalten Pizza musste Diana Flügel verliehen haben, sie war für ihre Verhältnisse ungewohnt pünktlich, als sie sich um sechs Minuten nach acht zu uns gesellte. Sie hielt einen Karton mit Donuts in der Hand. Pizza und Donuts, die perfekte Medizin gegen meinen Liebeskummer. Oder wie auch immer man meinen derzeitigen Zustand beschreiben mochte.

Während wir tranken und aßen, erzählte ich von der Bombe auf der Straße vor meiner Haustür. »Wahrscheinlich handelte es sich bei dem Mann auf dem Gehweg um den Mann ohne Gesicht. Blaue Jeans, schwarzes T-Shirt, schwarze Mütze.«

»Ist dir was Besonderes an ihm aufgefallen?«

»Außer dass er immer dieselbe Kleidung trägt? Nein, aber ich habe ja auch nur seine Rückansicht gesehen. Er war schlank, ich schätze mittelgroß, seine Haarfarbe habe ich nicht erkennen können. Hell, vielleicht grau oder blond.«

»Schlank?« Diana angelte nach einem Käsefaden, der sich von dem Stück in ihrer Hand bis zu ihrer Pizza runterzog. »Frank Heykes ist demnach aus dem Rennen.«

»Vielleicht hat er einen Komplizen«, sagte ich.

»Sebastian? Er sieht aus wie Andreas, vielleicht steckt irgendein Familiengeheimnis dahinter, von dem er nicht will, dass du es aufdeckst.«

»Nie im Leben, er würde mir nichts tun. Außerdem würde niemand so weit gehen, *ihn* als gesichtslos zu beschreiben.«

»Vielleicht hat er damals bei der Explosion in der Brauerei was abbekommen und sieht nicht mehr so berückend aus wie früher.«

»Wenn der Mann Brandnarben im Gesicht gehabt hätte, wäre Madame Cassandra das garantiert aufgefallen. Sie hat ihn ja direkt angeblickt, als er mich durchs Fenster beobachtet hat. Auch die Pflegerin in der Seniorenresidenz, die den Mann beim Verlassen des Gebäudes beobachtet hat, erwähnte keine besonderen Merkmale.«

»Ich frage mich, warum der Kerl immer dasselbe Outfit trägt«, sagte Diana. »Hat der arme Mann nicht mal ein anderes T-Shirt?«

»Schwarz ist am unauffälligsten«, sagte Alexa. »Sieh dich mal in der Stadt um, fast jeder Zweite läuft so durch die Gegend.«

»Vielleicht will er ja, dass man ihn anhand der Kleidung wiedererkennt, ohne ihn identifizieren zu können. Möglicherweise gibt ihm das ein gewisses Machtgefühl.« Ich griff nach meinem letzten Pizzastück. »Mir ist heute noch etwas aufgefallen. Günther Fabricius schreibt in seinen Notizbüchern ausschließlich von Andreas, nie von Andreas Kalski. Alle anderen werden mit Vor- und Zunamen geführt. Auch sonst schreibt er sehr vertraut über ihn.«

»Meinst du, die beiden kannten sich?«, fragte Alexa.

»Ganz sicher sogar. Ich habe meine Mutter danach gefragt.«

»Er wäre nicht der erste Pressefritze, der für eine gute Story über Leichen geht«, sagte Diana. »Würdest du ihm einen Mord zutrauen?«

»Schwer zu sagen. Er war sehr freundlich, als ich bei ihm war, aber das kann natürlich aufgesetzt gewesen sein. Bei den Gesprächen über Andreas war er jedenfalls nicht die Spur nervös. Er müsste schon ganz schön abgebrüht sein, um das alles so an sich abperlen zu lassen. Ich werde ihn mir noch mal genauer ansehen.«

»Aber nicht morgen«, sagte Alexa. »Zumindest nicht am Nachmittag. Denk daran, dass wir uns das Kalski-Gemälde bei Rita Lugner ansehen wollen.«

»Da du gerade von ihr sprichst: Es gibt Neuigkeiten. Sie und Sabine Heykes sind Schwestern, meine Mutter hat es mir erzählt.«

»Im Ernst? Das Heykes-Pärchen ist mir mittlerweile ganz schön unsympathisch.« Diana trank einen Schluck Bier. »Die verschweigen ja alles Mögliche. Die haben bestimmt Dreck am Stecken.«

Ich nickte zustimmend. »Ich würde Sabine Heykes gerne mal sprechen, wenn ihr Mann nicht dabei ist, das könnte interessant werden. Kleine Schwestern sind neugierig, das weiß ich aus Erfahrung. Wer weiß, was sie damals so aufgeschnappt hat?«

»Wann knöpfen wir sie uns vor?«, fragte Diana.

»Morgen Vormittag? Du hast ja ohnehin frei, und ihr Mann sollte dann bei der Arbeit sein.«

»Vielleicht ist sie das auch«, wandte Diana ein.

Ich schüttelte den Kopf. »Sie ist selbstständige Grafikerin und arbeitet von zu Hause aus. Wenn sie keinen Termin hat, sollten wir sie antreffen.«

»Gebongt. Morgen würde mir sonst wahrscheinlich eh bloß die Decke auf den Kopf fallen.«

»Warum? Was ist mit Bruno?«, fragte ich.

»Er entwickelt sich gerade zum totalen Karrieretypen, ich weiß nicht, ob ich damit umgehen kann.«

Alexa und ich schwiegen und sahen uns ratlos an, denn wir hatten keine Ahnung, was für eine große Karriere ein Clown anstreben konnte.

»Er will mit einem Zirkus auf Tour gehen«, fuhr Diana fort. »Darum waren wir auch bis eben unterwegs. Seit er an der Zaubernummer arbeitet, kümmert er sich um fast nichts anderes mehr. Ich glaube, wir brauchen mal ein paar Tage Sendepause.«

Konnte es wirklich sein, dass jemand meine Gebete erhört hatte und mich von diesem Übel befreien würde? Andererseits verschlechterte sich Dianas Geschmack in Bezug auf Männer von Mal zu Mal, und ich fragte mich, was nach einem Clown noch kommen sollte.

Ich aß den letzten Happen und spülte ihn mit einem großen Schluck Bier hinunter. »Du darfst dich mir gern anschließen. Es gibt noch eine ganze Menge Leute, die ich persönlich befragen will.«

»Du musst doch bestimmt auch noch ein Interview für deinen nächsten Artikel führen, oder? Wer ist es denn dieses Mal?«

Ich fühlte mich, als hätte jemand einen Eimer Eiswasser über mir ausgegossen. »Das habe ich total vergessen! Ich habe gar keinen Interviewpartner.«

Alexa schüttelte missbilligend den Kopf. »Du solltest dich dringend besser organisieren.«

»Ich hatte so viel um die Ohren. Finde du mal zwei Leichen innerhalb weniger Tage und entgehe einem Bombenanschlag vor deiner Haustür, ohne deinen Job zu vernachlässigen.«

»Du könntest über Annelia schreiben«, sagte Diana.

»Nie gehört.«

»Ich habe dir neulich schon mal von ihr erzählt, als wir deine Autorenseite eingerichtet haben. Sie ist eine Influencerin, die gerade ganz groß durchstartet. Du weißt schon, eine von denen, die keinen Job auf die Reihe kriegen und dafür Fotos und Videos von sich ins Internet stellen.«

»Und mit was beschäftigt sich diese Annelia?«

»Mit Make-up und anderem Beautykram.«

»Das ist bestimmt nicht in Martin Jägers Sinn.« Ich lugte in Dianas Donut-Karton und entschied mich für ein Exemplar mit Schokoglasur.

»Ach was, der schaut doch momentan sowieso nur auf die Berichte über die Morde. Außerdem kann Annelia dir Tipps für dein Hochzeits-Make-up geben, so schlägst du zwei Fliegen mit einer Klappe. Du solltest sie gleich anschreiben und einen Termin vereinbaren.«

»Keine schlechte Idee.« Ich wollte bei der Hochzeit gut aussehen, besser noch umwerfend, denn ich hatte den Plan ersonnen, das ominöse graublaue Kleid ausfindig zu machen, in dem mich Madame Cassandra gesehen hatte. Wenn ich das Kleid fand, in dem ich meiner großen Liebe gegenüberstehen sollte, würde Phil zur Hochzeit kommen. So einfach war das.

Ich schickte Annelia über Facebook eine Terminanfrage. Schon eine Minute später blinkte die Antwort auf.

»Mittwochvormittag. Das passt.«

»Prima. Ich gehe mal eben mein Bier wegbringen.« Diana verkrümelte sich ins Bad.

»Fühlst du dich jetzt eigentlich sicher in deiner Wohnung?«, fragte Alexa. »Du kannst sonst gern wieder zu mir ziehen.«

»Danke, aber ich habe ja die Alarmanlage. Außerdem hat Phil dafür gesorgt, dass stündlich eine Streife am Haus vorbeifährt.«

»Ob das ausreicht?« Alexa runzelte die Stirn. »Wenn der Mann ohne Gesicht sich hier irgendwo versteckt hält, wird er der Streife vermutlich gar nicht auffallen, und er hätte dann jeweils eine Stunde lang Zeit, seine dunklen Pläne umzusetzen.«

»Du kannst mir ja Mut machen. Aber keine Sorge, ich verlasse die Wohnung abends nicht mehr.«

Diana kam zurück. »Wisst ihr, was ich mir eben auf dem Lokus gedacht habe? Wir sind mit unseren Ermittlungen fast wie drei Engel für Charlie. Nur dass unser Charlie tot ist. Also eher drei Engel für Kalski.«

Am Ende des Abends hatte ich fünf der neun Donuts aufgefuttert und fühlte mich schlechter als zuvor. Dafür hatte Alexa wieder bessere Laune, obwohl sie keinen einzigen Donut angerührt hatte. Das Leben ist eben ungerecht.

Um Viertel nach zwölf begleitete ich Diana und Alexa zur Haustür, Diana schwankte leicht. Ich hatte mich zurückgehalten. Solange der Mann ohne Gesicht frei herumlief, wollte ich meine Sinne nicht unnötig benebeln.

Alexa startete den Motor und schaltete zum Abschied den Warnblinker ein. Ich stand in der Tür, winkte dem Wagen hinterher und wollte gerade abschließen, als O'Malley an mir vorbeistürmte, über die Straße sauste und gegenüber im Gebüsch meiner Nachbarn verschwand.

»Mist! Wer hat denn die verdammte Wohnzimmertür aufgelassen?« Ich konnte mir Schöneres vorstellen, als in der Dunkelheit nach meinem Kater zu suchen, zumal ich keine Ahnung hatte, ob sich die Polizeistreife gerade in der Nähe befand.

Ich kniff die Augen zusammen und erkannte O'Malley, der aus dem Gebüsch herausschlich und gemächlich weitertrottete. Was nun? Ins Haus zurücklaufen, mein Handy holen und Alexa und Diana anrufen? In der Zeit könnte O'Malley sich locker absetzen, und ich wollte ihn auf keinen Fall schutzlos hier draußen lassen. Nicht nach dem, was gestern passiert war.

Es sind nur ein paar Meter, sagte ich mir. Unwahrscheinlich, dass der Mann ohne Gesicht in genau diesem Moment einen Angriff starten würde.

Ich schimpfte vor mich hin, als ich die Tür schloss und über die Straße schlich. O'Malley sah mir erwartungsvoll entgegen, kurz bevor ich ihn erreichte, machte er einen Satz ins Gebüsch.

»Das ist jetzt nicht dein Ernst!« Ich atmete tief durch, um mich zu beruhigen, und ging in die Hocke. »Komm her, mein

Schatz«, säuselte ich, aber O'Malley war noch nie ein Freund von Schmeicheleien gewesen. Er lag mit verschränkten Vorderbeinen auf der Erde und starrte mich an.

Uns trennten nur gut eineinhalb Meter. Wenn ich auf allen vieren ins Gebüsch kroch, standen die Chancen gut, an ihn ranzukommen. Ich wünschte nur, ich hätte neulich nicht eine dicke, fette Ratte beim Sonnenbad in diesem Beet gesehen. Tote Ratten machten mir seit O'Malleys Einzug nichts mehr aus, aber vor den lebendigen Exemplaren hatte ich noch immer eine Heidenangst. Fluchend knüllte ich meine Jeanssäume zusammen und zog die Socken drüber. Wenn hier schon so ein Viech herumlief, wollte ich wenigstens verhindern, dass es in meinem Hosenbein landete.

Ich ging auf die Knie und redete O'Malley gut zu, aber er hob den Blick und fauchte. Das hatte er noch nie getan, doch bevor mein Katzenmutterherz brechen konnte, traf mich ein Schlag am Kopf.

Ich fiel auf die Seite, wurde auf den Rücken gedreht, und zwei Hände legten sich unbarmherzig um meine Kehle und drückten zu. Ich rang nach Luft, strampelte und versuchte, meinen Angreifer fortzustoßen, aber er drückte mich mit seinem Körpergewicht zu Boden, seine Hände umklammerten meinen Hals wie Schraubstöcke, die keinen Millimeter nachgaben. Er war schlank und trug ein schwarzes T-Shirt, die schwarze Strumpfmaske über seinem Kopf ließ nicht einmal die Augen erkennen.

Mir schwanden die Sinne. Ich konnte das Gewicht nicht abwerfen, konnte mich nicht durch Rufen bemerkbar machen oder sonst etwas unternehmen. Irgendwann erreichte ich den Punkt, an dem es nicht mehr wehtat und ich mich in mein Schicksal fügte.

Mit einem Mal waren der Druck und das Gewicht von meinem Brustkorb verschwunden. Ich hatte mir die Sache mit dem Sterben langwieriger vorgestellt. Aber ich war nicht tot, das merkte ich daran, dass die Schmerzen zurückkehrten. Gierig füllte ich meine Lungen mit Sauerstoff und riss die Augen auf. Hustend und röchelnd kämpfte ich mich auf die Knie.

»Elli! Alles in Ordnung?« Eine Hand legte sich auf meine Schulter.

Ich wandte den Kopf in Richtung der Stimme und sah in das schöne Gesicht aus meiner Erinnerung, das mich besorgt musterte, sah in seine braunen Augen und fragte mich, ob ich nicht doch das Bewusstsein verloren hatte und träumte.

»Sebastian«, keuchte ich. Ungläubig tastete ich nach ihm, er war tatsächlich real.

Ich folgte meinem ersten Impuls und schlug ihm mit aller mir verbliebenen Kraft die Faust ins Gesicht.

# 24

»Das habe ich wohl verdient.« Sebastian rieb sich die schmerzende Gesichtshälfte.

Ich funkelte ihn an. »Du mieser Scheißkerl! Wie kannst du es wagen, hier aufzutauchen?« Meine Kehle fühlte sich rau an, meine Stimme klang heiser. Es war mir egal, dass ich soeben noch fast umgebracht worden wäre. Ich wollte ihm Schmerzen zufügen für all das, was er im letzten Jahr getan hatte. Bevor ich erneut zuschlagen konnte, umfasste er mein Handgelenk und hielt es fest.

»Elli.« Er zog eine Grimasse, um sein Gesicht wieder in Form zu bringen. »Meine Güte, hast du einen Schlag drauf.« Er ließ mein Handgelenk los. »Ich weiß, dass du sauer auf mich bist …«

»Sauer? Das ist stark untertrieben!«

»Du hast bestimmt viele Fragen.«

»Klar, wollen wir uns nicht gemütlich beim Kaffee zusammensetzen und über alte Zeiten plaudern? Sag mal, hakt bei dir da oben von Zeit zu Zeit was aus?«

Sebastian stand auf und zog mich hoch. »Dann eben nicht. Geh ins Haus und schließ die Tür ab. Ich fange deinen Kater ein und bringe ihn dir. Öffne die Tür erst, wenn du sicher bist, dass ich es bin.«

»Gern. Wollen wir uns auf ein Codewort einigen? Wie wäre es mit ›mieser Verräter‹?«

»Das sind zwei Wörter.«

Vor Wut blieb mir die Spucke weg, ich stierte ihn an und versuchte, meine gesamte Abscheu in meinen Blick zu legen. Das klappte leider nicht ganz so gut, denn je länger ich in seine Augen sah, desto mehr ebbte mein Zorn ab. Sebastian hatte sich seit unserer letzten Begegnung verändert. Er trug das Haar nun kurz und dunkler, außerdem hatte er abgenommen.

»Du bist mir eine Erklärung schuldig.« Ich machte mich daran, das Gebüsch nach O'Malley abzusuchen. Er war noch etwas weiter unter die Büsche gerobbt, zum Glück aber nicht weggelaufen.

»Die sollst du auch bekommen. Aber nicht hier auf der Straße.«

»Glaubst du ernsthaft, ich würde dich in meine Wohnung lassen?« Ich zog die Jeanssäume aus den Socken, weil das echt blöd aussah.

»Nein, ich möchte hier nur nicht auf dem Präsentierteller stehen, falls deine Nachbarn uns beobachten. Ich bin nicht scharf darauf, erkannt zu werden.«

Ich zuckte zusammen, als über uns im ersten Stock ein Fenster geöffnet wurde.

»Was ist denn jetzt schon wieder los?«, rief die Männerstimme vom letzten Mal. »Frau Vogel, sind Sie das?«

»Ja, alles in Ordnung«, rief ich hinauf.

»Was machen Sie da?«

»Ich suche meinen Kater, er ist mir gerade entwischt.«

»Und wer ist da bei Ihnen?«

Ich sah Sebastian an. Es wäre ganz einfach, ich könnte meinem Nachbarn zurufen, dass er die Polizei alarmieren solle. Dann wüssten sie, dass er wieder in der Gegend war, und würden sich auf seine Fährte begeben. Jedoch würde ich nie die Antworten bekommen, die ich brauchte. Sebastian schien zu bemerken, was in meinem Kopf vor sich ging. Abwartend sah er mich an, bereit, sich sofort aus dem Staub zu machen.

»Das ist nur einer meiner Bekannten, er hilft mir bei der Suche«, rief ich.

»Dann ist's ja gut. Wäre schön, wenn bei Ihnen mal wieder Ruhe einkehren würde.« Er schloss das Fenster.

»Das wäre ganz in meinem Sinne«, murmelte ich, kraxelte unter das Gebüsch und zog O'Malley hervor. Er hatte die Zeit genutzt und eine Ratte erlegt. Ich betrachtete den toten Nager und dachte an Madame Cassandras Worte. *Er wird zurückkommen, wenn der Tod erneut in dein Leben tritt.* Wer hatte eigentlich behauptet, dass es sich um eine menschliche Leiche handeln musste? Hier lag O'Malleys erste Beute seit Tagen.

Ich nahm meinen Katzenfreund auf den Arm und verließ das Grundstück. »Komm mit!«

Natürlich war es riskant, einen von der Polizei gesuchten Straftäter mit in meine Wohnung zu nehmen, aber wie heißt es so schön? Wer nicht wagt, der nicht gewinnt.

Ich hatte mir oft ausgemalt, wie das Wiedersehen zwischen Sebastian und mir ablaufen würde. Dass er erneut zu meinem Lebensretter mutierte, war jedoch nie Bestandteil meiner Vorstellungen gewesen. Der Faustschlag allerdings auch nicht, er war ein Bonus, der mir eine gewisse Genugtuung verschaffte.

Sebastian setzte sich aufs Sofa, und ich ließ mich am anderen Ende auf der Récamiere nieder.

»Danke, dass du mir den Typen vom Hals geschafft hast«, sagte ich etwas widerwillig. »Kanntest du ihn?«

»Nein, er war zwar maskiert, aber ich glaube nicht, dass ich ihm schon mal begegnet bin.«

Die Maske. Es konnte nur einen Grund geben, warum der Mann ohne Gesicht bei dem Angriff eine getragen hatte. Ich kannte ihn, für mich wäre er kein Gesichtsloser gewesen. »Es wäre hilfreich gewesen, wenn wir den Kerl gefasst hätten.«

»Vielleicht hätte ich ihn einholen können, wenn du mich nicht beinahe k. o. geschlagen hättest.«

Da war vermutlich was dran. »Ich frage mich nur, wem von uns beiden du eigentlich aufgelauert hast, mir oder ihm?«

»Ich habe niemandem aufgelauert. Du hättest gar nicht draußen sein sollen, nachdem du gestern nur um Haaresbreite einem Bombenanschlag entgangen bist.«

»Woher weißt du davon? Das ist noch nicht an die Öffentlichkeit gelangt.«

»Ich habe meine Quellen.« Sebastian zeigte ein vorsichtiges

Lächeln, das immer noch eine ungeheure Wirkung auf mich hatte.

»Reden wir nicht um den heißen Brei herum.« Ich machte eine unkoordinierte Wischbewegung mit der Hand. »Was willst du hier?«

»Dich beschützen.«

»Mich beschützen?« Ich schnaubte. Es sollte verächtlich klingen, erinnerte aber eher an einen Wal, der eine Fontäne ausstieß. »Lass mich mal eine kleine Zeitreise in den letzten Herbst machen: Du schmeißt dich an mich ran, als ich auf der Suche nach meinem verschwundenen Freund bin, hilfst mir aber nicht, ihn zu finden – im Gegenteil, du versuchst sogar, mich von seiner Spur abzubringen. Als das nicht funktioniert, lässt du zu, dass der Drogenboss, der ihn gekidnappt hat, auch mich in seine Gewalt bringt. Und du hast nichts unternommen, um Karl zu retten, als das Drogenlabor explodiert ist. Warum also sollte ich ausgerechnet von *dir* beschützt werden wollen?«

»Es ist nicht so, als ob du in diesem Punkt eine Wahl hättest. Ich habe Karl versprochen, dich im Auge zu behalten und auf dich aufzupassen.«

»Karl ist tot.« Zum ersten Mal sprach ich diese Worte laut aus, und es fühlte sich an, als würde es erst dadurch wirklich real werden.

»Ich weiß, ich war dabei, als er starb.« Sebastian rückte ein Stück in meine Richtung, stoppte aber sofort, als ich ihn wütend ansah. »Es ist genau so gekommen, wie er es geplant hatte.«

Alles in mir krampfte sich zusammen. Ich hatte es seit Monaten geahnt. »Dann hat er die Explosion absichtlich herbeigeführt?«

Sebastian nickte. »Karl war von Anfang an klar, dass er die Sache nicht überleben würde. Sugarboy hatte ihn unter Drogen gesetzt, um seine Kooperation zu erzwingen, und Karl wusste, ihm würde die Kraft für einen weiteren Entzug fehlen. Er wollte die Drogenküche mitsamt Sugarboy in die Luft fliegen lassen, um ihn ein für alle Mal aus dem Weg zu räumen. Ehe es jedoch dazu kam, bist du aufgetaucht. Karl hat den Plan geändert, um dich zu retten.«

»Dann bin ich schuld an seinem Tod.«

»Nein, ich habe doch gesagt, dass es schon zuvor beschlossene Sache war. Nur durfte er jetzt keine Zeit mehr verlieren, weil dein Überleben davon abhing. Karl bat mich, dir die Flucht zu ermöglichen, und das habe ich auch getan. Als ich ihn an dem Tag abholte und in die Drogenküche brachte, wusste ich, was er vorhatte.«

Ein kalter Schauer lief mir über den Rücken. Wenn Sebastian von der geplanten Explosion gewusst hatte, dann war er sich auch des Risikos, selbst dabei draufgehen zu können, bewusst gewesen.

»Als deine Flucht bemerkt wurde, musste Karl handeln. Ich hielt seinen Aufpasser zurück. Dabei müssen wir uns irgendwie gedreht haben, denn sein Körper hat die Detonation abgemildert, und ich konnte entkommen.« Er schob die Ärmel seines Langarmshirts bis zu den Ellenbogen hoch. Dicke Brandnarben zogen sich über seine Unterarme.

»Und Karl?«

»Als ich ihn inmitten der Scherben liegen sah, bin ich zu ihm gegangen und habe seinen Puls gefühlt. Er war tot. Sonst hätte ich ihn nicht zurückgelassen, Elli. Ich bin nicht stolz auf meine Verwicklung in Sugarboys Drogengeschäfte. Und auf keinen Fall wollte ich, dass deswegen jemand stirbt.«

Ich nickte. Ich war mir nicht sicher, ob ich seinem Bericht uneingeschränkt Glauben schenken durfte, aber das alles ergab durchaus Sinn. »Wo warst du in den letzten Monaten?«

Er lächelte matt. »Ich fürchte, das könnte deinen Polizistenfreund zu sehr interessieren. Wirst du ihm erzählen, dass ich hier war?«

Gute Frage. Für unsere Beziehung wäre es sicherlich nicht förderlich, wenn ein derartiges Geheimnis zwischen uns stünde. Andererseits war dieses Thema nicht dazu geeignet, in einem Telefongespräch erörtert zu werden. Ich beschloss, mich damit zu befassen, wenn Phil wieder nach Ostfriesland kam, und zuckte mit den Schultern.

Sebastian nickte, sagte aber nichts.

»Wenn du von der Bombe vor meiner Wohnung weißt, hast du sicherlich auch gehört, mit welchem Fall ich mich derzeit beschäftige«, sagte ich.

»Ja, es geht um die Kalski-Morde. Du bist ja schon fast eine Art Leichenspürhund.«

»Habe ich mir auch anders vorgestellt.« Ich erzählte ihm, wie ich durch meinen eigentlich harmlosen Nebenjob in die Vergangenheit meiner Mutter eingetaucht und schließlich auf die Leichen gestoßen war.

Sebastian lauschte meinem Bericht. »Hast du einen Verdächtigen?«

»Frank Heykes«, sagte ich wie aus der Pistole geschossen. »Vielleicht zusammen mit seiner damaligen Freundin, die von Andreas schwanger war.«

»Gibt es handfeste Beweise gegen ihn?«

»Das ist das Problem«, gab ich zu. »Bislang verdächtige ich ihn hauptsächlich, weil er das stärkste Motiv hat.«

»Kann ich dir irgendwie helfen?«

Eigentlich verspürte ich nicht die geringste Lust, in irgendeiner Weise von Sebastian abhängig zu sein. Andererseits konnte ich ein wenig Hilfe gut gebrauchen, und es konnte auch nicht schaden, wenn ich ihn dadurch im Auge behielt. Schließlich hatte er mich seinerzeit für seine Zwecke missbraucht, da wäre es nur gerecht, mich nun seiner zu bedienen. »Bist du in der Lage, dich in der Gegend umzuhören?«

»Ich habe Ohren, also würde ich mal Ja sagen.«

»Ich meine, ob es dir möglich ist, ohne erkannt zu werden.«

»Sagen wir mal so: Ich kenne Leute, die wissen, wie man an Informationen kommt.«

»Ist das legal?«

Sebastian zog eine Augenbraue hoch. »Willst du das wirklich wissen?«

Ich musste nicht lange überlegen. »Lieber nicht.«

»Welche Informationen brauchst du?«

»Es gibt da diesen ehemaligen Reporter, Günther Fabricius. Er war mit Andreas vor dessen Verschwinden bekannt. Ausgerechnet er hat damals über den Vermisstenfall im Ostfriesland-Reporter berichtet. Vielleicht war das nur vorgeschoben, um sein Verbrechen zu vertuschen. Er hat durch seine Artikel jedenfalls maßgeblich dazu beigetragen, dass sich das Märchen von Andreas' freiwilligem Weggang in den Köpfen der Leute festsetzte.«

»Okay, ich durchleuchte den Kerl mal.«

»Wie kann ich dich erreichen?«

»Gar nicht, ich melde mich bei dir.«

»Kein Handy? Auch nicht für den Notfall?«

»Nichts.«

»Und wenn ich wieder mal Jungfrau in Nöten spiele?«

»Dann bin ich da.«

»Da ist noch eine Sache.« Ich ging zum Schreibtisch, nahm eines der Fotos von Andreas aus dem Umschlag und reichte es Sebastian. »Kann es sein, dass du mit Andreas Kalski verwandt bist?«

# 25

»Ist das wirklich der Punkt, um den du dir Gedanken machst?«

»Findest du das denn nicht merkwürdig? Madame Cassandra sagte, Sebastian würde zurückkehren, wenn der Tod erneut in mein Leben tritt, und als ich O'Malley aus dem Gebüsch hebe, liegt da die erste tote Ratte seit Tagen. Bislang ist alles eingetreten, was sie gesagt hat. Wenn ich jetzt noch dieses graublaue Kleid finde, schafft Phil es bestimmt zur Hochzeit.«

»Sofern er die Liebe deines Lebens ist.«

»Davon gehe ich aus. Da vorne musst du rechts abbiegen.«

Diana schlug das Lenkrad ein und steuerte auf Frank Heykes' Haus zu. »Mist, sein Firmenbulli steht in der Auffahrt. Ich fürchte, wir haben hier heute kein Glück.«

»Lass uns ein paar Minuten warten, vielleicht hat er nur was zu Hause vergessen und fährt gleich wieder los.«

Diana ließ ihren Fiat am Haus vorbeirollen und parkte ein Stück entfernt am Bordstein. Von hier aus hatten wir die Auffahrt noch gut im Blick.

»Wir sind wie richtige Detektivinnen, die jemanden observieren«, sagte sie. »Das ist total aufregend.«

»Na ja, eigentlich warten wir nur darauf, dass ein Auto von einem Grundstück fährt.«

»Hast du schon wieder eine negative Phase?«

»Möglich.« Ich versuchte, etwas durch die Fenster zu erkennen, konnte aber keine Bewegung hinter den Scheiben ausmachen. Ich nutzte die Wartezeit für einen Anruf bei der Stadtverwaltung, um herauszufinden, ob die Firma Friesen-Bau noch existierte. Tat sie nicht, und zwar schon seit fünfunddreißig Jahren nicht mehr. Weitere Informationen durfte die Mitarbeiterin aus Datenschutzgründen nicht herausgeben, auch hielt sie es für unwahrscheinlich, dass es irgendwo noch alte Mitarbeiterlisten gab.

Diana seufzte. »Meine Güte, wenn ich gewusst hätte, dass eine Beschattung so langweilig ist, hätte ich uns was zum Knabbern mitgebracht.«

»Vor einer Minute fandest du's noch spannend.«

»Da wusste ich ja auch noch nicht, dass ich mit Miss Minus, der Negativ-Frau unterwegs bin.«

»Dafür kann ich deine Neugier in einem anderen Punkt befriedigen. Du hast dich doch auch gefragt, ob Andreas und Sebastian verwandt sind.«

Sie setzte sich ruckartig auf und sah mich mit aufgerissenen Augen an. »Sind sie's?«

»Nicht mal über zehn Ecken. Ihre Ähnlichkeit ist nur eine Laune der Natur.«

»Gar nicht mal so ungewöhnlich. Du kennst doch meinen Onkel Jürgen. Vorletztes Jahr ist mir auf einem Basar in der Türkei ein Kerl über den Weg gelaufen, der fast genauso aussah wie er, also, wenn er keinen Schnauzbart und keine Brille –«

»Da tut sich was«, unterbrach ich sie. »Frank Heykes kommt aus dem Haus und geht zu seinem Bulli. Wenn wir Glück haben, haut er gleich ab.«

Tatsächlich hievte Heykes sich auf den Fahrersitz, startete den Motor und rollte von der Auffahrt. Seine Frau stand in der Tür und winkte ihm nach. Prima, dann war sie also zu Hause.

Diana öffnete die Fahrertür.

»Moment.« Ich hielt sie am Ärmel fest. »Lass uns warten, bis er außer Sicht ist. Jetzt!«

Wir stiegen aus und marschierten auf das Haus zu, klingelten, und schon wenige Augenblicke später öffnete Sabine Heykes die Tür. »Ach, Sie sind doch …« Sie versuchte, sich an meinen Namen zu erinnern.

Ich kam ihr zu Hilfe und stellte auch Diana noch mal vor.

»Mein Mann ist bei der Arbeit«, sagte Sabine Heykes. »Sie haben ihn gerade verpasst.«

»Kein Problem«, sagte ich. »Wenn es Ihnen recht ist, würden wir gern mit Ihnen sprechen.«

»Natürlich, hereinspaziert.« Sie sah über meine Schulter auf die freie Fläche vor der Garage. »Warum haben Sie denn nicht auf der Auffahrt geparkt?«

Ja, gute Frage. Konnte daran liegen, dass wir Idioten waren. Es gab keinen nachvollziehbaren Grund, unser Auto am Straßenrand abzustellen, wenn die Auffahrt zum Zeitpunkt unserer Ankunft frei war.

Zum Glück ist Diana ein helles Köpfchen und eine geborene Lügnerin noch dazu. »Mein Motor verliert Öl, ich wollte Ihre Auffahrt nicht versauen, wo bei Ihnen doch alles so ordentlich ist mit den Steinchen und so. Das kann das Gesamtbild total zerstören.«

»Sehr rücksichtsvoll von Ihnen.«

Ich hatte das Haus noch nie von innen gesehen. Bei unserem ersten Besuch hatten wir zwar hinten im Garten gesessen, waren aber außen rumgegangen. Es war geschmackvoll eingerichtet, kein Vergleich zur Außenansicht. Wir gingen in die Küche, wo wir uns an einem ovalen Küchentisch niederließen.

»Möchten Sie etwas trinken?«, fragte Sabine Heykes.

»Nein danke.«

Sie trug eine eng anliegende Jeanshose und ein locker geschnittenes Oberteil, dessen Farbe angenehm mit ihrem olivfarbenen Teint harmonierte. Ich fragte mich erneut, wie diese hübsche Frau bei Frank Heykes landen konnte. Es konnte nur daran liegen, dass sie ihre Verblendung aus der Jugendzeit bis heute nicht auskuriert hatte.

»Schlimm, was mit der Kalski passiert ist«, sagte Sabine Heykes. »Meinen Sie, sie wurde vom selben Mann ermordet wie ihr Sohn?«

»Ich weiß es nicht.« Ich betrachtete sie aufmerksam. »Was macht Sie so sicher, dass es sich bei dem Mörder um einen Mann handelt?«

»Ach, das ist mir nur so in den Sinn gekommen.« Sie schob sich mit einer fahrigen Bewegung die Haare hinter die Ohren und verschränkte die Finger ineinander. »Irgendwie geht man bei Gewaltverbrechen ja doch immer von einem männlichen Täter aus.«

»Erinnern Sie sich noch an die Zeit, als Andreas Kalski verschwand? Durch Ihre Schwester haben Sie doch bestimmt einiges von den Ereignissen mitbekommen.«

»Erst waren alle ganz aufgeregt, als er plötzlich fort war. Dann meinten sie, er würde bestimmt irgendwann mit einer wahnsinnig tollen Geschichte zurückkehren.« Sie zuckte mit den Schultern. »Was er natürlich nie tat. Jetzt wissen wir ja auch, warum.«

»Wie schätzen Sie die damalige Freundschaft zwischen Ihrem Mann und Andreas ein?«, fragte ich.

»Sie waren die besten Freunde.« Ihre Augen fixierten einen Punkt irgendwo hinter mir. »Frank hätte Andreas nie etwas getan.«

Warum sagte sie das? »Danach habe ich doch gar nicht gefragt.«

»Ach, ich dachte nur, Ihre Fragen würden bestimmt in die Richtung gehen, und wollte Ihnen zuvorkommen.« Sie griff nach dem Anhänger ihrer Halskette und schloss die Finger darum.

»Wollen Sie mir dann vielleicht auch zuvorkommen, indem Sie mir sagen, wo sich Ihr Mann am Freitagvormittag aufgehalten hat?«

»Sie meinen, als Violetta Kalski ermordet wurde?« Sie wich meinem Blick aus und richtete ihn wieder auf die Stelle hinter mir. Ich drehte mich um, konnte an der Wand aber nichts entdecken. »Ich nehme an, dass er bei der Arbeit war.« Sie lächelte unsicher. »Oder auf einer Fortbildung? Stimmt, er sagte, er müsse zu einer Fortbildung in die Niederlande und würde an dem Tag nicht in der Firma sein. Er war also weit genug von der Seniorenresidenz entfernt.«

Ich warf Diana einen Blick zu, sie nickte. Das mussten wir unbedingt überprüfen.

Sabine Heykes' Verhalten kam mir mehr als seltsam vor.

Und das nicht nur, weil sie zu ahnen schien, dass ich ihren Mann verdächtigte.

»Ich war vorgestern bei Ihrer Schwester in Leer. Mir ist aufgefallen, dass sie sehr viele Gemälde besitzt. Wissen Sie, ob das alles Originale sind?«

»Ja, Rita ist eine große Kunstkennerin, sie würde sich niemals eine Replik an die Wand hängen.«

»Ein Gemälde ist mir besonders ins Auge gefallen. Es handelt sich dabei um eine Darstellung von Violetta Kalskis Arbeitszimmer. Ich dachte, ich hätte das Original schon mal woanders gesehen, aber wenn es im Haus Ihrer Schwester hängt ...«

»Oh, es ist ein Original. Aber das eine schließt das andere nicht aus. Violetta Kalski hat dieses Motiv doppelt gemalt und eines davon meiner Schwester geschenkt.«

»Geschenkt? So ein wertvolles Gemälde?« Rita Lugners vertrauliches Gerede über die Künstlerin kam mir in den Sinn. »Hatten die beiden eine Art Mutter-Tochter-Beziehung?«

»Nein, eher eine Geschäftsbeziehung. Das Gemälde war die Bezahlung dafür, dass Rita das Kind von Andreas abtreiben ließ und kein Wort darüber verlor.«

Ich fiel aus allen Wolken, Fragen surrten durch meinen Kopf, aber keine davon fand ihren Weg über meine Lippen.

»Sie sprechen ja ganz schön offen darüber«, stellte Diana fest.

»Meine Schwester und ich haben uns nichts mehr zu sagen, sie ist eine abgehobene Idiotin. Warum sollte ich ihre Geheimnisse wahren?«

»Aber sie sagte uns, sie habe das Kind verloren«, wandte ich ein.

Sabine Heykes begann schallend zu lachen, was gar nicht zu ihr passte – und erst recht nicht zu der Situation. »Rita war niemals schwanger. Sie hat der Kalski erzählt, sie habe das Kind wegmachen lassen, und damit ihren Teil der Abmachung erfüllt. Denen, die sonst noch davon wussten, hat sie aufgetischt, sie habe es verloren.«

So war das also. Jetzt ergab auch Rita Lugners Kommentar, sie sei mit Violetta Kalski immer auf einen gemeinsamen Nenner gekommen, einen Sinn. Ich fand meine Sprache wieder. »Haben Sie Ihrem Mann jemals reinen Wein eingeschenkt?«

»Nein, ich wollte nicht darüber reden.«

»Aber uns haben Sie es doch gerade erzählt«, sagte Diana.

»Das ist etwas anderes, es geht schließlich um einen Mordfall.«

»Also lief gar nichts zwischen Ihrer Schwester und Andreas?« Zum Glück hatte ich dieses Thema meiner Mutter gegenüber nicht zur Sprache gebracht. Innerlich klopfte ich mir auf die Schulter. *Sehr vorausschauend, Elli. Erst denken, dann reden. Das solltest du beibehalten.*

»Natürlich lief da was, sonst hätte sie Andreas und seine Mutter doch nicht so unter Druck setzen können. Es war aber nur eine einmalige Angelegenheit für ihn. Als Rita ihm von der angeblichen Schwangerschaft erzählte, hatte er Maria gerade einen Heiratsantrag gemacht. Sie dachte, ein Kind sei das perfekte Druckmittel, aber da hat sie sich wohl geirrt. Er wollte sich trotzdem nicht von Maria trennen und schon gar nicht meine Schwester heiraten. Also verlegte sie sich darauf, zumindest eine Art Gegenwert aus Violetta Kalski herauszuholen. Und dann war er plötzlich verschwunden.«

»Ganz schön starkes Stück, das mit dem Gemälde.« Diana zog ihren Autoschlüssel aus der Tasche. »Rita Lugner sollte sich was schämen, dass sie es überhaupt noch besitzt. Und dass sie uns belogen hat, ich hatte echt Mitleid mit ihr wegen der Sache mit ihrem Kind. Soll ich dich direkt nach Hause bringen, oder hast du noch was vor?«

»Können wir noch kurz bei Hans Lemke vorbeischauen? Ich möchte gern wissen, wie es ihm geht und ob er die Trauung wie geplant vornehmen kann. Außerdem würde mich interessieren, ob er Günther Fabricius kennt.«

Lemke war nicht zu Hause, sein Wagen stand nicht auf

dem Parkplatz. Also war er sicher schon wieder in Amt und Würden.

»Bestimmt hat er sich extra für deine Mutter aufgerappelt«, sagte Diana. »Da soll noch mal jemand sagen, dass es keine echte Freundschaft zwischen Männern und Frauen gibt.«

Diana setzte mich vor meiner Wohnung ab und wartete, bis ich die Tür verschlossen hatte. Sie hupte zum Abschied und fuhr davon.

Die letzte Nacht war wegen Sebastians Auftauchen ziemlich schlaflos ausgefallen, und ich hatte noch drei Stunden Zeit bis zu meinem Treffen mit Alexa. Ich kuschelte mich aufs Sofa und schaltete den Fernseher ein. Mit geschlossenen Augen lauschte ich einer Dokumentation über den deutschen Adel. Genau das Richtige zum Einschlafen.

Ehe ich wegdämmern konnte, klingelte mein Telefon.

»Hallo, Nori, wie ist die Lage?«

Victoria klang für meinen Geschmack viel zu munter.

»Gut so weit, ich liege gerade auf dem Sofa.«

»Perfekt! Ich langweile mich auch zu Tode. Ich bin in zwanzig Minuten bei dir.«

»Ich langweile mich nicht!«

Aber sie hatte schon aufgelegt.

## 26

»Ich dachte, du hast schon ein Kleid für die Hochzeit. Versteh mich nicht falsch, Nori, ich freue mich ja, dass du einen Einkaufsbummel vorgeschlagen hast, aber wie komme ich zu der Ehre?«

»Der Reißverschluss an meinem Kleid ist kaputtgegangen.« Das war nicht einmal gelogen, denn das potthässliche Chinading war quasi auseinandergefallen, als Phil mich daraus befreit hatte.

»Bei einem neuen Kleid? Konntest du es nicht umtauschen?«

»Ich habe es mir schicken lassen, bis zur Hochzeit bekomme ich kein neues.«

Früher oder später musste ich ohnehin Zeit mit Victoria verbringen, also konnte ich gleich zwei Fliegen mit einer Klappe schlagen und die Schwesternzeit mit der Suche nach dem Kleid verbringen, in dem Madame Cassandras Vorhersage wahr werden würde.

Wir verließen den Carolinenhof, kurz »Caro«, den ich wegen seines Fressangebots gern »Kalorienhof« nenne, und gingen am Rathaus vorbei in Richtung Fußgängerzone. Kinder spielten am Wasserspiel auf dem Rathausplatz und sprangen zwischen den Fontänen herum. Victoria zeigte keinerlei Ermüdungserscheinungen, sie lief auch nach dem siebten Klamottengeschäft noch so munter und vergnügt auf ihren High Heels wie zu Beginn unserer Shoppingtour.

»Ich hab Hunger.« Ich ließ mich auf eine Bank vor dem Historischen Museum sinken, die gleich neben »Oma und Opa« stand, der Bronzeskulptur eines Moorbauernpaares. Im Kalorienhof hatte ich nur eine Laugenstange gegessen, und da mein Frühstück heute ausgefallen war, stand ich kurz vorm gefühlten Hungertod.

»Du willst doch jetzt nicht ernsthaft etwas essen und danach weiter Kleider anprobieren?«

»Auf der Hochzeit werde ich doch auch was essen, dann sehe ich gleich, wie dehnbar der Stoff ist.«

Victoria sah nicht begeistert aus, aber da sie wusste, wie unleidlich ich werden konnte, wenn ich Hunger hatte, gab sie nach, und wir landeten im Friesenimbiss.

»Hey, Lieblingskundin«, begrüßte mich Imke hinter dem Tresen, während meine Schwester einen freien Tisch ansteuerte.

Imke ist die Meisterin der Fritteusen. Wenn sie bei Paulis Pommesmobil anheuern würde, hätte die Konkurrenz überhaupt keine Chance mehr. Wir haben früher mal im selben Sportverein Handball gespielt, aber nur so lange, bis ich herausfand, dass es eine Sache gibt, die ich noch schlechter kann als ausdauernd laufen: werfen.

»Du siehst so unversehrt aus«, sagte Imke.

Ich hob die Brauen. »Sollte ich das nicht?«

Zur Antwort deutete sie auf das Zeitungsregal. Im zweiten Korb von oben hing der Ostfriesland-Reporter. Die Überschrift wurde durch einen der Gitterstäbe halb verdeckt, aber ich erkannte das Gesicht auf der Titelseite. Es war meins.

Ich nahm die Zeitung heraus. Das Foto stammte vom letzten November, es war kurz nach meiner Flucht aus Sugarboys Versteck aufgenommen worden und zeigte mich mit einem großen Pflaster auf der Stirn. »Journalistin des Ostfriesland-Reporters knapp einem tödlichen Bombenanschlag entkommen«, lautete die Überschrift. »Ist der Kalski-Mörder nun auch hinter ihr her?« Darunter befanden sich zwei weitere Fotos, eines von Andreas und eines von Violetta Kalski.

»Scheiße.« Ich überflog den Bericht, in dem Violetta Kalskis Todesursache genannt wurde. Erstechen, aber das war mir schon klar gewesen, als ich sie da in dem Sessel sitzen sah. Was die Künstlerin betraf, konnte ich nur auf die öffentlich zugänglichen Informationen in Bezug auf den Ermittlungsstand zurückgreifen, Hintergrundinfos wie in Andreas' Fall lagen mir nicht vor. Ich glaubte aber ohnehin, dass der Schlüssel zur Lösung der beiden Todesfälle in seinem Leben und Sterben zu finden war.

»Bei dir ist auch immer was los«, sagte Imke, während sie meine Pommes würzte.

Ich nahm die Portion in Empfang und ging mitsamt der Zeitung zu dem Tisch, an dem Victoria bereits vor ihrem Salat saß. »Weißt du, ob Mama heute schon den Ostfriesland-Reporter gelesen hat?«, fragte ich.

»Ich glaube nicht. Sie musste heute ganz früh los, weil sie vor der Arbeit noch einen Arzttermin hatte.«

Das erklärte, warum sie mir nicht schon längst am Telefon die Hölle heißgemacht hatte.

Ich drehte die Titelseite so, dass Victoria sie lesen konnte. »Könntest du die Zeitung nachher verschwinden lassen? Es ist nicht nötig, dass sie das liest.«

»Nori!« Victoria überflog die Schlagzeile und sah mich fassungslos an. »Wo bist du denn da reingeraten?«

Es blieb mir nichts anderes übrig, als ihr von den jüngsten Geschehnissen zu erzählen, inklusive eines kurzen Rückblicks auf die Ereignisse, die dem Foto vorausgegangen waren. Auch Karls Ableben brachte ich zur Sprache, obwohl es mir nicht leichtfiel. Wenn ich schon damit rausrücken musste, dann sollte sie auch wirklich alles über den ganzen Mist erfahren, durch den ich im letzten Herbst gehen musste. Victoria und ich haben nicht unbedingt das engste Verhältnis, aber im Laufe unseres Gesprächs fühlten wir beide, dass dies einer der innigen Momente war, die nur Geschwister miteinander teilen.

»Ich fürchte, es bringt nichts, wenn ich die Zeitung wegwerfe«, sagte sie schließlich. »Mama will heute noch einkaufen.«

Ich nickte gottergeben. Das war's also. Schicksal, nimm deinen Lauf. Wenn man so gut vernetzt war wie meine Mutter, glich das Einkaufen einer Klatsch-und-Tratsch-Tour, vorausgesetzt, dass man die richtigen Leute traf. Was in Großefehn praktisch immer der Fall war. Völlig ausgeschlossen, dass ich ihr die Sache mit der Bombe verheimlichen konnte.

Wir räumten unsere Teller ab und stürzten uns wieder in das Gewühl der Fußgängerzone. Im Schaufenster eines unscheinbaren kleinen Ladens, der keiner der großen Modeketten angehörte, entdeckte ich ein graublaues Kleid. Mittellang, mittellange Ärmel. Hammermäßiger Ausschnitt.

»Das gibt's doch nicht!« Ich eilte in den Laden und probierte das Wunderwerk an. Es saß gut, betonte die Brust und lenkte von meinem Bäuchlein ab. Mit dem richtigen Make-up und einer anständigen Frisur würde ich einiges hermachen.

Vollkommen beseelt verließ ich den Laden. Ich fühlte mich wie frisch verliebt und ließ mich sogar dazu hinreißen, noch ein Paar High Heels zu kaufen, um meinen Look zu vervollständigen. Okay, wirklich hoch waren die Absätze nicht, aber man muss dabei auch den Ausgangspunkt betrachten, und der lag bei mir auf Sneakers-Niveau.

Mein Hochgefühl wurde nur dadurch abgeschwächt, dass mein Handy einen eingehenden Anruf meiner Mutter meldete. Sie hatte also von den »bombigen Nachrichten« erfahren. Tja, mal gewinnt man, mal verliert man.

Victoria machte sich nach Großefehn auf, und ich schaute bei Alexa im Kontaktzentrum vorbei, da ich mich ohnehin in der Nähe aufhielt.

»Dann können wir uns den Besuch bei Rita Lugner wohl sparen«, sagte Alexa nach meinem Bericht über den Besuch bei Sabine Heykes. Wirklich enttäuscht wirkte sie nicht, eher zufrieden, dass ihre Vermutung, Violetta Kalski habe das Gemälde in zweifacher Ausführung angefertigt, bestätigt worden war.

»Denke ich auch. Ich wüsste nur gern, warum Sabine Heykes sich heute so merkwürdig verhalten hat. Vielleicht hatte es ja bloß etwas damit zu tun, dass sie ihren Mann schützen wollte. Aber wenn nicht …«

»Du sagst, Frank Heykes sei ihrer Meinung nach am Tag von Violetta Kalskis Ermordung auf einer Fortbildung gewesen. Weißt du, wo?«

Ich dachte angestrengt nach. »Irgendwo nebenan in den Niederlanden. Aber frag mich nicht, wo genau, das hat sie uns nicht gesagt. Diana und ich wollten das noch überprüfen.«

»Lass mich nur machen, ich improvisiere einfach. Du hast nicht zufällig die Telefonnummer seiner Firma parat?«

»Zufällig nicht.«

Alexa suchte die Nummer heraus und rief Heykes' Arbeitgeber an. Sie brachte einen astreinen niederländischen Akzent zustande und gab sich als Verwaltungsmitarbeiterin eines Fortbildungszentrums aus. Dabei sprach sie den Namen so undeutlich aus, dass er alles oder auch nichts hätte heißen können.

Das Gespräch dauerte nur eine Minute, dann legte sie mit einem zufriedenen Grinsen das Handy zur Seite. »Von wegen Fortbildung, es hat nie eine stattgefunden. Die Bürofrau sagte, Frank Heykes sei an dem Tag ganz normal zur Arbeit erschienen.«

»Dann könnte er theoretisch zwischen zwei seiner Touren zur Seniorenresidenz gefahren sein und Violetta Kalski umgebracht haben. Aber was hat dann der Mann ohne Gesicht mit der Sache zu tun? Heykes kann es ja nicht sein, er ist zu stämmig.«

»Ich würde mir diese Sabine Heykes gern mal persönlich ansehen. Wir hätten ja ohnehin den Nachmittag mit der Befragung ihrer Schwester verbracht, dann ändern wir eben unsere Pläne.«

»Hauptsache, wir nehmen dein Auto. Es sei denn, du stehst darauf, dich wie ein Brathähnchen im Backofen zu fühlen.«

Sabine Heykes war nicht wenig überrascht, als wir am Nachmittag schon wieder bei ihr auf der Matte standen. Sie bat uns ins Haus, dieses Mal gingen wir jedoch ins Wohnzimmer, in dem das Mobiliar ein wenig an die Einrichtung ihrer Schwester erinnerte, nur in bescheidenerer Ausführung.

»Ich falle am besten gleich mit der Tür ins Haus«, sagte Alexa, nachdem wir ein bisschen Small Talk gemacht hatten. »Ich bin mit dem Arbeitgeber Ihres Mannes eng befreundet und habe bei ihm wegen der Fortbildung am vergangenen Freitag nachgehakt.«

Sabine Heykes' Augen wurden groß, sie lehnte sich in ihrem Sessel zurück und krallte die Fingernägel in die Armlehnen. »Was wollen Sie damit sagen? Wollen Sie mir etwa unterstellen, ich hätte gelogen, um meinem Mann ein Alibi für den Mord an Violetta Kalski zu geben?«

»Hat Ihr Mann Ihnen von der Fortbildung erzählt?«, fragte ich.

»Ja, er tat es an dem Tag, als die Kalski ermordet wurde.« Sie stockte. »Komischerweise erst, nachdem er von dem Mord erfahren hatte. Oh, ich mag gar nicht daran denken, was das bedeuten könnte.« Tränen sammelten sich in ihren Augen.

Alexa beobachtete Sabine Heykes ungerührt.

»Sie müssen mir glauben, dass mein Mann so etwas nie tun würde. Er ist ein guter Mensch, er ist mein Ein und Alles.« Jetzt brach sie in Tränen aus und vergrub ihr Gesicht in den Händen.

Ich sah hilfesuchend zu Alexa. Ich bin nicht unbedingt der Mensch, der wildfremde Leute in den Arm nimmt, aber ich hatte das Gefühl, irgendwas tun zu müssen.

»Nicht schlecht, aber ein wenig zu dick aufgetragen«, stellte Alexa ungerührt fest.

»Wie meinen Sie das?« Sabine Heykes sah nicht auf, sie hielt ihr Gesicht immer noch in den Händen und schluchzte.

»Sie ziehen hier doch nur eine Show ab. Was wollen Sie mit dem Mist erreichen?«

Ich sah mit weit aufgerissenen Augen zu Sabine Heykes. Ich konnte es nicht glauben, aber als sie den Blick hob, war ihr Gesicht vollkommen trocken. Sie hatte nicht eine Träne vergossen, lediglich die Abdrücke ihrer Hände, die sie aufs

Gesicht gepresst hatte, hatten einige rötliche Flecken hinterlassen.

»Was hat mich verraten?«

Alexa lächelte nachsichtig. »Gute Frau, ich arbeite mit Verbrechern zusammen, ich werde tagtäglich mit den kreativsten Lügen konfrontiert. Mittlerweile verfüge ich über einen eingebauten Lügendetektor.«

Sabine Heykes setzte sich bequemer hin und hob die Schultern. »Einen Versuch war's wert.«

»Aber was … Warum?« So viel Unverfrorenheit ging einfach nicht in meinen Schädel.

»Warum?«, fauchte sie mich an. »Sehen Sie sich meinen Mann doch mal an! Ich habe mich für ihn zurechtgehungert, habe mein komplettes Äußeres verändert, und was macht er? Mutiert zu einem fetten, haarlosen Hefekloß! Ich will Frank lieber heute als morgen loswerden, meinetwegen können sie ihn einbuchten und nie wieder rauslassen. Und diese Besessenheit von seinem blöden Steingarten! Meine Schwester hatte recht, er war eine beschissene Partie. Ich wünschte, ich hätte das eher erkannt und wäre ihm nicht mein halbes Leben lang hinterhergelaufen.«

»Haben Sie sich absichtlich so übertrieben verhalten, als ich heute mit meiner Freundin hier war?«, fragte ich. »Damit wir das Alibi Ihres Mannes anzweifeln? Haben Sie sich das alles nur ausgedacht, damit er Schwierigkeiten bekommt, und es gab gar keine Fortbildung?«

»Ganz genau. Aber keine Sorge, alles andere ist wahr. Von Rita habe ich gelernt, stets Lüge und Wahrheit zu vermischen, damit es glaubhafter klingt.«

»Bine, was sagst du denn da?« Frank Heykes erschien im Türrahmen, fassungsloses Entsetzen im Gesicht.

Ich hatte das Gefühl, etwas sagen zu müssen, aber ich brachte kein Wort heraus. Ich hatte sogar das Bedürfnis, mich zu entschuldigen, weil es durch meine Nachforschungen zu dieser Situation gekommen war.

»Ich fürchte, wir müssen dann mal los«, sagte Alexa.

Wir konnten gar nicht schnell genug aus dem Haus rauskommen. Als wir wieder in ihrem Wagen saßen, fühlte ich mich, als hätten wir soeben eine Bombe gezündet.

»Gefällt mir ganz außerordentlich.« Phil zwinkerte mir vielsagend zu, seine blaugrauen Augen funkelten.

Ich lief vor meinem Laptop auf und ab, um ihm mein neu erstandenes Kleid vorzuführen und die Schuhe, die Victoria mir im Anschluss aufgeschwatzt hatte. Silberne Riemchenpumps. Für Kleid und Schuhe war fast das gesamte Honorar draufgegangen, das ich bisher für meine Artikelserie vom Ostfriesland-Reporter bekommen hatte, aber hey, man lebt nur einmal. Und wenn Phil es zur Hochzeit schaffte, wollte ich ihn völlig aus den Socken hauen. Die ganze Fahrerei von München nach Aurich sollte sich ja auch lohnen.

Ich setzte mich im Kleid an den Schreibtisch. »Was macht dein Fall?«

O'Malley hopste auf die Tischplatte, um seinen Protestmarsch für mehr Freiheit vor meinem Bildschirm fortzuführen. Ich setzte ihn wieder auf den Boden, von wo aus er mich finster anstarrte.

»Viele offene Fragen, einige Verdächtige. Die Chancen stehen nicht sehr gut, dass ich es zur Hochzeit schaffe.«

Positiv denken. Du hast das Kleid, und Madame Cassandra hat gesagt, in diesem Kleid würdest du deiner großen Liebe gegenüberstehen. Innerlich wiederholte ich diese Worte wie ein Mantra. »Ich bleibe trotzdem vorsichtig optimistisch.«

»Klingt vernünftig. Ach, mein Handy klingelt schon wieder.« Zum Beweis hielt er das blinkende Display vor die Kamera. »Das ist der Leiter der Mordkommission, ich muss rangehen. Mach's gut. Ich liebe dich, Elli.«

»Ja … äh … dito.«

»Immerhin.« Phil schüttelte lächelnd den Kopf und trennte die Verbindung.

Unschlüssig starrte ich auf den leeren Bildschirm. Insgeheim war es mir mehr als recht, dass wir unser Gespräch so abrupt hatten beenden müssen, denn ich wollte mich auf keinen Fall wegen Sebastian verplappern. Phil würde mich sofort durchschauen, dagegen war Alexas eingebauter Lügendetektor ein Einsteigermodell.

Ich beschloss, früh ins Bett zu gehen. Für morgen hatte ich mir eine Menge vorgenommen, ich wollte Inge Behrends und Dieter Kuhlmann aufsuchen, da beide bislang nicht auf meine Nachricht reagiert hatten. Auch Norbert Coordes würde Besuch von mir bekommen, denn seit seiner Facebook-Antwort bezüglich Andreas' Verschwinden hatte sich an der Ausgangslage eine Menge geändert. Phils Einschätzung nach musste der Mörder im engeren Kreis um Andreas zu finden sein. Da er keine näheren Verwandten mehr gehabt hatte, standen die Freunde im Fokus meiner Ermittlungen. Und deren Aussagen hörte ich mir am besten von Angesicht zu Angesicht an.

Ich wusch mich, putzte mir die Zähne und zog ein Trägertop mit einer kurzen Hose als Schlafanzug an. Ich wollte gerade noch Diana anrufen, um die neuesten Entwicklungen mit ihr zu besprechen, als mein Handy klingelte. Ich kannte die Nummer nicht, ging aber ran. Es war Sebastian.

»Ich stehe vor deiner Tür. Wie sieht es mit einer Lagebesprechung aus?«

»Woher weiß ich, dass du es bist? Vielleicht ist der Mann ohne Gesicht ein guter Stimmenimitator.«

»Okay, aber ich werde es danach nie wieder sagen.« Ich konnte beinahe hören, wie Sebastian die Augen verdrehte. »Codewort ›mieser Verräter‹.«

## 27

Ich öffnete die Tür, und wir gingen ins Wohnzimmer, wo wir unsere Plätze vom vorherigen Abend einnahmen.

»Ich dachte, du hast kein Handy, auf dem ich dich erreichen kann«, sagte ich.

»Ich benutze eine Prepaid-Karte, die ich regelmäßig wechsle, du musst dir die Nummer nicht merken. Hast du heute etwas Neues in Erfahrung bringen können?«

»Wie man es nimmt. Wir waren bei Sabine Heykes. Sie hat ihren Mann zum Schein entlastet, wollte aber letztlich gerade dadurch den Verdacht auf ihn lenken, um ihn hinter Gitter zu bringen. Das heißt, was den Verdacht gegen ihn betrifft, sind wir so schlau wie zuvor.«

Sebastian hob die Augenbrauen. »Klingt nach der ganz großen Liebe. Sind Scheidungsanwälte heutzutage so teuer?«

»Ich kann es dir nicht sagen, diese Frau ist mir ein Rätsel. Anfangs fand ich sie ja ganz nett, aber inzwischen hat sich gezeigt, dass sie genauso manipulativ ist wie ihre Schwester.«

»Heißt das, du verdächtigst Frank Heykes jetzt nicht mehr?«

Ich schüttelte den Kopf. »Er ist nach wie vor mein Hauptverdächtiger.«

»Wie gehst du weiter vor?«

»Morgen will ich diejenigen Freunde von Andreas aufsuchen, mit denen ich bisher noch nicht sprechen konnte. Das Problem ist, dass der Täter damals aller Wahrscheinlichkeit nach als Aushilfe bei Friesen-Bau gearbeitet hat, doch diese Firma existiert seit fünfunddreißig Jahren nicht mehr. Ich kann also nicht ausmachen, ob die Befragten mich belügen, wenn ich sie frage, ob sie dort beschäftigt waren. Und an andere Daten, aus denen das hervorgehen könnte, komme ich auf legalem Weg wegen des Datenschutzes nicht ran. Kannst du mal versuchen, da was in Erfahrung zu bringen?« Ich gab ihm eine Liste, auf der alle Namen von Frank Heykes bis Dieter Kuhlmann aufgeführt waren.

»Ich werde sehen, was sich machen lässt.« Sebastian steckte den Zettel ein.

»Hast du etwas über Günther Fabricius herausbekommen?«

»Vor allem ist mir bei den Recherchen über ihn etwas aufgefallen. Du sagtest doch, dass er Andreas kannte. Ich glaube, man könnte ihn als seinen Fan bezeichnen. Guck dir mal diese Aufnahme an.« Er zog ein Foto hervor, auf dem ein Mann von Anfang zwanzig zu sehen war, mit halblangen blonden Haaren wie Andreas Kalski, die jedoch nicht so ganz zu seinen eher grobschlächtigen Gesichtszügen passten. Die Kiefermuskulatur war angespannt, der Blick starr auf den Betrachter gerichtet.

»Fabricius trägt auf dem Foto ja sogar eins dieser leuchtend gelben T-Shirts«, sagte ich. »Sieht ganz so aus, als habe er versucht, Andreas zu imitieren. Jetzt, da ich darüber nachdenke, fällt mir auf, dass er sich gar nicht bei mir gemeldet hat, nachdem er von Andreas' Tod erfahren hat. Dabei hat die Nachricht vom Leichenfund groß in der Zeitung gestanden und ist seither Stadtgespräch. Das ist doch sehr auffällig.«

»Du solltest ihm auf jeden Fall noch mal auf den Zahn fühlen.«

Der Träger meines Tops war über meine Schulter gerutscht, und mir fiel auf, dass Sebastian meine nackte Haut anstarrte. Ich schob den Träger an seinen Platz zurück; für einen Moment trafen sich unsere Blicke.

»Irgendwie ist mir nicht ganz wohl dabei«, sagte ich, als ich mich gesammelt hatte. »Auf dem Foto kommt er ganz schön gruselig rüber, wie er da so verbissen in die Kamera starrt. Als ob er zwei Gesichter hätte, von denen ich bislang nur das nette, entgegenkommende kenne.«

»Ruf mich an, bevor du zu ihm gehst, und lass dein Handy

eingeschaltet in der Tasche, damit ich mithören kann. Ich werde mich in der Nähe aufhalten.«

»Und wie soll das gehen, wenn ich keine Nummer von dir habe?«

Sebastian überlegte kurz. »Nimm die Nummer, von der ich dich heute Abend angerufen habe.«

»Also wird diese Karte doch nicht so schnell gewechselt?«

»Lass es mich nicht bereuen.«

Ich begleitete ihn zur Tür und sah verstohlen nach links und rechts, die Straße war leer. »Keiner da. Sehen wir uns morgen zur nächsten Lagebesprechung?«

Er ging an mir vorbei, während ich im Türrahmen stehen blieb, und hielt dabei Blickkontakt. Das letzte Mal, als wir uns so nah gewesen waren, hatten wir uns geküsst, und auch wenn ich es momentan gar nicht brauchen konnte, schwappte die Erinnerung wie eine Welle durch meinen Körper.

»Auf jeden Fall. Bestimmt kann ich dir dann was Neues zu den Personen auf deiner Liste sagen.«

»Bis morgen.« Ich schloss die Tür, so schnell ich konnte, und rannte ins Wohnzimmer zurück. Es war spät geworden, aber ich musste dringend noch mit Diana sprechen. Über den Fall natürlich, auch wenn ich das Erlebnis von gerade eben nicht unter den Tisch fallen lassen konnte.

»Ha! Alte Liebe rostet nicht«, sagte sie nach meinem Bericht.

»Auf Sabine Heykes trifft das alles andere als zu.« Dianas anzüglichen Unterton und das, worauf sie eigentlich hinauswollte, ignorierte ich. »Immerhin wollte sie ihren Mann in den Knast bringen.«

»Hätte ich an ihrer Stelle auch gemacht. Weißt du, wie teuer so eine Scheidung ist? Da kannst du deinen Kerl besser wegsperren lassen, Kost und Logis sind frei, und du kannst das ganze Geld allein verprassen. Außerdem läufst du ihm dann nicht zufällig in der Stadt über den Weg. Eigentlich kann man damit nur gewinnen.«

»Wie sieht es eigentlich momentan mit dir und Bruno aus?«

Diana lachte zufrieden in den Hörer. »Alles bestens. Er will beruflich kürzertreten und ist jetzt wieder mein Bruno-Bussibärchen.«

»Wenn du noch einmal Bruno-Bussibärchen sagst, muss ich mich übergeben.«

»Jetzt hab dich nicht so. Jedenfalls kommt er Freitag mit zur Trauung und ebenso zur Hochzeitsfeier am Samstag.«

Nicht unbedingt meine Wunschvorstellung. Andererseits war ich echt gespannt darauf, wie Bruno ohne die ganze Schminke aussah.

Ich startete früh in den nächsten Morgen, um mein mir selbst auferlegtes Tagespensum zumindest in Teilen zu erfüllen. Günther Fabricius war auf meiner To-do-Liste ganz nach oben gerückt, da er neben Frank Heykes und Rita Lugner in den erlauchten Kreis meiner Verdächtigen aufgenommen worden war.

Ich trat hinaus in den Sonnenschein, froh, O'Malleys vorwurfsvollen Blick nicht länger ertragen zu müssen. Es wurde wirklich Zeit, dass wir den Mann ohne Gesicht enttarnten, damit mein Kater wieder seinen gewohnten Beschäftigungen nachgehen konnte.

Ich hatte meinen Besuch nicht angekündigt, entsprechend überrascht sah Günther Fabricius mir aus der geöffneten Haustür entgegen. »Elli, was für eine Überraschung. Kommen Sie doch rein.«

Ich trat ein, begrüßte seinen Hund und folgte ihm ins Wohnzimmer. In meiner Handtasche befand sich neben meiner Dose mit Pfefferspray mein eingeschaltetes Handy, am anderen Ende lauschte Sebastian.

»Jacky, nun lass unseren Besuch doch erst einmal Platz nehmen.« Der Jack Russell hopste wie ein Flummi um meine Beine herum. Günther Fabricius wies auf einen Sitzplatz auf dem Sofa, und ich ließ mich nieder. »Seit Ihrem letzten Besuch hat sich ja eine ganze Menge getan.«

»Allerdings. Ich wundere mich, dass Sie sich nicht bei mir gemeldet haben, nachdem Sie von dem Mord an Andreas hörten.«

»Ehrlich gesagt bin ich davon ausgegangen, Sie würden sich bei mir melden, nachdem wir uns doch so angeregt über den Fall unterhalten hatten und ich Ihnen sogar meine Unterlagen überlassen habe.«

Ich lächelte entschuldigend. »Dann bin ich wohl einfach spät dran.« Ich gab wieder, wie mich Violetta Kalskis Bemerkung über die dritte Tür zu der Leiche neben ihrem Atelier geführt hatte.

»Hm, mit so einem Ausgang hatte ich nicht gerechnet«, sagte Fabricius. »Ich dachte, er lässt sich in Südeuropa die Sonne auf den Bauch scheinen.«

»Sie haben durch Ihre Artikel maßgeblich dazu beigetragen, dass diese Meinung in der Öffentlichkeit entstand«, gab ich zu bedenken.

»Worauf wollen Sie hinaus?«

Ich zog das Foto, das Sebastian mir am Abend zuvor gegeben hatte, aus meiner Handtasche, dabei achtete ich darauf, das eingeschaltete Handy nicht zu berühren, um die Verbindung nicht vorschnell zu beenden. »Sie waren allem Anschein nach ein Bewunderer von Andreas Kalski, Sie wollten sogar so aussehen wie er.«

Günther Fabricius blieb der Mund offen stehen. Schließlich atmete er tief durch und senkte den Blick. »Es musste ja eines Tages rauskommen.«

»Also geben Sie zu, dass Sie etwas mit seinem Tod zu tun hatten?« Ich versenkte die Hand in der Tasche und griff nach dem Pfefferspray.

»Was? Nein, wie kommen Sie denn darauf?« Er sah mich völlig entgeistert an.

»Sie haben es doch gerade selbst gesagt.«

»So ein Quatsch, ich hätte ihm doch nie etwas angetan. Ich war in Andreas verliebt.« Seine Stimme wurde leiser, fast flüsternd ergänzte er: »Das hätte nicht herauskommen sollen. Niemand weiß über meine Homosexualität Bescheid.«

Okay, mit dieser Antwort hatte ich nun nicht gerechnet. Ich ließ die Spraydose los. »Dann haben Sie sich bis heute nicht geoutet? Wieso? Wir leben im einundzwanzigsten Jahrhundert, wo ist das Problem?«

»Ich habe nach Andreas nie wieder einen Mann getroffen, mit dem ich mich so verbunden gefühlt habe. Warum hätte ich mich also dem Spott der Leute aussetzen sollen? Es mag heute einfacher sein als damals, aber ich lebe lieber allein, als mich mit der zweiten Wahl zufriedenzugeben.«

Vierzig Jahre allein? Ich dachte daran, dass meine Mutter gesagt hatte, sie habe nach Andreas das Gefühl gehabt, Hochzeiten stünden für Sie unter einem schlechten Stern. Andreas Kalski musste das gewisse Etwas gehabt haben, wenn sie sich so nachhaltig von ihm beeinflussen ließ und ein Mensch wie Günter Fabricius ihm sein Leben lang nachtrauerte. »Haben Sie ihm Ihre Gefühle gestanden?«

Günther Fabricius blickte zu Boden. »Ja. Ich habe es ihm gesagt … und ihn geküsst.«

»Wie hat er reagiert?«

»Nett. Das machte die Sache ja so unerträglich.« Sein Gesicht verzog sich zu einer gequälten Miene. »Er schob mich von sich weg und erklärte mir ganz ruhig, dass er nicht auf Männer steht und sich gerade frisch verlobt hat. Wenn er mich ausgelacht oder beschimpft hätte, wäre es leichter gewesen, dann hätte ich ihn wenigstens hassen können.« Er schüttelte den Kopf. »Gott, wenn ich ihn doch nur nie geküsst hätte, die Erinnerung daran lässt mich bis heute nicht los.«

Ich dachte an gestern Abend, als ich Sebastian beim Abschied so nahe gewesen war. Auch ich konnte die Erinnerung an unseren Kuss im letzten Herbst nicht verdrängen. Die Ähnlichkeiten zwischen ihm und Andreas nahmen mittlerweile fast beängstigende Ausmaße an.

Ich verabschiedete mich, ging zu meinem Auto zurück und

zog das Handy aus meiner Handtasche. »Hast du alles verstanden?«

»Klar und deutlich.«

»Was hältst du davon?«

»Hörte sich nicht unbedingt nach einer Lüge an.«

»Den Eindruck habe ich auch.« Ich sah mich um, ob ich Sebastian in einem der umstehenden Fahrzeuge ausmachen konnte, aber Fehlanzeige. Alle einsehbaren Wagen waren leer. Es rumpelte in den rostigen Eingeweiden meines Golfs, als ich den Zündschlüssel drehte, der Motor sprang klappernd an. »Dann bis heute Abend. Es bleibt doch dabei, oder?«

»Klar, selber Ort, gleiche Zeit. Auf das Codewort würde ich dieses Mal aber gern verzichten.«

Ich fuhr auf direktem Weg zur Firmenadresse von Inge Behrends in einem Gewerbegebiet im Auricher Norden. Die Unternehmerin hatte eine raue Stimme, ein langes Gesicht, das von einem schlecht geschnittenen Pagenschnitt mit schiefem Pony eingerahmt wurde, und auffallend kräftige Hände. Auf dem papierbeladenen Schreibtisch ihrer Baufirma mit angrenzendem Baustoffhandel stand eine benutzte Kaffeetasse mit der Aufschrift »Leg dich niemals mit der Chefin an«. Ich nahm ihr gegenüber auf einem weich gepolsterten Besucherstuhl Platz und erklärte mein Anliegen.

»Haben Sie meine Mail neulich bekommen?«, fragte ich, weil mich wirklich interessierte, warum sie nicht geantwortet hatte. Sie wirkte nicht so, als wollte sie einem Gespräch mit mir aus dem Weg gehen.

»Was für eine Mail?«

»Ich habe Ihnen über Facebook eine Nachricht geschickt.«

»Ach, da schaue ich nur alle Jubeljahre mal rein. Sehen Sie sich mein Profil an, ich habe siebenundzwanzig Freunde, selbst meine bettlägerige Mutter hat mehr.«

»Seit wann kannten Sie Andreas?«

»Seit unserer Kindheit. Und um Ihre nächste Frage vorwegzunehmen: Wir hatten nie etwas miteinander. Wir waren einfach nur richtig gute Freunde.«

»Wann sind Sie ihm das letzte Mal begegnet?«, fragte ich.

»Bei Norberts Geburtstag, davor hatten wir uns etwa zwei Wochen lang nicht gesehen. Wobei wir uns auch da nur zufällig im Freibad über den Weg gelaufen waren.«

»Das ist aber ungewöhnlich, wenn Sie so eng befreundet waren, wie Sie sagen.«

»Ja, das stimmt. Davor haben wir uns fast täglich getroffen.« Sie sah gedankenverloren auf ihren Kaffeebecher.

»Lag es an meiner Mutter?«

Sie hob den Blick. »Nein, Maria hatte damit nichts zu tun. Wissen Sie, mein Vater hatte früher ebenfalls eine Baufirma. Zu der Zeit sah es aber nicht gerade rosig aus. Als ich von den Umbauplänen der Kalski erfuhr, bat ich Andreas, seine Mutter dahingehend zu bearbeiten, dass sie meinem Vater den Auftrag für den Umbau gab. Eine komplette Renovierung der Villa von oben nach unten über drei Etagen, das hätte unsere Firma retten können.«

»Aber Frau Kalski hat sich für Friesen-Bau entschieden«, sagte ich.

»Angeblich tat sie das, weil Friesen-Bau sich schon frühzeitig beim Trockenausbau einen Namen gemacht hatte. Was nicht heißt, dass mein Vater dazu nicht ebenso in der Lage war. Unsere Firma ist kurz darauf pleitegegangen. Die Kalskis haben gewusst, wie schlecht es um uns stand, und hätten uns helfen können, doch sie taten es nicht. Bei Violetta Kalski wundert mich das nicht, sie war schon immer egoistisch, aber Andreas hätte sich für uns einsetzen können.« Sie winkte ab. »Immerhin ging es Friesen-Bau auch nicht viel besser, die sind etwa fünf Jahre nach uns über den Jordan gegangen.«

»Kennen Sie jemanden, der dort gearbeitet hat? In Ihrem Alter vielleicht?« Mein Handy klingelte, ich drückte den Anruf weg.

»Nein, ich weiß nur, dass die Firma häufiger Hilfsarbeiter

eingestellt hat. Einiges lief wohl schwarz. Viele Jungs haben sich da nach dem Unterricht was dazuverdient, damals wurde das noch nicht so eng gesehen.«

»Können Sie mir sagen, wer der Eigentümer war?« Im Idealfall hatte der Chef noch irgendwelche Unterlagen oder zumindest die Namen seiner Mitarbeiter im Gedächtnis gespeichert.

»Anton Cirksena. Aber der ist schon lange tot.«

Es sollte wohl einfach nicht sein. »Als Sie Andreas auf der Geburtstagsfeier gesehen haben, kam Ihnen da irgendetwas an ihm anders vor als sonst?«

»Ich muss ehrlich sagen, dass ich mich an dem Abend von der Clique ferngehalten habe, mit Andreas habe ich bis auf einen kurzen Gruß gar nicht gesprochen.«

»Wie schätzten Sie die Beziehung zwischen ihm und Rita ein?«

»Sie war Franks Freundin, ich weiß nicht, ob er sie besonders gut leiden konnte. Schwierig war aber wohl, dass sie und Maria sich überhaupt nicht verstanden. Ich denke, da ist er vorsichtshalber auf Abstand zu Rita gegangen.«

Wenn die wüsste! »Und Frank Heyes? War zwischen ihm und Andreas alles in Ordnung?«

»Meines Wissens schon.«

Ich wechselte das Thema. »Kennen Sie einen Günther Fabricius?«

Inge Behrends musste kurz nachdenken. »Ja, das war doch dieser Reporter, oder? Er hat mich nach Andreas' Verschwinden aufgesucht und für einen Artikel befragt.«

»Hatten Sie ihn zuvor schon mal gesehen?«

»Ja, er war in unserem Alter und lief uns immer mal wieder über den Weg, wenn es irgendwo was zu feiern oder eine Veranstaltung gab.«

»Hatten Sie den Eindruck, dass er von Andreas ziemlich angetan war? Dass er so sein wollte wie er?«

Inge Behrends hob die Schultern. »Viele wollten so sein wie

Andreas, mir ist damals nichts Ungewöhnliches aufgefallen, aber ich war wegen unseres Streits ja auch nicht mehr mitten im Geschehen.«

»Was haben Sie an dem Tag gemacht, als Andreas verschwand?«

»Ich war mit meinem Vater auf dem Bau und habe einige Aushilfsarbeiten erledigt. Zu der Zeit war ich zwar noch in meinem Ausbildungsbetrieb beschäftigt, hatte aber Urlaub.«

Inge Behrends hatte also schon als junge Frau Erfahrungen in diesem Sektor gesammelt. Für den Moment hatte ich genug erfahren. »Vielen Dank, dass Sie Zeit für mich hatten. Schreiben Sie mich doch bitte über Facebook an, falls Ihnen noch was zu den damaligen Ereignissen einfällt.«

»Das mache ich. Ich hoffe wirklich, dass der Fall aufgeklärt wird.«

Als ich wieder in meinem Auto saß, warf ich einen Blick aufs Handy. Der Anruf eben war von meiner Mutter gekommen, ich rief zurück.

»Es gehört sich nicht, seine Mutter wegzudrücken.«

»Ich war gerade in einem Gespräch. Was liegt denn an?«

»Dein Bruder und seine Familie sind gerade angekommen. Sie wollten uns überraschen, darum haben sie auch gesagt, sie würden erst am Donnerstag hier sein. Ist das nicht toll?« Zum ersten Mal seit langer Zeit klang die Stimme meiner Mutter wieder fröhlich. »Sie können es kaum erwarten, dich zu sehen.«

Das brachte meine Tagesplanung komplett durcheinander, aber die Familie ging nun einmal vor. »Ich bin schon unterwegs.«

Die komplette Familie saß bei meinen Eltern im Wohnzimmer. Michaels Schläfen waren etwas grauer als bei unserem letzten Treffen, aber ansonsten hatte er sich nicht besonders verändert. Seine Haare hatten den gleichen rotblonden Farbton wie die unseres Vaters, und auch in seinen Gesichtszügen ähnelte er ihm. Sein Bauch wies inzwischen sogar die gleiche Wölbung auf. Es ging also nicht nur mir so, sehr beruhigend. Bestimmt war das sowieso alles Veranlagung, und Victoria konnte dem nur entkommen, indem sie sich tagtäglich im Fitnessstudio abstrampelte.

Michaels Frau Tascha sah einfach großartig aus. Sie war mehr als zehn Jahre älter als ich, wirkte aber wie Ende zwanzig. Sie hatte einen beneidenswerten olivfarbenen Hautton, große dunkle Augen und schwarzes, gewelltes Haar. Die beiden Kinder Hanna und Nele saßen so artig und aufrecht neben meinen Eltern auf dem Sofa, wie ich es bis heute nicht fertigbrachte. Sie grüßten mich höflich, denn wir sahen uns zu selten, als dass sie voller Begeisterung auf ihre Tante zustürmen würden.

»Elli!« Michael sprang auf und begrüßte mich mit einem breiten Lächeln und einer festen Umarmung.

»Bruderherz«, keuchte ich an seine Schulter gedrückt.

Victoria trat dazu und fiel in die kollektive Umarmung mit ein. Ein bisschen heile Welt inmitten des aktuellen Wahnsinns.

Meine Geschwister haben mir eine ganze Menge Steine aus dem Weg geräumt. Michael hat eine perfekte Familie und Victoria den perfekten Job, da kann ich mir meinen unperfekten Lebenswandel leisten.

Früher hatte mein Bruder riesige Spinnen in meinem Zimmer ausgesetzt, während ich im Garten nach Schätzen grub oder mich bei Windstärke zwölf vom Wind davontragen lassen wollte. Einen Schatz habe ich nie gefunden, nur Michaels Schildkröte, die eines Tages nicht mehr aus dem Winterschlaf erwacht war. Das mit dem Fliegen hat auch nicht geklappt. Victoria gab unterdessen die Mustertochter, eine ordentliche Schülerin mit Ambitionen, immer sauber und ordentlich. Im Gegensatz zu mir, deren Zimmer so gut wie nie aufgeräumt war, dafür hatte ich ständig blaue Flecken und zerrissene Hosen.

Wie so oft, wenn die ganze Familie zusammentraf, wurden alte Geschichten ausgepackt. Wir tranken Tee, aßen Kuchen und merkten gar nicht, wie die Zeit verflog. Plötzlich war es Viertel nach fünf, und ich erhob mich, um nach Hause zu fahren.

»Du bleibst doch noch zum Essen, Eleonore«, hielt meine Mutter mich zurück.

Ich ließ mich breitschlagen. In den letzten Tagen hatte ich so viel Fast Food gegessen, dass ich beinahe spüren konnte, wie meine Arterien langsam verkalkten. Auch wenn meine Mutter nicht die geborene Köchin war, so würde es bei ihr doch mit Sicherheit irgendwas wahnsinnig Gesundes geben.

Victoria und ich unterstützten sie nach Kräften in der Küche, aber wir haben wohl beide ihr Kochtalent geerbt, denn am Ende gab es zerkochten Reis mit Tomatensauce an flambiertem Gemüse, wobei das Flambieren nicht zum Rezept gehörte. Ich sollte vielleicht öfter bei meinen Eltern essen, eine bessere Diät gab es gar nicht.

»Iss lieber auf, Elli, sonst haben wir morgen beim Polterabend kein gutes Wetter«, sagte mein Vater, während ich die angebrannten Gemüsescheiben auf meinem Teller hin und her schob.

Meine Mutter horchte auf, sie witterte eine Gelegenheit, die Unwissenden zu erleuchten. »Genau genommen stimmt das nicht, da es sich bei dieser Redewendung um eine falsche Übersetzung aus dem Plattdeutschen handelt. Ursprünglich hieß es ›Et dien Töller leddig, dann givt dat mörgen wat goods weer‹, also ›Iss deinen Teller leer, dann gibt es morgen wieder etwas Gutes‹. Aus ›goods weer‹ wurde fälschlicherweise ›gutes Wetter‹ gemacht.«

Mein Vater beugte sich verschwörerisch zu mir. »Ich glaube, morgen haben wir tatsächlich mal die Chance, in diesem Haus gutes Essen zu bekommen, schließlich übernimmt das der Partyservice.«

»Es wird bestimmt eine wunderschöne Feier«, sagte Tascha, wie man es eben so sagt, wenn man ein paar Höflichkeiten loswerden will.

Ich quälte das letzte Paprikastück, auf dem ein Brandzeichen die Form eines Herzens angenommen hatte, in mich hinein. Jetzt, da ich klamottentechnisch ausgestattet war, verschaffte mir der Gedanke an die Hochzeit und alles, was damit zusammenhing, keine Schweißausbrüche mehr.

»Mir ist etwas eingefallen, womit du uns beim Polterabend helfen kannst, Eleonore. Genau genommen ist das ein Job für dich und Victoria. Ihr könnt mit den Schnapsflaschen rumgehen, während euer Vater und ich das Porzellan zusammenfegen.«

Es gibt riskante Jobs wie Geheimagent oder Bombenentschärfer. Aber nichts auf der Welt ist so gefährlich, wie bei einer ostfriesischen Feier mit einer Schnapsflasche rumgehen zu müssen. Vergisst man, seinem Gegenüber das Glas schon *vor* dem Einschenken in die Hand zu drücken, heißt es gleich »Goode Hand«, und man darf den Schnaps dann selbst trinken. »Ich könnte doch auch in den Bierwagen gehen und dort die Getränke ausschenken.«

»Das übernehmen Michael und Tascha schon.«

Ich funkelte meinen Bruder an, er lächelte siegessicher zurück. Victoria und ich hatten ganz eindeutig die Arschkarte gezogen.

O'Malley spielte das unglückliche Kätzchen mit Stockholm-Syndrom. Er hatte vor der Terrassentür Stellung bezogen und blickte sehnsüchtig in den Garten; jedes Mal, wenn ich in seine Nähe kam, rieb er sich an meinen Waden und jaulte nach Leibeskräften.

»Du kannst schmeicheln, wie du willst, ich kann dich noch nicht rauslassen. Wer weiß, was dieser Irre dir antun würde.«

O'Malley streckte sich, fuhr die Krallen aus und vergrub sie im Teppich. Dann gähnte er und offenbarte sein messerscharfes Gebiss.

»Schon klar, du bist ein ganz harter Hund.«

Ich fütterte den harten Hund mit Katzenfutter und klingelte

bei Phil durch. Er hatte kaum Zeit, also fassten wir uns kurz. Die Chancen, dass er zur Hochzeit kam, standen unverändert schlecht.

Ich suchte aus Günther Fabricius' Notizbüchern weitere Namen von Personen heraus, die in einem Zusammenhang mit Andreas gestanden hatten oder ihn jedenfalls so gut zu kennen glaubten, dass sie der Presse gegenüber von ihm sprachen. Ich hatte sie bislang nicht sonderlich beachtet, weil sie größtenteils weggezogen waren und ich keine Möglichkeit hatte, persönlich mit ihnen zu sprechen. Einige waren bereits nicht mehr am Leben. Unfälle, Suff, Krankheiten, die ganze Bandbreite. Ich machte sechs Personen bei Facebook ausfindig und schickte ihnen Nachrichten. Viel versprach ich mir nicht davon, aber ich hatte das Gefühl, auf der Stelle zu treten und irgendetwas tun zu müssen.

Der Hochzeitssaboteur, sofern es ihn wirklich gab, hatte nichts mehr unternommen, um die Hochzeit meiner Eltern zu verhindern. Eindeutig ein gutes Zeichen.

Auch um den Mann ohne Gesicht war es still geworden. Ich ging davon aus, dass Helenas Artikel dies bewirkt hatte, denn wenn eine ganze Stadt ihre Augen auf einen richtet, fällt es schwer, unerkannt etwas auszuhecken.

Ich sah mir die Internetkanäle von Dianas Freundin, der Influencerin Annelia, an, um mich auf das morgige Gespräch vorzubereiten. Kaum zu glauben, wie viel Make-up in ein menschliches Gesicht passte. Meine Schminkroutine bestand eigentlich nur aus Puder und Wimperntusche, aus dem simplen Grund, dass ich weder Zeit noch Lust hatte, mich stundenlang vorm Spiegel abzumühen.

Es konnte allerdings nicht schaden, noch einen Blick in den Spiegel zu werfen, bevor Sebastian vorbeischaute.

»Ich muss dieses fürchterliche Codewort doch nicht mehr sagen, oder?«

»Nur wenn du unbedingt willst.«

»Ich passe.«

Ich ging zur Wohnungstür und ließ Sebastian rein. Wir setzten uns aufs Sofa, und ich organisierte zwei Flaschen Bier aus der Küche.

»Wie war es heute mit der alten Clique?«, fragte er.

»Ich habe nicht besonders viel geschafft, mein Bruder und seine Familie sind früher angereist als gedacht.« Ich reichte ihm ein Bier. »Bei Inge Behrends bin ich mir nicht ganz sicher, was ich von ihr halten soll. Der Baufirma ihres Vaters ging es zu der Zeit wohl echt mies, und Violetta Kalski hat den Auftrag für den Umbau an die Konkurrenz vergeben. Die Firma der Behrends ist kurz darauf pleitegegangen. Dadurch hatte die Freundschaft einen Knacks bekommen.«

»Was hat sie sonst noch gesagt?«

»Ich habe sie nach Günther Fabricius gefragt, sie war ihm ein paarmal begegnet. Merkwürdig war er ihr damals aber nicht vorgekommen.«

»Wie schätzt du die Frau ein?«

Ich nahm einen Schluck von meinem Bier und dachte nach. »Wie eine Mörderin kommt sie mir nicht vor. Zwar hätte sie das Know-how gehabt, um die Tür im Atelier fachmännisch zu verschließen, aber ich glaube nicht, dass die Firmenpleite ihres Vaters als Mordmotiv herhalten kann. Apropos, hast du über die Leute auf der Liste, die ich dir gestern gegeben habe, etwas herausfinden können? Hat einer von ihnen bei Friesen-Bau gearbeitet?«

»Offiziell nicht, aber das hat natürlich nichts zu bedeuten.«

Ich nickte. »Inge Behrends sagte, dass damals viele Aushilfen schwarz beschäftigt wurden. Eine Menge Jungs haben sich wohl auf diese Weise nach der Schule etwas dazuverdient. Gab es irgendwelche Auffälligkeiten in den Lebensläufen der anderen Freunde?«

»Leider nein. Rita Lugner hat ein paar Semester Kunstgeschichte studiert und dann reich geheiratet. Frank Heykes hat zwar fast sein gesamtes Berufsleben hindurch auf dem Bau gearbeitet, offiziell jedoch nie bei Friesen-Bau, sondern bei einer Firma namens Müller. Dort hatte er auch schon seine Ausbildung gemacht. Er führt ein Normalo-Leben, sein Haus ist abbezahlt, und er verreist gern. Keine Kinder. Der Sportfreak der Clique«, Sebastian sah auf seine Liste, »Norbert Coordes, ist zweimal geschieden und hat fünf Kinder mit vier verschiedenen Frauen. Er ist Trainer in einem Fitnessstudio. Keine Reichtümer, sein Geld geht für Unterhaltszahlungen drauf. Den größten Sprung hat wohl Dieter Kuhlmann gemacht, er ist IT-Experte und verdient eine Menge Schotter mit Smart-Home-Sicherheitssystemen.«

»Coordes und Kuhlmann stehen morgen als Nächstes auf dem Programm, sobald ich das Interview mit der Influencerin hinter mir habe. Für mich führt allerdings nach wie vor kein Weg an Frank Heykes vorbei. Er wusste ja nicht, dass seine Freundin sich die Sache mit der Schwangerschaft nur ausgedacht hat. Leider konnte ich bezüglich seines Alibis bisher nichts aus ihm herausbekommen. Die Lügengeschichten seiner Frau können wir vergessen, und von seiner Firma wissen wir nur, dass er am Freitag bei der Arbeit war. Er kann theoretisch zur Seniorenresidenz gefahren sein und den Mord begangen haben. Andererseits passt die Beschreibung des Mannes, der dort von einer Mitarbeiterin gesehen wurde, nicht auf ihn.«

»Willst du noch mal mit Heykes sprechen? Immerhin weiß er, dass du ihn verdächtigst, seit er euer Gespräch mit seiner Frau belauscht hat.«

»Ja, ich denke schon. Ich weiß nur nicht so ganz, wie ich es anstellen soll. Wenn ich ihm sage, ich will meine Mutter entlasten, indem ich ihm einen Mord anhänge, kommt das bestimmt nicht gut an. Ich könnte auch versuchen, über Phils Freund Stefan etwas herauszubekommen. Der ist Polizist, aber ich fürchte, zu dem Fall wird er mir nichts sagen.«

»Da könntest du recht haben. Sagtest du nicht, dass deine Eltern morgen ihren Polterabend feiern?«

»Ja. Warum?«

»Hör dich doch mal bei deinen Verwandten und den Freunden deiner Mutter um, vielleicht kann jemand von ihnen noch etwas Entlastendes beitragen.«

»Hört sich nach einem guten Plan an. Ich muss ohnehin mit der Flasche rumgehen, da komme ich bestimmt mit einigen Leuten ins Gespräch.«

»Denk dran, das Schnapsglas nicht selber festzuhalten, während du einschenkst. Das könnte nach einigen Gläsern ganz böse ins Auge gehen.«

»Keine Sorge, das kriege ich schon hin. Willst du danach noch vorbeikommen? Ich weiß allerdings nicht, wie spät es wird.«

Sebastian lächelte. »Egal. Ich habe Zeit.«

# 28

Annelia hatte mir die Adresse eines Mehrfamilienhauses am Stadtrand von Aurich genannt, der eher ins Ländliche ausläuft und von Weiden und Wallhecken dominiert wird. Das Haus duckte sich unter einer imposanten Eiche, gegenüber dem Hauseingang weidete eine Herde schwarzbunter Kühe.

Ich klingelte, und nach etwa einer halben Minute öffnete eine unscheinbare junge Frau die Tür. Ihr Teint war fahl, am Kinn tummelten sich einige Pickel, und ihre Wimpern und Augenbrauen waren fast unsichtbar, die braunen Haare trug sie offen.

»Bin ich hier richtig bei Annelia?«, fragte ich mit einem Blick auf das Klingelschild, auf dem Anne-Lina Brandt stand.

»Klar doch. Und du bist Elli? Komm rein.«

Ich folgte ihr die Treppe hinauf in eine kleine Oberwohnung. Die Einrichtung wirkte unspektakulär, sie bestand hauptsächlich aus Sperrholzmöbeln in Ahornoptik, an den Wänden klebte eine weiße Raufasertapete, daran hingen einige mehr oder weniger gelungene Schnappschüsse und zusammengewürfelte Dekoartikel.

»Wollen wir uns in meinem Aufnahmezimmer unterhalten?« Annelia deutete auf eine Tür zu ihrer Rechten.

»Gern.« In meinen Ohren klang der Begriff »Aufnahmezimmer« zwar irgendwie zweideutig, aber Diana hatte mir versichert, dass Annelia sich tatsächlich nur auf diesen Beautykram konzentrierte und nicht noch weitaus heißere Eisen im Feuer hatte.

Das Zimmer, das wir nun betraten, stand in krassem Gegensatz zum Rest der Wohnung. Auffällige fliederfarbene Tapeten, weiße Hochglanzmöbel und sorgfältig ausgewählte Dekoration. Wir setzten uns an einen weißen Schminktisch, auf dem sich unzählige Tiegel und Pinsel befanden.

»Wie bist du darauf gekommen, Influencerin werden zu wollen?«

Annelia lächelte. »Ich lasse gern andere an meinem Leben teilhaben. Sieh mich an, ich sehe bestenfalls durchschnittlich aus. Wenn ich mich zurechtmache, sehen meine Follower, wie aus mir ein völlig neuer Mensch wird, und sie wissen, dass sie das auch schaffen können.«

Annelia machte sich daran, ihr Make-up aufzulegen. Sie trug Lage um Lage und Schicht um Schicht auf, dabei warf sie mit Wörtern wie Foundation, Concealer, Highlighter und Contouring um sich. Irgendwann war sie nicht mehr wiederzuerkennen, mit dunkel umrandeten Augen, die nun doppelt so groß wie zuvor wirkten, sah sie mich an. »Soll ich dich auch mal zurechtmachen, während du deine Fragen stellst?«

»Meinetwegen. Aber wenn es geht, in der abgespeckten Version, ich muss heute auf einen Polterabend, und meine Familie soll mich noch wiedererkennen.«

Nach der dritten Schicht, die sie mir aufs Gesicht kleisterte, fühlte es sich an, als würde meine Haut langsam, aber sicher ersticken.

»Ich bringe noch schnell deine Augenbrauen ein wenig in Form.« Annelia nahm einen kleinen Elektrorasierer aus einer der Schubladen. Es machte »ratsch« und »ratsch«, und ich sah den Schrecken in ihrem Gesicht aufblitzen.

»Ist alles in Ordnung?« Ich hatte das Gefühl, dass ganz und gar nichts in Ordnung war.

Annelia sah ratlos auf ihren Rasierer. »Ach, daran hat's gelegen, ich habe die Schutzkappe, die ein zu kurzes Rasieren verhindert, nicht draufgesetzt. Im Nachhinein ist man immer schlauer.«

»Was soll das heißen?«

»Deine Augenbrauen sind jetzt etwas kürzer.« Sie näherte sich meinem Gesicht und begutachtete meine Brauen. »Genau genommen sind sie weg.«

»Ist das dein Ernst?«

»Ja, aber sieh es mal so, jetzt kann ich dir wunderschöne symmetrische Augenbrauen aufmalen, ohne dass deine dabei stören.«

»Ich bin bei dem Polterabend heute die Tochter der Braut, da möchte ich verdammt noch mal Augenbrauen haben!«

»Zufällig habe ich ein neues Produkt im Angebot, das ich derzeit auch über meine Social-Media-Kanäle vertreibe. Sieh mal hier. Mit dieser Augenbrauenschablone kannst du deinen Look ganz individuell von Tag zu Tag neu gestalten.« Sie hielt ein kleines pinkfarbenes Plastikgestell hoch, das aussah wie ein schmaler Fensterabzieher ohne Gummilippe, in dem sich zwei längliche geschwungene Löcher in der Form von Augenbrauen befanden. »Möchtest du eine kaufen?«

Ich atmete tief durch und versuchte, innerlich bis zehn zu zählen, kam aber nur bis sechs. »Wenn du mir nicht sofort vernünftige Augenbrauen aufmalst, mit oder ohne Schablone, raste ich aus.«

Annelia schien kurz zu überlegen, ob ich meine Worte ernst meinte. »Ist gut. Ich gebe dir einfach eine als Werbegeschenk mit. Vielleicht kannst du sie ja in deinem Artikel erwähnen.«

Sie machte sich daran, mir Augenbrauen zu malen, ließ die Schablone aber links liegen.

»Warum benutzt du die Schablone nicht? Du hast sie doch extra dafür entworfen.«

»Ehrlich gesagt sind die gar nicht von mir, die stammen aus China, ich habe sie im Fünfhunderterpack günstig gekauft. Von der Breite her passen sie aber nicht besonders gut, sind wohl eher auf Chinesinnen zugeschnitten.«

Das kam mir bekannt vor. Was Produkte aus China anging, hatte ich auch schon so meine Erfahrungen gemacht.

Wenn man sich geärgert hat, soll man eine Nacht darüber schlafen, damit sich die Gemüter beruhigen. Leider war es mir in Annelias Fall nicht möglich, meinen Artikel ruhen zu lassen, schließlich musste ich ihn morgen beim Ostfriesland-

Reporter abgeben. Auf dem Rückweg zu meiner Wohnung nahm ich mir vor, mich gleich an die Arbeit zu machen, aber daraus wurde nichts.

Frank Heykes stand auf dem Gehweg vor meiner Wohnung und wartete auf mich. Ich ließ meinen Wagen am Bordstein ausrollen und stieg aus.

»Hoffentlich ist es Ihnen nicht unangenehm, dass ich hier so unangemeldet vor Ihrer Tür stehe«, begrüßte er mich. Er trug ein kariertes Hemd, dessen oberer Knopf geöffnet war, und eine Jeanshose mit Gürtel. Die Schnalle wurde von seinem Bauch verdeckt.

»Woher kennen Sie meine Adresse?«

»Ich habe beim Ostfriesland-Reporter angerufen, Frau Schön hat mir Ihre Anschrift gegeben.«

Innerlich verfluchte ich Helena. Klar, ich hatte ohnehin mit Frank Heykes sprechen wollen, aber so unvorbereitet und vor allem ohne Rückendeckung hielt sich meine Begeisterung in Grenzen. »Würden Sie mich einen Moment entschuldigen? Ich habe mein Handy im Auto vergessen.« Ich setzte mich auf den Fahrersitz und tat so, als würde ich etwas im Fußbereich auf der Beifahrerseite suchen. Dabei zog ich unauffällig mein Handy aus meiner Handtasche und wählte Sebastians Nummer. »Frank Heykes ist hier«, flüsterte ich. »Er will mit mir sprechen, ich habe keine Ahnung, was ich machen soll. Meinst du, ich kann ihn in meine Wohnung lassen?«

»Das ist zu riskant. Er weiß ja, dass du ihn verdächtigst, und wenn er jetzt bei dir auf der Matte steht, möchte ich dich nicht allein mit ihm wissen.«

»Was soll ich machen?«

Sebastian überlegte kurz. »Halte ihn fünf Minuten lang hin, ich kenne jemanden, der in deiner Nähe wohnt, er wird euch unauffällig im Auge behalten. Ich bin leider gerade zu weit weg.«

»Und nach diesen fünf Minuten?«

»Sagst du ihm auf den Kopf zu, dass er auf deiner Verdächtigenliste steht. Um zu schauen, wie er reagiert.«

»Schöner Mist.« Ich legte auf und kehrte zu meinem Besucher zurück. »Entschuldigung, ich habe gerade noch einen Anruf bekommen. Schönes Wetter heute, was? Ich frage mich, wie lange es noch so bleibt. So langsam wünscht man sich ja fast einen ordentlichen Schauer.«

»Ist das Ihre Hinhaltetaktik?« Heykes legte den Kopf schief und blinzelte gegen die Sonne an.

»Ich weiß nicht, was Sie meinen.«

»Kommen Sie, wir wissen doch beide, dass Sie gestern bei meiner Frau waren, um sie über mich auszuhorchen. Sie halten mich für den Mörder von Andreas Kalski. Und vermutlich auch für den seiner Mutter.«

Ich sah auf meine Uhr. Fünfundvierzig Sekunden, und wir waren schon bei dem Thema angelangt, das ich meiden sollte. Das war eindeutig nicht so gelaufen wie geplant. Ich sah mich um, es waren einige Leute auf der Straße unterwegs. Unwahrscheinlich, dass Heykes mich hier und jetzt angreifen würde. »Okay, ich geb's zu. Meiner Meinung nach haben Sie ein Motiv, ein sehr starkes sogar.«

»Wegen der Geschichte mit Rita?«

»Das ist doch naheliegend. Sie war *Ihre* Freundin, und nun war sie angeblich von Andreas schwanger, da sind Sie ausgerastet und haben Ihren Kontrahenten aus dem Weg geräumt.«

Heykes stutzte. »Warum sagen Sie, dass sie *angeblich* schwanger war?«

»Weil es sich in der Zwischenzeit als Lüge herausgestellt hat. Sie hat das nur behauptet, um Andreas an sich zu binden.«

Sein Gesicht erhellte sich. »Dann hat sie mich gar nicht betrogen?«

»Aber sicher hat sie das. Wie hätte sie ihm sonst ihre Schwangerschaft einreden können?«

Seine Schultern sanken nach unten. Vom Gehweg, auf dem wir standen, führten Waschbetonplatten zu meiner Haustür. Frank Heykes ließ sich darauf nieder und begann bitterlich zu weinen. Das irritierte mich noch mehr als sein überraschendes Auftauchen.

»Ich weiß nicht, was ich immer falsch mache, dass es mit den Frauen einfach nicht klappt.« Er schniefte und trocknete sich die Augen mit dem Zipfel seines Hemdes. »Ich hatte immer genug von ihnen an der Hand, aber die, die ich wirklich mochte, wollten nach einiger Zeit nichts mehr von mir wissen. Das war bei Rita so, und so ist es auch jetzt bei Sabine.« Er heulte auf. »Sie will lieber die Frau eines Knackis sein, als noch länger mit mir unter einem Dach zu wohnen. Seit Monaten vergnügt sie sich mit dem Gärtner unserer Nachbarn, das hat sie mir heute erzählt.«

Sein herzzerreißendes Schluchzen war mir unsagbar unangenehm. Unglücklicherweise bot es Außenstehenden genau das Bild, das Helena in ihren Artikeln über mich skizzierte, wenn sie mein angeblich lasterhaftes Liebesleben zur Sprache brachte.

»Keine Sorge, ich habe ihm nicht das Herz gebrochen«, rief ich einem vorbeifahrenden Radfahrer zu, der uns interessiert musterte. »Seine Frau will ihn nur unschuldig ins Gefängnis bringen, damit sie nicht mehr mit ihm zusammenleben muss.«

Der Mann schüttelte den Kopf und fuhr ungerührt weiter.

»Hören Sie, Herr Heykes, Sie können sich hier nicht vor meiner Haustür ausheulen. Was sollen denn die Leute denken?«

»Die Leute sind mir egal. Was soll ich denn jetzt machen? Meine Frau hat eine Affäre, ich bin ganz allein. Und Sie halten mich auch noch für einen Mörder.«

»Dann nennen Sie mir doch einfach einen Grund, warum ich Sie nicht verdächtigen sollte. Als ich Sie danach gefragt habe, wollten Sie mir keine Antwort geben. Wo waren Sie an dem Tag, als Andreas verschwand?«

Endlich hielt er mit seinem Geheule inne. »Aber da war ich doch auf Montage. Das war ich zu der Zeit unter der Woche immer, ich war nur am Wochenende zu Hause.«

»Warum haben Sie das denn nicht gleich gesagt? Das hätte mir eine Menge Arbeit erspart.« Vorausgesetzt natürlich, er sagte die Wahrheit. Ich beschloss, bei Phils Auricher Kollegen Stefan nachzuhaken, er hatte das Alibi in der Zwischenzeit bestimmt längst überprüft. Zwar durfte er mir eigentlich keine Auskunft geben, aber ein mutmaßlicher Mörder vor meiner Wohnungstür war bestimmt ein überzeugendes Argument. Ich wählte seine Nummer.

»Du weißt doch, dass ich dir keine Informationen zu einem laufenden Fall geben darf«, sagte er.

»Ich will ja nur sichergehen, dass Frank Heykes mir nicht ans Leben will. Stell dir vor, ich stehe hier allein mit ihm, und er bringt mich um. Wie willst du das Phil erklären?«

Das schien Stefan zu überzeugen. »Seine Angaben sind korrekt. Als Andreas Kalski verschwand, befand er sich in Kassel. Zum Zeitpunkt des Mordes an Violetta Kalski war er in Wiesmoor, also eine gute Autostunde entfernt, und kommt daher ebenfalls nicht als Täter in Betracht.« Die Hintergrundgeräusche verrieten mir, dass Stefan sich in einem fahrenden Auto befand. »Ist sonst alles in Ordnung bei dir? Irgendwelche Auffälligkeiten? Brauchst du Hilfe wegen Heykes?«

»Nein, alles in Ordnung.«

»Wir fahren weiterhin Streife bei dir.«

»Könnt ihr heute auch bei meinen Eltern vorbeifahren? Nur zur Sicherheit, weil ihr Polterabend ansteht. Könnte ja sein, dass sich ein ungebetener Gast da herumtreibt und für Ärger sorgen will.«

»Wird erledigt. Pass auf dich auf.«

Ich steckte das Handy weg und trat einen Schritt näher an das Häuflein Elend auf den Waschbetonplatten heran. »Na, ist ja schon gut.« Unbeholfen tätschelte ich seine Schulter. »Ich habe gute Nachrichten für Sie. Mein Bekannter, ein Polizist, hat Ihr Alibi bestätigt.«

»Dann halten Sie mich nicht mehr für einen Mörder?«

»Nein. Sie können jetzt nach Hause fahren und sich einen

schönen Abend mit Ihren Freunden machen, dann kommen Sie auf andere Gedanken.«

»Ich habe niemanden, ich bin ganz allein.« Er zog die Knie an, vergrub das Gesicht in den Armen und schluchzte erneut drauflos.

Mein Handy klingelte.

»Ich habe gehört, vor deiner Wohnung findet ein Sitzstreik statt.« Ich konnte Sebastians Grinsen durch die Leitung spüren.

»Das ist überhaupt nicht witzig. Ich habe keine Ahnung, was ich mit ihm machen soll. Ein Polizist hat mir gerade bestätigt, dass Heykes ein Alibi für die Morde hat. Da sollte er doch froh sein.«

»Und warum heult er dann so?«

»Seine Frau hat einen anderen.«

»Hätte er sie wegen ihres Versuchs, ihn in den Knast zu bringen, nicht sowieso verlassen?«

»Wie es aussieht, nicht.«

»Armes Schwein.« Er legte auf.

»Also gut.« Ich zog Frank Heykes am Ellenbogen hoch. »Sie hören jetzt mit der Flennerei auf, und dafür verschaffe ich Ihnen ein schönes Abendprogramm. Sie können mich heute zum Polterabend meiner Eltern begleiten. Da sind bestimmt auch Single-Frauen anwesend.«

Er zog geräuschvoll die Nase hoch. »Ich weiß nicht, ob Hochzeiten in meiner derzeitigen Verfassung das Richtige für mich sind.«

»Es ist nur der Polterabend. Aber wie Sie wollen. Dann lassen Sie's.«

»Moment, das war ja nur eine Überlegung. Wann soll ich da sein?«

»Um sieben.« Ich notierte die Adresse auf einem alten Kassenbon, den ich in meiner Handtasche fand, und gab sie ihm. »Falls Sie noch das Lieblingsporzellan Ihrer Frau loswerden wollen, wäre das die passende Gelegenheit.«

Manche Dinge weiß man erst zu schätzen, wenn sie nicht mehr da sind. So erging es mir mit meinen Augenbrauen. Ich hatte mir nie wirklich Gedanken um sie gemacht, sie waren einfach da, aber nun, da ich aus der Dusche stieg und mein eigenartig haarloses Gesicht im Spiegel betrachtete, bereute ich, dass ich ihnen nicht mehr Aufmerksamkeit geschenkt hatte. Annelias Make-up hatte sich mit Hilfe von drei Ladungen Seife in den Abfluss verabschiedet, sonst wäre meine Haut vermutlich darunter erstickt.

Frank Heykes' Besuch hatte mich so viel Zeit gekostet, dass ich die Befragungen von Dieter Kuhlmann und Norbert Coordes auf den kommenden Tag verschieben musste. Das wurmte mich, weil ich es schon gestern nicht geschafft hatte, sie aufzusuchen. Dafür hatte ich den Bericht über Annelia fertig geschrieben, ich würde ihn morgen pünktlich zum Abgabetermin beim Ostfriesland-Reporter vorbeibringen. Ich nahm mir fest vor, die Suche nach meinem nächsten Interviewpartner nicht wieder so lange schleifen zu lassen.

Nur mit Slip und BH bekleidet, taperte ich ins Schlafzimmer. O'Malley lag eingerollt auf meinem Bett und hielt ein Verdauungsschläfchen. Ich stand eine Zeit lang ratlos vor meinem Kleiderschrank. Darin fehlte es eindeutig an ausgehtauglichen Klamotten, ich war mehr der Mensch, der sich in Alltagskleidung in Kneipen herumtrieb. Ich probierte verschiedene Sachen an und entschied mich schließlich für eine blaue Jeans und ein schwarzes Shirt mit V-Ausschnitt, das ein schönes Dekolleté zauberte.

O'Malley hob den Kopf und sah mich schlaftrunken an. Er wandte den Blick nicht sofort wieder ab, also schien meine Auswahl ihm zuzusagen.

»Du hast recht«, stimmte ich ihm zu. »Nicht der absolute Wahnsinn, aber so kann ich mich sehen lassen.«

Ich schminkte mich und machte mich daran, meine Augenbrauen zu rekonstruieren. Kein leichtes Unterfangen, die Schablone, die Annelia mir aufgeschwatzt hatte, passte ungefähr so gut zu meinem Gesicht wie das Online-Kleid zu meiner Figur. Nach dem achten Versuch gab ich entnervt auf und rief Alexa an. Sie wollte mich ohnehin zum Polterabend abholen, und da sie sowieso immer viel zu früh fertig war, konnte sie auch gleich losfahren, um mir aus meinem Dilemma zu helfen. Natürlich wäre Diana als Fachfrau die geeignetere Wahl gewesen, aber sie stand sich derzeit noch die Füße im McCut platt.

Ich nutzte die Wartezeit und versuchte, etwas Passables aus meinen Haaren hervorzubringen. Mit mäßigem Erfolg. An guten Tagen fallen meine dunkelblonden Haare in Wellen bis über die Schultern, an schlechten oder unter Einfluss von Luftfeuchtigkeit ziehen sie sich hoch und stehen kreuz und quer von meinem Kopf ab. Heute konnten sie sich nicht entscheiden. Am Hinterkopf sah die Angelegenheit ganz vernünftig aus, dafür hatten sich die Haare rund um mein Gesicht aufgeplustert. Vielleicht sollte ich sie einfach so lassen, dann lenkten sie wenigstens von meinen Augenbrauen ab.

Eine halbe Stunde später stand Alexa vor meiner Tür. Sie musterte mich. »Das sieht schlimmer aus, als ich vermutet hatte.«

Ich setzte mich auf meinen Schreibtischstuhl, und Alexa hantierte eine ganze Weile mit Augenbrauenstift, Puder und Wattestäbchen herum.

Sie trat einen Schritt zurück und betrachtete ihr Werk. »So können wir dich unter die Leute lassen.«

Ich musste zugeben, dass sie ganze Arbeit geleistet hatte. Das Ergebnis wirkte ein wenig fremd, aber doch recht natürlich. Ich streichelte O'Malley zum Abschied und folgte Alexa zu ihrem schwarzen Passat. Im Kofferraum befanden sich Körbe mit altem Geschirr, das wir in den letzten Wochen für den Polterabend gesammelt hatten.

Der Passat schnurrte über die Bundesstraße nach Ostgroßefehn. Da die Auffahrt meiner Eltern an diesem Abend als Polterfläche diente und somit als Parkplatz tabu war, stellten wir das Auto ein Stück entfernt am Straßenrand ab.

Die Nachbarn waren bereits dabei, ihr Porzellan auf der Auffahrt zu zerdeppern, meine Eltern wuselten mit Besen bewaffnet hin und her und fegten die Scherben zusammen. Ein aussichtsloses Unterfangen, denn sobald eine Stelle frei geworden war, zerschellten dort die nächsten Teller und Tassen.

Der Hauseingang wurde von einem Hochzeitsbogen aus Tannengrün mit weißem Papierblumenschmuck gesäumt, mittig über der Tür prangten zwei ineinander verschlungene goldene Ringe.

Frank Heykes war schon mitten im Geschehen. Er hatte drei Kartons mit Geschirr dabei und warf das Porzellan so voller Inbrunst auf die roten Pflastersteine, dass die Umstehenden ihm Szenenapplaus spendierten.

Meine Mutter entdeckte uns und winkte uns zu sich.

»Ich hoffe, es ist okay, dass Frank Heykes hier ist«, sagte ich. »Seine Frau hat ihn verlassen, er brauchte ein wenig Ablenkung und einen Ort, an dem er ihre Sammeltassen loswerden kann.«

»Das ist kein Problem, ich freue mich, ihn mal wieder zu sehen. Kannst du mit der Flasche rumgehen? Victoria ist auch schon dabei.«

Ich sah zu meiner Schwester hinüber, die mit einem ungekannten Glühen in den Augen von Gast zu Gast schritt und Klaren ausschenkte. Ich bewaffnete mich mit einer Flasche Pflaumenschnaps, bereit, das Gesöff an den Mann oder die Frau zu bringen.

Das erste bekannte Gesicht, bei dem ich landete, gehörte meinem Onkel Wilfried.

»Trinkst du einen Roten, oder willst du warten, bis Victoria mit dem Klaren aufschlägt?« Falls sie es überhaupt bis hierher schaffte. Aus den Augenwinkeln sah ich, wie sie sicherlich nicht zum ersten Mal den Kopf in den Nacken legte und den Schnaps hinunterstürzte.

»Roter ist prima. Bist du allein hier? Hast du etwa immer noch keinen neuen Freund, Elli?«

»Doch, aber der ist bei der Arbeit und kann nicht kommen.«

Ich schenkte ein Glas Schnaps ein.

»Goode Hand.«

Verdammt, ich hatte das Glas festgehalten. Anfängerfehler. Aber was sollte ich machen? Es gibt nun einmal ungeschriebene Gesetze bei uns, an die man sich zu halten hat. Ich trank den Schnaps, schenkte Onkel Wilfried erneut ein, diesmal richtig, und er stürzte den Inhalt des Glases hinunter. Auch einen zweiten Schnaps nahm er gern an, denn auf einem Bein kann man nicht stehen. Ich setzte meine Runde fort; von nun an musste ich einfach besser aufpassen.

Onkel Wilfried war der Bruder meines Vaters, er hatte meine Mutter früher nicht gekannt, also brachte es nichts, ihn über die damaligen Ereignisse zu befragen.

Ich machte Tante Christine, Alexas Mutter, in einer Menschentraube aus, ging zu ihr und hielt ihr mit fragendem Blick die Flasche hin. Sie nickte, und ich schenkte ein.

»Goode Hand.«

Verdammter Mist! Ich kippte den Inhalt des Glases hinunter und schenkte den nächsten Schnaps ein, achtete jedoch darauf, dass sie das Glas festhielt. »Wie war's denn auf Mallorca?«, fragte ich.

Tante Christine leerte das Glas, lehnte ein weiteres aber ab. »Hör bloß auf, ich hätte besser hierbleiben sollen. Wer konnte denn auch ahnen, dass es hier mal mehrere Wochen am Stück trocken und sonnig ist und dafür auf Mallorca regnet? Alexa hat mir von deinen Nachforschungen erzählt. Hast du schon einen Verdacht?«

»Kann man so sagen, ich muss aber noch mit ein paar Leuten sprechen. Kennst du Dieter Kuhlmann und Norbert Coordes?«

»Nur vom Hörensagen.«

»Und einen Günther Fabricius?«

»Nie gehört.«

»Hast du einen heißen Tipp, wen ich von den hier Anwesenden noch befragen kann?«

Tante Christine ließ den Blick schweifen. »Ich glaube nicht, dass heute jemand hier ist, mit dem deine Mutter damals schon befreundet war. Du weißt ja, wie das ist: Die meisten Schulfreundschaften enden, wenn die Schulzeit vorbei ist. Der Mann da drüben kommt mir allerdings irgendwie bekannt vor.«

Ich folgte ihrem Blick. »Der den Teller-Kunstwurf veranstaltet? Das ist Frank Heykes, den kennt Mama tatsächlich von früher.«

Christine zuckte mit den Schultern. »Dann fällt mir nur noch Hans Lemke ein, der steht da drüben am Bierwagen.«

Lemke trug einen Verband an der linken Hand; ich ging zu ihm.

»Was ist denn da passiert?« Ich deutete auf den Verband.

Lemke hob den Arm in einer hilflosen Geste. »Mein Fahrradlenker war lose, da habe ich mich auf die Nase gelegt.«

»Ist es schlimm?«

»Gebrochen ist nichts, nur verstaucht. An der Hüfte habe ich eine Prellung, aber die geht auch wieder weg. Alles halb so wild. Und meine rechte Hand habe ich ja noch, die Hochzeitsurkunde deiner Eltern kann ich also problemlos unterschreiben.« Zum Beweis hob er seine unversehrte Hand und wackelte mit den Fingern. Offenbar konnte er mit der Rechten auch seinen Parfümzerstäuber betätigen, denn er roch schon wieder unerträglich stark nach seinem Duftwässerchen.

»Ich glaube, wir sind alle froh, wenn wir die Hochzeit überstanden haben.« Ich sah zu meinen Eltern, deren Lächeln nicht mehr ganz so überzeugend wirkte wie zu Beginn, als die ersten Teller und Tassen geflogen waren. Mein Vater richtete sich auf und streckte den Rücken durch.

»Mach dir keine Sorgen, Elli«, sagte Lemke. »Es wird alles nach Plan laufen.«

»Das hoffe ich. Kennen Sie eigentlich einen Günther Fabricius?«

»Den Namen habe ich schon mal gehört.«

»Er hat früher beim Ostfriesland-Reporter gearbeitet.«

»Ach ja, jetzt weiß ich es wieder. Wenn ich das von deiner Mutter richtig mitbekommen habe, hatte er eine sehr penetrante Art an sich. Irgendwann hat sie einfach nicht mehr mit ihm gesprochen. Ich glaube, das war die richtige Entscheidung.«

»Hey, Schwesterherz.« Michael stellte mir ein Bier vor die Nase. Ich revanchierte mich mit einem Roten.

»Goode Hand.«

»Du hast gut reden da im Bierwagen, ist eindeutig der sicherere Job.«

»Was meinst du, warum wir ihn uns gleich unter den Nagel gerissen haben?« Er zwinkerte mir zu. »Als ich das letzte Mal mit einer Schnapsflasche rumgehen musste, war ich danach drei Tage lang krank.«

Alexa und Diana gesellten sich zu uns, Diana hatte Bruno im Schlepptau. Zum ersten Mal sah ich ihn ohne seine ganze Clown-Schminke und ohne Kostüm. Er hatte eine durchschnittliche Figur und sah fast nett aus, ein wenig unscheinbar vielleicht. Das galt jedoch nicht für seine knallroten Haare.

»Konntest du deine Perücke nicht wenigstens heute Abend zu Hause lassen?«, fragte ich.

»Das sind meine echten Haare, ich habe mir eine Dauerwelle machen und sie rot färben lassen. Ist praktischer so. Hatte Diana dir das gar nicht erzählt?«

Ich warf Diana einen ungläubigen Blick zu, sie hob lächelnd die Schultern und orderte ein Bier bei meinem Bruder.

Bruno fuhr unbeirrt fort: »Weißt du, ich war es leid, wegen meiner Farbschwäche ständig meine Perücken zu verwechseln. Jetzt brauche ich nur noch die grüne, wenn ich als Beppo auftrete.«

Ich schenkte einen Roten ein und trank ihn gleich selbst.

»Warum ist der hier?« Diana nippte an ihrem Bier und deutete auf Frank Heykes, der mit unverminderter Begeisterung das Porzellan seiner Frau zerschlug.

Ich hatte sie noch nicht auf den neuesten Stand bringen können und holte dies nun nach. Als ich meine Ausführungen beendete, war Frank Heykes gerade sämtliches Geschirr losgeworden und grub nach Leibeskräften eine blonde Frau an, die mindestens fünfzehn Jahre jünger war als er.

Das Büfett wurde eröffnet, wir griffen uns Teller und Besteck und tigerten durch die Garage, in der das Essen auf Biertischen mit Papiertischdecken aufgebaut war. Die Luft hier drin war zum Schneiden und roch nach der Brennpaste, die unter den Warmhaltebehältern vor sich hin fackelte. Mit unseren voll beladenen Tellern zogen wir uns zu einer Sitzgruppe zurück, die etwas abseits im Garten stand, und schlugen uns die Bäuche voll.

Um Mitternacht wurden der BH meiner Mutter und die Jeans meines Vaters verbrannt. Die Asche wurde zusammen mit einer Flasche Schnaps vergraben, die in einem Jahr wieder ausgegraben und getrunken werden sollte.

Ich hatte schon einen ordentlichen Schwips, als Phil anrief. Er war sich nun zu neunundneunzig Prozent sicher, dass er am Freitag nicht zur Trauung kommen konnte. Ich baute auf die letzte kleine Chance, dass er es tags darauf zur Feier schaffen würde, zog mich aber sicherheitshalber an den Bierwagen zurück, um meinen Frust im Alkohol zu ertränken. Vorarbeit sozusagen. Nicht meine beste Idee.

Ich taperte zur Wohnungstür und öffnete sie. »Moin!« Ich kicherte.

Sebastian lächelte. »Hast du getrunken?«

»Nur Alkohol, sonst nichts.«

»Dann bin ich ja beruhigt.«

Wir gingen ins Wohnzimmer, er setzte sich auf seinen Stammplatz, ich machte mich auf der Récamiere lang. Alles drehte sich. Ich stellte einen Fuß auf den Boden, um die Karussellfahrt zu stoppen.

»Heute wird es wohl nichts mit unserer Lagebesprechung. Kann ich irgendwas für dich tun, Elli?« Er konnte sich das Lachen kaum verkneifen.

»Du könntest mir mal sagen, warum das mit euch Männern immer so kompliziert sein muss.«

»Das ist ziemlich allgemein gehalten.«

»Ich meine Phil.« Ich bemerkte selbst, dass ich lallte, und versuchte, mich so gut es ging zusammenzureißen. »Er kann nicht zur Hochzeit kommen, dabei hat Madame Cassandra doch vorhergesagt, dass ich ihm in meinem graublauen Kleid gegenüberstehen werde.« Ich robbte bäuchlings zu ihm und rappelte mich auf. »Soll ich dir mal was sagen? Ich habe mich eigentlich nur mit Andreas Kalskis Verschwinden befasst, weil er dir so ähnlich sah. Ihr habt viele Gemeinsamkeiten.« Ich breitete meine Arme aus, um diese unglaubliche Anzahl an Gemeinsamkeiten zu verdeutlichen, und kippte nach vorne, Sebastian fing mich auf. »Wenn man ihn geküsst hat, vergisst man das angeblich sein Leben lang nicht. Und weißt du was? Bei dir ist es genauso. Ich hab's wirklich versucht, aber ich schaff's nicht.« Ich schob den Kopf in seine Richtung, wenige Zentimeter vor seinem Gesicht hielt ich inne, sah, wie seine Pupillen sich weiteten. »Meinst du, das würde sich ändern, wenn ich dich einfach noch mal küsse?«

»Keine Ahnung. Du solltest allerdings etwas auf Abstand gehen, wenn du deinem Freund morgen noch in die Augen sehen können möchtest.«

»Dann muss ich wohl auf deine Selbstbeherrschung vertrauen.«

# 29

Ich erwachte in meinem Bett, mein Schädel dröhnte, und ein schaler Geschmack erfüllte meinen Mund. Nur langsam kehrten die Erinnerungen an die letzte Nacht zurück.

Wie war ich überhaupt ins Bett gekommen?

Ach du liebe Güte, Sebastian! Ich hatte mich wie ein betrunkenes Flittchen verhalten. Hitze stieg in mir auf, als ich an mein peinliches Benehmen zurückdachte. Seltsamerweise blieb sie auf meinen Kopf beschränkt. Ich riskierte einen Blick unter meine Bettdecke und stellte fest, dass ich nur meinen Slip trug. Himmel, hilf!

Okay, ganz ruhig. Es gab bestimmt eine ganz einleuchtende Erklärung, wie es zum Verlust meiner Klamotten gekommen war. Vielleicht hatte das Rote Kreuz eine nächtliche Kleidersammlung durchgeführt. Ja, so musste es sein. Es gab inzwischen Nachtflohmärkte, Mitternachts-Shopping und dergleichen, da mussten auch Hilfsorganisationen mitziehen, um nicht auf der Strecke zu bleiben. Und als hilfsbereiter Mensch hatte ich ihnen großzügig die Klamotten in die Hand gedrückt, die ich am Leib trug, wie beim Sterntaler-Märchen. Irgendwas in der Richtung, aber bitte nicht *das*.

Mein Handy lag auf meinem Nachttisch. Ich warf einen Blick auf die Uhrzeit, es war fast zwölf. Ich wählte Sebastians Nummer.

»Na, ausgeschlafen?«

»Hast du mich ins Bett gebracht?«

»Ja, allein hast du es irgendwie nicht mehr fertiggebracht.«

»Ich trage nur meinen Slip.«

»Es war das einzige Kleidungsstück, bei dem ich dich überreden konnte, es anzubehalten. Ich habe mir bei den anderen aber ehrlich gesagt auch keine besondere Mühe gegeben.«

Oh Mann! Ich wusste nicht, was mich mehr ärgerte. Die

Tatsache, dass ich Phil hintergangen hatte, oder dass ich mich an diese intime Begegnung nicht erinnern konnte. Phil natürlich, du dumme Nuss!, rief ich mich gedanklich zur Ordnung und fühlte mich augenblicklich noch schlechter. Mein Freund war Hunderte Kilometer entfernt auf Mörderjagd, und ich hatte nichts Besseres zu tun, als mich bei der erstbesten Gelegenheit auf meinen früheren Schwarm zu stürzen. Was hatte ich mir nur dabei gedacht? »Sebastian, was auch immer letzte Nacht zwischen uns passiert ist, ich –«

»Mach dir keine Sorgen, es ist nichts passiert.«

Ich atmete erleichtert aus.

»Aber wenn du dich mir noch einmal so an den Hals wirfst, kann ich für nichts garantieren.«

Ich versorgte O'Malley und schleppte mich ins Bad. Ich sah aus wie die misslungene Version eines Horrorclowns, mein gesamtes Make-up war verwischt, unter meinen Augen prangten schwarze Ränder, und meine aufgemalten Augenbrauen hatten sich über die halbe Stirn verteilt. Eigentlich war ich in genau der richtigen Katerstimmung, um den ganzen Tag im Bett liegen zu bleiben, aber ich musste meinen Annelia-Bericht zum Ostfriesland-Reporter bringen. Natürlich hätte ich ihn auch einfach als E-Mail versenden können, und die Verlockung, jetzt genau das zu tun, war groß, aber ich wollte noch mal mit Petra Ulferts über Günther Fabricius sprechen. Die beiden hatten jahrelang zusammengearbeitet, bestimmt konnte sie mir mehr über ihren ehemaligen Kollegen verraten.

Ich gab meinen Bericht direkt bei Petra Ulferts ab, um Martin Jäger nicht über den Weg laufen zu müssen. Er hätte mich doch nur wieder zu einem Sonderartikel überreden wollen.

Sie bot mir einen Sitzplatz gegenüber ihrem Schreibtisch an. »Sie sehen irgendwie verändert aus, haben Sie was mit Ihren Augenbrauen gemacht?«

Ja, sie mit Hilfe einer China-Schablone rekonstruiert, was dadurch erschwert wurde, dass O'Malley vor der Badezimmertür lautstark seine Freiheit forderte und ein anderer Kater meine Hand zittern ließ. »Das habe ich für die Artikelserie gemacht, sozusagen Recherche am eigenen Leib. Ich würde gern mit Ihnen über Günther Fabricius sprechen. Hatten Sie damals den Eindruck, er würde sich etwas zu sehr für Andreas Kalski interessieren? Mir ist aufgefallen, dass er sich Mühe gab, so auszusehen wie er.«

»Wundert Sie das?« Sie lehnte sich in ihrem Schreibtischstuhl zurück und verschränkte die Finger ineinander. »Andreas Kalski hatte unglaublichen Erfolg bei den Frauen. Viele versuchten, sich ihm optisch anzugleichen, um ein Stück vom Kuchen abzubekommen.«

Nun, das traf wohl nicht auf Günther Fabricius zu, immerhin konnte er mit Frauen nicht viel anfangen. Ich behielt sein Outing für mich. Er hatte ein Problem damit, also stand es mir nicht zu, dies zur Sprache zu bringen. »Hat er auch schon vor Andreas' Verschwinden manchmal von ihm gesprochen?«

Petra Ulferts überlegte. »Ja, ab und zu. Ich hatte es so aufgefasst, dass Günther sich mit Andreas anfreunden wollte, um über die Kalskis aus erster Hand zu berichten. Violetta Kalski war damals auf dem Höhepunkt ihres Schaffens, ein Artikel über sie und ihren Sohn versprach eine hohe Aufmerksamkeit.«

»Haben Sie sich auch über Privates unterhalten?«

Sie sah mich irritiert an. »Natürlich, wie kommen Sie denn auf diese Frage?«

Ich konnte ihre Reaktion nicht richtig einschätzen. »Es ist unter Kollegen ja nicht unbedingt selbstverständlich, über private Dinge zu sprechen.«

Sie schüttelte den Kopf. »Ich glaube, wir missverstehen uns. Günther und ich waren doch zwei Jahre lang ein Paar. Ich dachte, das wissen Sie.«

»Dieser miese Kerl hat mich belogen. Von wegen schwul und auf ewig gebrochenes Herz, er hat sich die Geschichte einfach ausgedacht, um mich abzuwimmeln. Der ist genauso durchtrieben wie Rita Lugner.« Ich saß in einem der dunkelblauen Ledersessel im McCut. Eigentlich hatte ich Diana nur aufsuchen wollen, um ihr von der neuesten Entwicklung zu berichten, aber da so kurz nach der Mittagspause wenig Betrieb herrschte, ließ ich mir spontan die Spitzen schneiden. »Ich habe es so satt, von allen Seiten belogen zu werden.«

»Du siehst auch ganz schön mitgenommen aus.«

»Ich habe den Kater meines Lebens. Du nicht?«

»Nö.« Sie teilte meine Haare am Hinterkopf ab. »Dafür, dass du eine waschechte Ostfriesin bist, lässt deine Trinkfestigkeit ganz schön zu wünschen übrig.«

»Ich musste ja auch mit der Flasche rumlaufen, das war der Anfang vom Ende.«

»Und wie geht es jetzt mit Günther Fabricius weiter?« Die Schere klapperte in meinem Nacken.

»Ich knöpfe ihn mir noch mal vor. Ich möchte wirklich gern wissen, warum er mich belogen hat.«

»Wenn du bis sechs Uhr wartest, kann ich dich begleiten.«

Ich sah auf die Uhr, es war erst Viertel nach zwei. »Das passt ganz gut, dann schaffe ich es in der Zwischenzeit zu Dieter Kuhlmann und Norbert Coordes.«

»Allein? Frag doch Alexa, ob sie mitgeht. Oder Sebastian, er hat bestimmt gern ein Auge auf dich.« Sie zwinkerte mir vielsagend zu.

»Alexa ist heute mit Henry verabredet. Und Sebastian kann sein Versteck erst bei Dunkelheit verlassen, außerdem möchte ich lieber nicht öfter als nötig mit ihm allein sein. Ich schicke dir die Adressen, zu denen ich fahre. Wenn ich um sechs nicht auftauche, kannst du die Spürhunde loslassen.«

Diana hielt in ihrer Arbeit inne. »Ist zwischen dir und Sebastian was vorgefallen?«

»Nicht direkt, aber er hat mich letzte Nacht ins Bett gebracht, und als ich heute Morgen aufgewacht bin, war ich fast nackt.«

»Nur fast?«

»Ich hatte noch meinen Slip an. Es hätte aber wohl nicht viel gefehlt, und ich hätte ihm den auch noch vor die Füße geworfen. Ich habe mich in meinem schnapsgetränkten Zustand wohl ziemlich an ihn rangemacht.« Ich sah mein Gesicht im Spiegel erröten.

Diana lachte auf. »So viel dazu, dass du nichts mehr von ihm willst. Der Typ ist aber auch heiß. Und dass er jetzt quasi im Untergrund lebt, macht ihn noch ein bisschen gefährlicher. Grrr!« Sie formte ihre Hände zu Klauen und machte eine Kratzbewegung.

»Umso mehr, wenn man bedenkt, dass ich fest mit Phil zusammen bin.«

»Weißt du denn, wie Sebastian die Sache zwischen euch sieht?«

»Er sagte, wenn ich mich noch mal so an ihn ranschmeiße, kann er für nichts garantieren.«

Diana atmete scharf durch die Zähne ein und fächerte sich mit dem Kamm Luft zu. »Vielleicht haben ja deine Augenbrauen den entscheidenden Ausschlag gegeben, dass er sich zurückhalten konnte. Das sieht nämlich ganz schön merkwürdig aus. Annelias Augenbrauenschablonen scheinen nicht so der Hit zu sein. Es hätte mich misstrauisch machen sollen, dass sie sie so offensiv bewirbt.«

»Du wusstest davon? Wieso hast du mir nichts gesagt, ich wäre gar nicht erst hingegangen.«

»Du hattest doch sowieso keine Alternative. Keine Sorge, für die Feierlichkeiten morgen und übermorgen werde ich dich schminken. Oder ich gebe dir die Nummer eines befreundeten Tätowierers, er könnte dir die Brauen stechen. Dann hättest du auch gleich die nächste interessante Person für dein Interview an der Hand.«

»Danke, ich passe.« Von Dianas Vorschlägen war ich mehr als kuriert.

Dieter Kuhlmann lebte in Jever in der Nähe der Brauerei, ein Weg, den ich normalerweise gern einschlug, der mir aber heute mit Kater im Körper nicht eben leichtfiel. Sein Eigenheim war ein moderner Zweckbau mit Flachdach und grauen Fenstern.

Ich stellte mich vor, kam aber nicht dazu, mein Sprüchlein zu Ende aufzusagen, weil Dieter Kuhlmann mir ins Wort fiel.

»Sie haben Andreas' Leiche gefunden«, sagte er.

»Ja, das ist mir auch aufgefallen.«

»Ich habe ihm immer gesagt, dass er sich mehr reinhängen soll. Von nichts kommt nichts, hab ich gesagt, ruh dich nicht auf den Erfolgen deiner Mutter aus.« Er zog eine E-Zigarette aus der Tasche, sog daran und hüllte mich in eine Dampfwolke aus Kirscharoma.

»Ich glaube kaum, dass ihn jemand getötet hat, weil er nicht ehrgeizig genug war.« Wenn das ein Mordmotiv darstellte, wunderte es mich nicht, dass es von Zeit zu Zeit jemand auf *mein* Leben abgesehen hatte. »Sie haben nicht auf meine Nachricht geantwortet. Ich habe Ihnen über Facebook geschrieben, haben Sie das nicht bemerkt?«

»Doch. Ich bin nur bislang noch nicht dazu gekommen zu antworten. Aber ich habe einen Blick auf Ihr Profil geworfen und gesehen, dass Sie Autorin sind. Sie scheinen nicht besonders bekannt zu sein, ich habe keinen einzigen Wikipedia-Artikel über Sie gefunden.«

Ich überging die versteckte Kritik. »Wann haben Sie Andreas das letzte Mal gesehen, bevor er verschwand?«

»Das ist so lange her.«

»Bestimmt hat die Polizei Sie doch auch schon danach gefragt«, half ich ihm auf die Sprünge.

»Ja, das war vor ein paar Tagen. Ich kann mich aber nicht an alle Nebensächlichkeiten erinnern, ich habe eine Firma zu leiten.« Er deutete auf ein Firmenschild neben der Auffahrt, das auf seine IT-Firma verwies, sie sich allem Anschein nach in einem Teil seines Wohnhauses befand.

Zwei Morde würde ich nicht als Nebensächlichkeit betrachten, aber was wusste ich schon.

»Ich glaube, ich habe ihn zuletzt am Wochenende vor seinem Verschwinden gesehen. Dass man einige Tage darauf offiziell nach ihm suchte, hielt ich zunächst für übertrieben. Wissen Sie, er war oft mehrere Tage am Stück unterwegs, das war bei ihm nicht ungewöhnlich. Darum hat sich damals ja auch zunächst kaum einer gesorgt, als er verschwand.«

»Angeblich hat er seine alten Verhaltensweisen abgelegt, nachdem es mit meiner Mutter ernst wurde.«

»Ach, dann sind Sie Marias Tochter? Natürlich, das hätte ich mir denken können. Ja, er hatte sich für Maria geändert, aber ehrlich gesagt haben die meisten von uns geglaubt, dass er einfach in seine alten Verhaltensweisen zurückgefallen ist.«

»Glauben Sie, dass er Feinde hatte?«

»Dafür war er nicht erfolgreich genug. Feinde muss man sich verdienen.«

Ein echter Sympathieträger. Ich fragte ihn nach Inge Behrends, Rita Lugner und Günther Fabricius, aber entweder hatte er alle Erinnerungen an sie gelöscht, um auf seiner Festplatte mehr Platz für seine Geschäftsideen zu haben, oder er wollte mir einfach nichts sagen. Ich verabschiedete mich und setzte mich hinters Lenkrad.

Mein nächster Weg führte mich nach Wittmund, Norbert Coordes wohnte dort in einer winzigen Zwei-Zimmer-Wohnung im Dachgeschoss eines Mehrfamilienhauses. Es war unerträglich heiß hier oben, die Luft im Wohnzimmer roch nach Schweiß und billigem Aftershave. Die Decke bestand fast ausschließlich aus Schrägen, es gab nur wenige Quadratmeter, in denen man aufrecht stehen konnte. Anscheinend ging der Großteil seines Gehalts als Fitnesstrainer tatsächlich für Unterhaltszahlungen drauf, ganz so, wie Sebastian gesagt hatte.

»Andreas war ein total cooler Typ.« Coordes trug kein Oberteil, er war nur mit Shorts und Flip-Flops bekleidet.

Ich fragte auch ihn nach Rita Lugner und Inge Behrends, aber er konnte mir nicht mehr über die beiden sagen als das, was ich ohnehin schon wusste.

»Sie schrieben mir, Sie hätten Andreas das letzte Mal auf Ihrer Geburtstagsfeier gesehen und dass er sich nicht anders verhalten hätte als sonst.«

»Genau. Im Nachhinein ist mir allerdings eingefallen, dass es an dem Abend einen Streit gab und Andreas deswegen zeitweise ganz schön aufgebracht war. Die Lage hatte sich aber schnell wieder beruhigt. Freunde streiten sich halt ab und an, und an dem Abend war eine Menge Alkohol im Spiel.«

Ich nickte wissend. Der Streit zwischen Andreas und Frank, bei dem es um Rita gegangen war. »Wissen Sie noch, was Sie am Tag seines Verschwindens gemacht haben?«

»Ich habe in einem Imbiss gearbeitet. Zum Wintersemester wollte ich mein Sportstudium beginnen, da konnte ich das Geld gut brauchen.«

»Kennen Sie einen Günther Fabricius?« Ich rutschte auf dem schwarzen Kunstledersofa hin und her, meine Jeans klebte unangenehm an meinem Hintern.

»Klar, Sie sprechen vom Pastor.«

»Er ist kein Theologe.«

»Nein, nein, ich meinte nicht den Beruf. Andreas hatte einen Freund, der mit Nachnamen Fabricius hieß, den Vornamen weiß ich nicht mehr. Früher gab's doch mal diesen Sternengucker, David Fabricius, der war eigentlich Pastor. Darum haben wir diesen Fabricius eben auch den Pastor genannt.«

»Waren Sie auch mit ihm befreundet?«

Norbert Coordes neigte abwägend den Kopf. »Befreundet wäre übertrieben, wir haben ab und zu miteinander geredet, wenn wir uns zum Beispiel auf einer Party trafen. Ohne Andreas hätten wir wohl kaum ein Wort miteinander gewechselt.«

»Warum nicht?«

»Er kam mir immer irgendwie undurchsichtig vor und hat es mit der Wahrheit nicht so genau genommen.«

Das konnte ich nur bestätigen. »Haben Sie Fabricius nach Andreas' Verschwinden noch mal wiedergesehen?«

»Mehrmals. Anfangs stellte er ähnliche Fragen wie Sie. Was Andreas ins Ausland verschlagen haben könnte und ob er mir verändert vorgekommen sei und so. Da dachte ich noch, er sei wirklich auf der Suche nach ihm. Später merkte ich dann, dass er nur möglichst viel Klatsch und Tratsch in Umlauf bringen wollte, damit die Leute seine Artikel lasen. Ich habe dann nicht mehr mit ihm gesprochen.«

Zum Glück hatte Fabricius trotz seiner Recherchen nichts über die vermeintliche Schwangerschaft erfahren. Die öffentliche Demütigung hätte meine Mutter damals unter Garantie nach Norden gebracht. »Hat er was von dem Streit auf Ihrer Geburtstagsfeier mitbekommen?«

Norbert Coordes sah mich irritiert an. »Natürlich, er war es doch, mit dem Andreas aneinandergeriet.«

»Moment mal, jetzt bin ich verwirrt.« Ich setzte mich aufrecht hin. »Ich dachte, der Streit sei zwischen Andreas und Frank entbrannt?«

»Ach was«, Coordes winkte ab, »Frank war schon immer ein aufbrausender Typ, das kleine Geplänkel habe ich gar nicht ernst genommen. Nein, der Pastor hat Andreas später, als die Party schon fast vorbei war und nur noch wenige Gäste da waren, ein paar ganz schön böse Worte vor den Latz geknallt.«

»Warum?«

»Es ging um Maria. Es stellte sich heraus, dass der Pastor total auf sie stand und versucht hatte, sie anzugraben. Sie ließ ihn natürlich abblitzen und meinte sogar, sie würde Andreas heiraten. Aber das machte es nicht ungeschehen. Nachdem Maria die Party verlassen hatte, hat Andreas sich den Pastor zur Brust genommen, da kam es dann zu dem Streit.«

»Was hat Fabricius zu Andreas gesagt?«

Coordes musste nicht überlegen. »Er sagte: ›Wenn du nicht wärst, würde Maria mir gehören.‹«

Diana schloss das McCut ab und folgte mir durch die Fußgängerzone zum Georgswall, wo mein Auto parkte. Sie wohnte in fußläufiger Entfernung zu ihrem Arbeitsplatz, ihr Wagen stand bei ihr zu Hause. Ihre Absätze klapperten hölzern auf der Straße. Sie trug goldene Sandalen mit Keilabsatz und Schmuckverzierungen. Keine Ahnung, wie sie damit einen ganzen Arbeitstag überlebte.

»Ist es nicht erschreckend, wie das zusammenpasst?« Ich war ein wenig außer Puste, weil wir schnell gingen und ich unterwegs ununterbrochen von den neuesten Erkenntnissen erzählte, viel Zeit zum Luftholen blieb da nicht. »Fabricius hatte sein Aussehen gar nicht an Andreas angepasst, um ihn zu beeindrucken, sondern um meine Mutter für sich zu gewinnen. Dadurch konnte er auch die falsche Spur zum Bahnhof nach Emden legen. Er war es, den die Zeugen gesehen haben – die Kopie, nicht das Original. Denn das hatte er zu dem Zeitpunkt bereits aus dem Weg geräumt. Ich rufe gleich mal Stefan an.«

»Weil Fabricius früher in deine Mutter verliebt war? Erinnere dich mal daran, was für ein heißer Feger sie war, er wird bestimmt nicht der Einzige gewesen sein. Bislang sind das doch alles nur Vermutungen.«

»Aber was ist mit dem Spruch, wenn Andreas nicht wäre, würde sie ihm gehören?«

»Wir sollten Norbert Coordes' Aussage nicht allzu viel Bedeutung beimessen, solange wir nicht mit Fabricius gesprochen haben. Immerhin ist Coordes, was diesen Streit angeht, dein einziger Zeuge.«

»Aber doch nur, weil von den anderen zu dem Zeitpunkt keiner mehr auf der Party war«, gab ich zu bedenken.

»Trotzdem. Warten wir erst mal ab, wie unser Gespräch läuft«, schlug Diana vor. »Danach sehen wir weiter.«

Wir erreichten mein Auto, und ich stieg ein. Die aufgeheizte Luft kroch durch meine Atemwege, während ich mich über den Sitz zur Beifahrertür beugte und sie öffnete.

Diana ließ sich neben mich plumpsen. Sie schloss die Tür

und kurbelte das Fenster runter, um für Frischluft zu sorgen. »Ich habe über das nachgedacht, was du mir über dich und Sebastian erzählt hast. Die Sache ist klar, du bist immer noch total in ihn verschossen.«

»Bitte was?« Hitze stieg mir ins Gesicht. »Ich bin überhaupt nicht in ihn verschossen. Zumindest nicht mehr. Ich nutze nur seine Dienste, bis meine Mutter entlastet ist und wir die Hochzeit überstanden haben.«

»Betrunkene und Kinder sagen immer die Wahrheit. Wenn du Sebastian also eine Liebeserklärung gemacht hast, dann hat die auch was zu bedeuten.«

»Ich habe ihm überhaupt keine Liebeserklärung gemacht. So weit kommt es noch. Ich schaffe es ja nicht mal, Phil die berühmten drei Worte zu sagen.«

Diana sah mich fassungslos an. »Das ist jetzt nicht dein Ernst.«

»Leider doch. Er hat überhaupt kein Problem damit, es zu sagen, aber wenn ich es versuche, fühlt es sich an, als hätte ich eine Maulsperre.«

»Liebst du ihn denn?«

»Ja, ich denke schon.«

»Meinst du, es liegt an Sebastians Auftauchen, dass du es nicht sagen kannst?«

»Nein, ich habe es auch schon nicht über die Lippen gebracht, als Sebastian noch abgetaucht war.«

»Dann ist der richtige Zeitpunkt vielleicht einfach noch nicht gekommen. Mach dir keinen Stress, du fühlst, wenn es so weit ist.«

Wir hielten vor Günther Fabricius' Doppelhaushälfte. Der Parkplatz auf der Auffahrt war leer.

Wir stiegen aus und klingelten. Nichts tat sich. Auch kein Hundebellen, also war die übergewichtige Fußhupe ebenfalls nicht im Haus.

»Vielleicht machen er und sein Hund gerade einen Spaziergang«, sagte ich.

»Das wäre aber ein ganz schön langer Spaziergang.« Diana zog eine Zeitung aus dem Zeitungsrohr. Es war das Heimatblatt, das mittwochs ausgeteilt wurde. Demnach war der Hausherr zumindest in der letzten Nacht nicht nach Hause gekommen.

»Und jetzt?«

»Wir könnten uns ja mal drinnen umsehen.« Diana schenkte mir einen vielsagenden Blick und zauberte zwei Drähte aus ihrer Tasche.

»Hast du die jetzt etwa immer dabei? Du weißt doch, dass das mit den Schlössern und dir nicht klappt. Oder hast du ein besseres Tutorial gefunden?«

»Nicht wirklich«, gab Diana zu.

»Hier kannst du dir die Mühe ohnehin sparen. Fabricius wird sicherlich kein Bekennerschreiben auf dem Küchentisch hinterlegt haben. Aber sein Abflug ergibt Sinn. Er muss geahnt haben, dass wir ihm trotz seiner Lügen auf die Schliche kommen würden.«

»So langsam teile ich deine Meinung, was ihn und sein Motiv für den Mord an Andreas angeht. Aber hätte er dann nicht bei Friesen-Bau arbeiten müssen?«

»Nicht unbedingt. Wir wissen nichts über sein handwerkliches Geschick. Er könnte Andreas in seiner Wohnung aufgesucht, ihn getötet und dann bis zum Feierabend der Arbeiter gewartet haben, um ihn nach unten in das Kabuff zu bringen und die Tür zu verschließen. Vielleicht haben die Handwerker sich am nächsten Tag gewundert, warum die Arbeit bereits erledigt war, aber da zu der Zeit viele verschiedene Hände am Umbau der Villa beteiligt waren, wäre es nicht zu allzu vielen Fragen gekommen.«

»Du vergisst, dass Violetta Kalski Georg Hoffmeyer ausdrücklich auf den Verbleib eines Mitarbeiters angesetzt hat. Einer von denen kam ihr im Nachhinein merkwürdig vor.«

»Okay, ich gebe zu, dass dieser Punkt noch nicht restlos geklärt ist. Aber vergiss nicht, dass sie sich auch einfach geirrt haben könnte. Der Gedanke kam ihr erst nach vierzig Jahren. Vielleicht war ihr Verdächtiger gar nicht der Täter, und sie lag nur mit ihrer Vermutung wegen der dritten Tür richtig.« Ich zog mein Handy hervor. »Jetzt rufe ich erst einmal Stefan an und bringe ihn auf den neuesten Stand.«

Diana steckte ihr Einbrecherwerkzeug wieder weg. »Tu das. Wenn Fabricius sich wirklich abgesetzt hat, zählt jede Minute. Wollen wir nur hoffen, dass die Polizei ihn findet. Das letzte Mal, als wir einen Vermissten entdeckt haben, der angeblich freiwillig abgezogen war, war er nicht gerade im besten Zustand.«

»Was macht dein Fall? Gibt es bei deinen Ermittlungen Fortschritte?« Phils beiläufiger Tonfall klang ein wenig aufgesetzt.

»Woher auf einmal das Interesse? Ich sollte mich doch aus der Sache heraushalten.«

»Als ob du auf mich hören würdest.«

Ich teilte ihm mit, was sich seit unserem letzten Gespräch zugetragen hatte.

»Was sagt denn deine Mutter über ihren Verehrer? Du hast doch bestimmt schon mit ihr darüber gesprochen.«

»Klar, ich habe sie gleich nach dem Gespräch mit Norbert Coordes angerufen. Sie hat bestätigt, dass Fabricius ihr auf der Geburtstagsparty Avancen gemacht hat.«

»Und nach Andreas Kalskis Verschwinden?«

»Stand er ständig bei ihr auf der Matte. Angeblich nur deshalb, weil er Informationen für seine Artikel brauchte. Es kann aber natürlich sein, dass ihre Erinnerungen ein wenig getrübt sind. Möglicherweise hat er weiterhin versucht, bei ihr zu landen, und sie hat es aufgrund ihrer Gefühlslage einfach nicht gemerkt. Ich habe Stefan über alles informiert, jetzt wird nach Fabricius gefahndet. Ich hoffe, dass sie ihn schnell schnappen, möglichst noch vor der Hochzeit meiner Eltern.«

»Was hat der Fall mit der Hochzeit zu tun?«

»Ich habe mich lange mit Diana darüber unterhalten.« Ich

streichelte O'Malley, der in diesem Moment auf meinen Schoß hopste. »Wir halten es beide für auffällig, dass der Mord an Andreas kurz nach dem Heiratsantrag geschah und dass jetzt, seit der Verlobung meiner Eltern, die Hochzeit sabotiert wird. Es ist doch möglich, dass die beiden Fälle zusammenhängen. Da gibt es nämlich eine Sache, die mich stutzig macht.«

»Und die wäre?«

»Fabricius hat in keinem seiner Artikel oder in einem der Notizbücher vermerkt, dass meine Mutter und Andreas verlobt waren. Fast so, als wollte er ihm diesen Triumph nicht gönnen. Wenn es ihm egal gewesen wäre, hätte er das doch total ausgeschlachtet.«

»Es ist jedenfalls gut, dass du Stefan informiert hast. So wie es aussieht, kannst du in diesem Fall jetzt erst mal nichts mehr tun, bis die Polizei Fabricius ausfindig gemacht und befragt hat.« Phil klang erleichtert.

»Da stimme ich dir ausnahmsweise zu. Jetzt müssen wir nur noch die Hochzeit glatt über die Bühne bringen. Wenn mein Verdacht wegen Fabricius stimmt, könnte es sein, dass er etwas plant, um die Trauung zu verhindern. Wie sieht es eigentlich bei dir in puncto Trauung aus?«

»Ich weiß nicht, wie ich es sagen soll, Elli, aber ich kann definitiv nicht zur Hochzeit kommen.«

»Halb so wild. Hauptsache, du schaffst es zur Feier am Samstag.«

»Das meinte ich.«

Seine Worte trafen mich wie ein Keulenschlag. »Ist das sicher?«

»Ganz sicher. Es tut mir leid.«

»Wann sehen wir uns denn wieder?«, fragte ich.

»Ich kann hier vorläufig nicht weg. Hast du nicht Lust, nach den Hochzeitsfeierlichkeiten zu mir nach München zu kommen? Du brauchst doch bestimmt mal Urlaub von deiner Familie.«

»Du wirst den ganzen Tag bei der Arbeit sein.«

»Aber ich werde dich für die entgangene Zeit entschädigen.«

»Ich habe eine ziemlich genaue Vorstellung davon, was du damit meinst.«

»Schön, dass wir uns verstehen. Pass gut auf dich auf, ich habe noch einiges mit dir vor.«

Enttäuscht warf ich mein Handy zur Seite. So viel zu Madame Cassandras Vorhersage. Wann war ich eigentlich dazu übergegangen, diesen Humbug zu glauben? Lag bestimmt nur am Schrumpfkopf, der hatte mich irgendwie verwirrt.

Den restlichen Abend kurierte ich meinen Kater mit meinem Kater auf dem Sofa aus, Sebastian trudelte um Viertel vor elf ein.

»Hallo, Partymaus.« Er lächelte verschmitzt, als er meine Wohnung betrat. Er trug eine blaue, verwaschene Jeans und ein weißes T-Shirt, die Brandnarben auf seinen Unterarmen waren deutlich zu sehen. Der dezente Geruch eines holzigen Aftershaves ging von ihm aus. Sein Anblick verschaffte mir mittelschweres Herzrasen, und ich fragte mich, ob nicht doch etwas Wahres an Dianas Worten gewesen war. Ach was, bestimmt hatte sie mir nur einen Floh ins Ohr gesetzt, die Sache mit Sebastian war Geschichte. Ich hatte einen Freund, basta. Aber gucken war ja wohl noch erlaubt, schließlich war ich nur vergeben und nicht blind.

»Hey«, war das Einzige, was ich herausbrachte. Nach meinem Verhalten in der letzten Nacht fühlte ich mich befangen. Erst mal abwarten, ob er das Thema anschnitt.

»Hat sich bei dir irgendwas ergeben?« Sebastian setzte sich neben O'Malley aufs Sofa und kraulte ihn hinter den Ohren. O'Malley rückte ein Stück näher an ihn heran, um zu verdeutlichen, wie wenig Zuwendung er von seinem Geiselnehmer-Frauchen erfuhr.

»Allerdings.« Ich holte ein Bier für Sebastian und ein Glas Leitungswasser für mich aus der Küche. Ich nahm einen großen Schluck, ehe ich weitersprach, denn meine Kehle war in seiner Anwesenheit merkwürdig trocken geworden. Dann brachte ich ihn auf den neuesten Stand und hielt auch mit meiner Vermutung, Günther Fabricius könnte Mörder und Hochzeitssaboteur in einer Person sein, nicht hinter dem Berg.

»Die Hochzeitssabotage geht übrigens auch weiter. Die Angriffe auf meine Mutter haben aufgehört, dafür scheint der Mörder jetzt wieder Lemke ins Visier genommen zu haben. Er hatte vor Kurzem erneut einen Unfall, jemand hat den Lenker seines Fahrrads gelockert, und er ist gestürzt. Vielleicht hält der Mann ohne Gesicht – also mit hoher Wahrscheinlichkeit Fabricius – ihn für das leichtere Opfer, weil er allein lebt.«

Sebastian nickte. »Und ohne Lemke wird die Hochzeit nicht stattfinden. Das Ergebnis ist letztlich dasselbe, egal ob der Kerl es auf deine Mutter oder auf ihren Standesbeamten abgesehen hat.«

Ich brachte Sebastian zur Tür und schloss auf, aber als ich die Klinke runterdrücken wollte, legte er seine Hand auf meine und hielt sie fest.

Seine Berührung versetzte mich in eine Art Schockstarre.

»Du hast letzte Nacht gesagt, du hättest dich nur meinetwegen auf die Suche nach Andreas Kalski begeben. Stimmt das?«

Ich raffte all meine Kräfte zusammen und machte eine wegwerfende Handbewegung, meine Hand fühlte sich seltsam taub an. »Ach, ich war betrunken und wusste nicht so genau, was ich tat.«

»Du wolltest mich küssen.«

»Tatsächlich? Kann ich mich gar nicht dran erinnern.«

Er beugte sich vor und drückte seine Lippen auf meine. Tausend Stromschläge jagten durch meinen Körper, mir war ein wenig schwindelig, als der Kuss endete.

Sebastian lächelte. »Keine Sorge, du kannst die Schuld getrost mir geben und mit reinem Gewissen zu deinem Freund gehen.«

Als ob das irgendwas einfacher gemacht hätte!

# 30

»Oh! Mein! Gott! Jetzt steckst du aber ganz schön in der Zwickmühle.« Dianas Stimme kippte vor Aufregung.

»Warum hat er das nur getan? Ich hasse ihn dafür, dass er mich geküsst hat.«

»Was hast du denn währenddessen gemacht?«

»Die Augen geschlossen.«

»Natürlich auch gegen deinen Willen, schon klar.«

Die Ironie, die mir durch den Telefonhörer entgegenfloss, hatte ich verdient. Es gab mal eine Zeit, da hätte ein Fingerzeig von Sebastian genügt, und ich hätte ihm meinen Slip vor die Füße geworfen. Ehrlich gesagt war ich mir inzwischen nicht mehr sicher, ob diese Zeit schon überstanden war.

»Ich darf heute bei der Trauung keinen Alkohol trinken. Wenn ich Sebastian noch mal beduselt gegenübersitze, geht das in die falsche Richtung. Ich fahre. Soll ich dich und Bruno abholen?« Ein hoher Einsatz, aber zur Not kontaminierte ich mein Auto sogar mit einem Clown, wenn ich dafür tugendhaft bleiben konnte.

»Unsinn. Ich hole dich ab und passe auf, dass du dich nicht betrinkst. Bruno hat heute noch einen Auftritt und kommt wahrscheinlich nicht zur Trauung. Wir sind also das dreiblättrige Kleeblatt. Ich bin um zwei bei dir und kümmere mich um deine Haare und Augenbrauen, dann schaffen wir es locker zur Trauung um vier.«

Das hörte sich ganz nach meinem Geschmack an. Mit Diana und Alexa als moralische Unterstützung würde ich das Ganze nüchtern hinter mich bringen können. Und wenn die Trauung endlich überstanden war, würden die Gemüter sich wieder beruhigen.

Die standesamtliche Trauung sollte in »Strieks Huus« bei der historischen Schmiede in Großefehn stattfinden. Die Gemeinde hatte das Gebäude vor Jahren gekauft und saniert, die alte Schmiede war immer noch funktionstüchtig und komplett ausgestattet.

Gute Laune keimte in mir auf, ich hatte das Gefühl, dass nach dieser Hochzeit alles überstanden sein würde. Auch wenn meine Mutter sozusagen als Mordverdächtige ihre Unterschrift unter die Heiratsurkunde setzte, so hieß es doch, das Beste aus der Situation zu machen.

Heute war es entschieden zu warm, um vor der Trauung noch etwas Sinnvolles anzustellen. Also sah ich im Internet nach, was mein aktuelles E-Book machte. Seit Helena wieder Artikel über mich schrieb, stiegen die Verkaufszahlen merklich.

Ich duschte ausgiebig und rasierte meine Beine und Achseln, schlüpfte in meinen Bademantel und schminkte mich mit Ausnahme der Augenbrauen. Ehe ich mich versah, war es bereits zehn nach zwei, um Viertel nach klingelte Diana an der Tür.

»Du bist zu spät«, sagte ich.

»Als ob du schon lange auf mich gewartet hättest.« Sie wirbelte herein und stellte einen Frisierkoffer ins Badezimmer. Sie trug ein dunkelblaues Cocktailkleid, ihre karamellfarbenen Locken hatte sie mit einer Hochsteckfrisur gezähmt.

Diana pinselte eine gefühlte Ewigkeit an meinem Gesicht herum, aber das Ergebnis konnte sich sehen lassen. Sie hatte es fertiggebracht, winzige Härchen zu zeichnen, sodass es beinahe aussah, als herrschte über meinen Wimpern nicht der totale Kahlschlag.

Sie föhnte mir die Haare und machte sich daran, die einzelnen Strähnen durch ein Glätteisen zu ziehen. »Wie sieht es denn eigentlich mit Phil aus?«

»Er wird morgen definitiv nicht kommen können.« Ich gab mir Mühe, nicht allzu enttäuscht zu klingen.

»Blöde Sache.« Diana nickte verständnisvoll. »Aber Alexa und ich sind ja auch noch da. Zur Not setzen wir uns einfach mit ein paar Flaschen Sekt auf eine Gartenbank und kippen uns einen hinter die Binde.«

»Klingt nach einem super Plan.« Danach durfte ich nur Sebastian nicht mehr über den Weg laufen.

Die Hochzeitsfeier sollte in einem alten Hof hinten im Moorgebiet stattfinden. Die ehemalige Scheune war zu einem Festsaal umgebaut worden, ein Garten mit verschlungenen Wegen und Sitzgelegenheiten erstreckte sich dahinter. Genau das Richtige, um sich zwischendurch mal abzuseilen, falls Onkel Wilfried und Tante Elisabeth mich mit Fragen zu meinem Beziehungsstatus bombardierten.

Diana verpasste mir eine gewellte Frisur, die sie am oberen Teil des Hinterkopfes hochsteckte. Ich schlüpfte in mein kleines Schwarzes, zog meine Pumps mit den niedrigen Absätzen an und schnappte meine Handtasche. Im Vorbeigehen verabschiedete ich mich von O'Malley und versprach ihm, nicht zu lange fortzubleiben. Unser Abschied fiel sehr knapp aus. Zum einen schmollte mein Katzenfreund noch, zum anderen kam ich ihm lieber nicht zu nah, weil ein schwarzes Kleid und rote Katzenhaare eine unzertrennliche Einheit bilden.

Dianas Fiat zuckelte die Bundesstraße entlang. Freitagnachmittag war eine undankbare Zeit, um diese Strecke zu fahren. Der Verkehr floss zäh dahin, einige Trecker tuckerten zwischen den Autos herum und verhinderten ein schnelles Vorankommen. Kein Problem, wir hatten ja noch alle Zeit der Welt. Ich sah gedankenverloren aus dem Fenster, wir befanden uns kurz vor Mittegroßefehn. Von dort aus hieß es nur noch links abbiegen und ein Stück am Kanal entlang. »Strieks Huus« stand direkt an der Schleuse gegenüber dem Rathaus.

Auf der anderen Straßenseite schob sich eine Autokolonne an uns vorbei. Ich ließ den Blick über die Fahrzeuge gleiten und setzte mich ruckartig auf. »Der da gerade an uns vorbeigefahren ist, der in dem blauen Kleinwagen, das war Günther Fabricius! Du musst sofort umdrehen, wir müssen ihm folgen!«

Wenn wir jetzt schnell handelten, konnte ich meiner Mutter

die ersehnte Entlastung sozusagen zur Hochzeit schenken. Kam bestimmt auch besser an als das Geschenkset mit den gravierten Weingläsern, das im Kofferraum vor sich hin dümpelte.

Diana sah verwirrt in den Rückspiegel. »Bist du dir sicher?«

»Absolut! Los, wir können dem Ganzen hier und jetzt ein Ende bereiten. Ich ruf schon mal die Polizei an, dann können sie ihn gleich einsacken.« Ich zückte mein Handy und meldete, was ich gesehen hatte. »Er fährt in Richtung Aurich. Moment, was macht er jetzt? Er biegt nach rechts zur Mülldeponie ab. Wir bleiben dran.«

Zwischen uns und Fabricius befanden sich gut und gerne zehn Autos. Als wir die Straße zur Mülldeponie erreichten, parkte das blaue Auto bereits an einem Feldweg hinter dem Deponiegelände. Diana hielt dahinter an, ich drückte ihr das Handy in die Hand und sprang raus.

Günther Fabricius' Wagen war leer. Ich sprintete los, kam dabei ins Stolpern und verlor meine Schuhe, barfuß hetzte ich weiter, Steine und Stöckchen pikten in meine Fußsohlen. Hinter einer Linkskurve sah ich ihn, er rannte mit seinem Hund vor mir her.

Keine Ahnung, ob Fabricius und sein dicker Köter so langsam waren oder ob in mir plötzlich ungeahnte Kräfte erwachten, aber ich holte die beiden ein, mit einem Hechtsprung riss ich Fabricius von den Füßen, wir kugelten über den rauen Untergrund.

»Hilfe! Überfall!« Fabricius blieb bäuchlings liegen.

Ich setzte mich auf seinen Rücken, wobei mir meine elf zusätzlichen Kilos sehr gelegen kamen. »Halten Sie den Mund!« Ich drückte seine Hände, in denen er immer noch die Hundeleine hielt, auf seinen Rücken.

Jacky saß daneben und sah unserem Treiben mit heraushängender Zunge zu. Er war wohl froh, dass die Rennerei ein Ende hatte. Aus der Ferne hörte ich Polizeisirenen. Das nannte ich mal gutes Timing.

Fabricius sträubte sich. »Was wollen Sie von mir? Gehen Sie von mir runter, ich habe Ihnen nichts getan.«

»Ach, dann sollte ich Ihre Mordversuche also nicht persönlich nehmen?«

»Ich habe keine Ahnung, wovon Sie reden.«

»Vom Mord an Andreas Kalski und seiner Mutter natürlich. Und davon, dass Sie mich aus dem Weg räumen wollten, bevor ich Ihnen auf die Schliche kommen konnte.«

»Damit habe ich nichts zu tun.«

»Schon klar. Und warum sind Sie dann gerade vor mir weggerannt?«

»Ich bin nicht weggerannt, ich bin ein kurzes Stück gejoggt, weil Jacky und ich die ganze Fahrt hindurch gesessen haben. Wir waren ein paar Tage in Osnabrück.«

»Das können Sie der Polizei erzählen.«

Ein Polizeiwagen kam den Feldweg entlanggefahren, er zog eine enorme Staubwolke hinter sich her. Die Polizisten nahmen Günther Fabricius in Empfang, auch sein Hund durfte mit zur Polizeiwache fahren, im Gegensatz zu seinem Herrchen jedoch ohne Handschellen.

Völlig ramponiert, mit aufgeschürften Knien, sandigen Füßen und einem staubigen Kleid ging ich zurück zu Dianas Wagen, unterwegs sammelte ich meine Schuhe ein.

Diana kam mir entgegen. »Das war so cool! Wie im Fernsehen.« Sie sah mich an. »Wobei die Schauspieler danach nicht so mitgenommen aussehen wie du. Schade, ich hatte mir solche Mühe mit deinen Haaren gegeben. Irgendwie sitzt dein Kleid jetzt auch ganz komisch.« Sie besah sich meinen Rücken. »Oh, dein Reißverschluss ist kaputt.«

Ich tastete meinen Rücken entlang. Tatsächlich, der Reißverschluss war komplett aufgerissen. Ich sah auf meine Armbanduhr, es war fast halb vier. Keine Chance, jetzt noch nach Hause zu fahren und mich umzuziehen. »Was soll's?« Ich zuckte die Achseln. »Wir haben den Kerl, darauf kommt es an.«

»Komisch, dass er nicht zur Schmiede gefahren ist, oder?«

»Vielleicht war er dort und hat die Polizisten gesehen.«

»Die sind doch in Zivil.«

»Er ist Reporter, der riecht Bullen zehn Kilometer gegen den Wind.«

Wir fuhren zu »Strieks Huus«, einige Autos parkten vor dem alten Fehnhaus, andere standen gegenüber auf dem Parkplatz des Rathauses. Diana stellte ihren Wagen ebenfalls dort ab, und wir überquerten den Kanal auf der kleinen Fußgängerbrücke. Vor dem Gebäude standen zwei Polizisten in der Nähe des Eingangs. Auch wenn der Übeltäter gefasst war, fühlte ich mich direkt ein wenig besser bei ihrem Anblick. Im alten Bauerngarten der Schmiede hatten sich schon die meisten Familienmitglieder eingefunden, und mein Anblick erregte einiges Aufsehen.

»Wir haben gerade einen Verbrecher zur Strecke gebracht«, sagte ich zur Entschuldigung in die Runde. »Hat zufällig jemand Nadel und Faden dabei?«

Alexa löste sich aus einer Gruppe um Onkel Wilfried und kam zu uns rüber. »Komm mit, ich nähe dir dein Kleid schnell wieder zusammen, dann könnt ihr mir auch gleich alles erzählen.«

Wir verzogen uns zu dritt aufs Klo, Diana versuchte meine Frisur zu retten, Alexa entstaubte mein Kleid und nähte den Reißverschluss zu, dabei erzählte ich ihr von Fabricius' Festnahme.

Auf dem Rückweg trafen wir im Flur auf Hans Lemke, er stellte seinen schwarzen Aktenkoffer vor einer der beiden Türen zum Trauzimmer ab und empfing uns mit einem breiten Lächeln. »Hallo, Elli. Habe ich gerade richtig gehört? Ihr habt den Verbrecher gefasst?«

»Ja, Günther Fabricius ist wahrscheinlich der Mörder der Kalskis, die Polizei hat ihn gerade eingesackt.«

Er nickte anerkennend. »Ein schöneres Hochzeitsgeschenk hättest du deinen Eltern kaum machen können.«

»Ja, es stimmt schon, was man sagt: Die besten Dinge im Leben bekommt man nicht für Geld.« Der Verfasser hatte sicherlich nicht an die Ergreifung von Mördern gedacht, aber irgendwie ist eben alles Auslegungssache.

Hans Lemke wurde von seiner üblichen Parfümwolke umgeben. Als wir hinter ihm her nach draußen gingen, hielt ich unwillkürlich die Luft an. Es war mir ein Rätsel, wie meine Mutter das aushielt. Vielleicht hatte sie ja Glück, und er dieselte sich, wenn er mit ihr unterwegs war, nicht so stark ein. Dass er auch anders konnte, hatte mein Besuch in seiner Wohnung gezeigt.

Die Sonne schien uns freundlich entgegen, als wir hinaustraten. Für einen Moment war ich regelrecht geblendet, helle Flecken tanzten vor meinen Augen. Wir gesellten uns zu meinen Eltern und überbrachten die frohe Kunde. Meine Mutter trug ein fliederfarbenes Kleid, das ihren Teint betonte und zusammen mit der guten Nachricht endlich wieder zum Strahlen brachte.

In der Luft lag eine knisternde Spannung, meine ganze Familie freute sich, dass meine Eltern endlich Nägel mit Köpfen machten. So manche Großtante hatte beim Warten auf diesen großen Tag bereits das Zeitliche gesegnet. Das war aber vielleicht auch gar nicht so tragisch, denn die Sitzplätze in der Schmiede waren begrenzt, ab dreißig Personen würde es knapp werden. Ich zählte durch und kam auf sechsundzwanzig, also alles im grünen Bereich.

Onkel Wilfried und Tante Elisabeth winkten mich zu sich.

Mein Onkel stieß mich mit dem Ellenbogen an. »Weißt du eigentlich, dass deine Tante und ich in deinem Alter schon seit sechs Jahren verheiratet waren?«

»Lass sie doch«, sagte Tante Elisabeth. »Es ist für die jungen Frauen heutzutage gar nicht so einfach, einen passenden Partner zu finden.«

»Ich habe einen Freund«, sagte ich. »Er kann nur heute nicht hier sein.«

»Oder versteifst du dich zu sehr aufs Schreiben und findest keine Zeit für einen Freund?« Onkel Wilfried zwinkerte mir zu.

»Ich habe –«

»Vielleicht wirst du ja die nächste Joanne K. Rowling.« Er lachte auf.

Ich setzte ein Lächeln auf und tat so, als hätte ich diesen Spruch noch nie gehört.

»Sind wir komplett?«, tönte die Stimme meiner Mutter durch den Garten.

»Moment.« In meiner Handtasche vibrierte es. Ganz schlechtes Timing. Ich zog mein Handy heraus, um es auszuschalten, erkannte aber Stefans Nummer auf dem Display. Ich ließ die anderen vorlaufen und nahm den Anruf entgegen. »Tut mir leid, ich kann gerade nicht telefonieren, wir sind auf dem Weg zur Trauung.«

»Elli, ich habe schlechte Nachrichten. Günther Fabricius kann nicht der Täter sein, ich erkläre dir alles später. Der Mörder läuft immer noch frei herum. Meine Kollegen bleiben vorne am Eingang postiert.«

Wie betäubt ließ ich das Handy in die Tasche zurückgleiten.

»Alles in Ordnung?«, fragte meine Mutter.

»Ja, alles okay.« Ich rang mir ein Lächeln ab. Das war der denkbar schlechteste Zeitpunkt, ihr die Neuigkeiten mitzuteilen.

Wir betraten das Trauzimmer durch die vordere der beiden Türen, mein Blick huschte umher und versuchte, etwas Verdächtiges auszumachen. Nichts. In dem rechteckigen Raum mit den taubenblauen Deckenbalken waren Stuhlreihen aufgebaut, an der Stirnseite stand ein Gründerzeitsofa, links daneben befand sich der Stuhl für den Standesbeamten, rechts gab es zwei Stühle für die Trauzeugen, auf denen Alexas Mutter und Onkel Wilfried Platz nahmen. Hinter ihnen an der Wand tickte eine Pendeluhr.

Michael und seine Familie nahmen die komplette erste

Reihe in Beschlag, ich setzte mich mit Diana und Alexa zu Victoria in die Reihe dahinter.

»Schlechte Nachrichten«, flüsterte ich den beiden zu. »Fabricius ist nicht der Täter. Keine Sorge, die Polizisten stehen weiterhin vorne an der Straße und sichern das Gebäude. Haltet die Augen offen.«

Hans Lemke schloss die Tür hinter uns und schritt zu seinem Platz. Er eröffnete seine Traurede und begrüßte die Anwesenden. Dann wandte er sich direkt an meine Eltern, die Worte las er aus einer in braunes Leder gebundenen Mappe ab.

»Maria und Rüdiger, ihr habt so lange ohne Trauschein zusammengelebt, es hat wohl niemand damit gerechnet, dass ihr eines Tages doch noch heiraten werdet. Ich denke, das hat uns alle ziemlich unvorbereitet getroffen.« Er suchte den Blick meiner Mutter. »Maria, als wir uns vor vierundvierzig Jahren kennenlernten, hätte keiner von uns beiden gedacht, dass ich dich eines Tages trauen würde. Du warst immer eine Inspiration für mich. Schon damals hast du dir nichts vorschreiben lassen, du warst eine ungezähmte Frau mit freiem Willen und eigenem Kopf.«

Ich wurde unruhig und wusste selbst nicht so recht, woran das lag. Vielleicht daran, dass die Luft hier drin aufgrund der Temperaturlage und der geschlossenen Türen so schnell abgestanden war. Auch die sieben Fenster waren geschlossen, wahrscheinlich, um den Lärm von der Kanalstraße auszusperren.

Hans Lemkes Odeur waberte zu uns herüber. Ich fragte mich wirklich, wie ein erwachsener Mann sich so übertrieben einparfümieren konnte. Mein Vater machte ein Gesicht, als würde ihm die Luft langsam knapp werden, für meine Mutter hingegen schien alles wie immer zu sein, sie war den Geruch also doch gewohnt. Sie lächelte abwechselnd von Lemke zu meinem Vater und hielt die Hand meines Vaters fest.

Vielleicht legte Hans Lemke ganz bewusst immer so viel

Parfüm auf, wenn er meine Mutter traf, weil er der Meinung war, dass sie den Duft mochte. Das würde auch erklären, warum er auf sein Duftwässerchen verzichtete, wenn meine Mutter nicht in der Nähe war.

Auweia.

Was als kleiner Gedankenspaziergang gedacht war, ergab auf einmal Sinn. Ich spürte, wie die kleinen Zahnrädchen in meinem Gehirn fester ineinandergriffen. Wer sagte denn, dass der Mörder aus Andreas' Umfeld stammen musste? Was, wenn Lemke schon damals in meine Mutter verliebt gewesen war und seinen Konkurrenten aus dem Weg räumen wollte? Ich musterte ihn. Der Mann ohne Gesicht? Durchaus möglich, er war schlank, und sein glatt rasiertes Gesicht wies nicht ein einprägsames Merkmal auf. Selbst ich hatte kurz überlegen müssen, als ich ihn vor gut zwei Wochen bei Paulis Pommesmobil getroffen hatte. Für die Anschläge auf ihn hatte es nie Zeugen gegeben. Was, wenn sie gar nicht stattgefunden hatten? Es passte alles zusammen.

Diana warf mir einen Seitenblick zu. »Du guckst so komisch, hast du dir das Gesicht ausgekugelt?«

»Ich glaube, wir haben ein Problem.« Ich nickte in Richtung Lemke, der seine Rede fortsetzte.

»Maria, du hast vor vierzig Jahren einen schweren Verlust erlitten und durftest kürzlich endlich Gewissheit erfahren, was mit deinem früheren Verlobten Andreas passiert ist.«

Meine Mutter nickte, ich sah, dass sie schlucken musste.

»Rüdiger ist dir seit Jahrzehnten ein treuer Begleiter und sicherlich besonders in der letzten Zeit eine große Stütze.«

Ich wusste nicht, was ich tun sollte. Vielleicht lag ich mit meinem Verdacht auch völlig daneben und sprengte die Hochzeit, wenn ich jetzt etwas unternahm.

Mit einem Knall schlug Lemke seine Mappe zu, ein kollektives Zusammenzucken ging durch den Raum. »Umso trauriger ist es, dass eure gemeinsame Zeit hier und heute enden wird.«

Meine Mutter sah ihn irritiert an. Der versonnene Schleier, der eben noch auf ihrem Gesicht lag, lichtete sich.

»Ich war so dämlich!«, entfuhr es mir. »Sie waren es! Sie haben Andreas getötet, bevor er meine Mutter heiraten konnte.« Ich kramte in meiner Handtasche nach dem Pfefferspray, und wieder einmal wurde mir bewusst, dass dies nicht der beste Aufbewahrungsort dafür war. Endlich schlossen sich meine Finger um die kühle Metalldose. Ich stand auf und trat mit erhobenem Spray auf Lemke zu. »Bleiben Sie ganz ruhig.«

Ich wandte mich an meine Eltern und die Trauzeugen. »Geht raus, er hat irgendwas vor.«

Hans Lemke setzte sich wie in Zeitlupe auf seinen Stuhl und lehnte sich mit einem breiten Grinsen im Gesicht zurück. Es schien ihm nichts auszumachen, dass er aufgeflogen war und die nächsten Jahre hinter Gittern verbringen würde.

»Ruf die Polizei«, sagte ich über die Schulter zu Alexa.

»Mach nur«, sagte Lemke, »aber dann sind hier alle in ein paar Sekunden tot.« Seine Stimme klang absolut ruhig, er wirkte kein bisschen nervös.

Meine Mutter war zurückgewichen und hatte die Tür in Lemkes Rücken erreicht. Sie drückte die Klinke herunter, drehte sich um, das Gesicht vor Schreck verzerrt. »Sie ist verschlossen. Hans, was hast du vor?«

Mein Blick glitt zu der vorderen Tür, Lemke erriet meinen Gedanken.

»Vergiss es, sie sind beide abgeschlossen.« Er rückte seinen Stuhl zurecht, um meine Mutter ansehen zu können. »Ich werde diese Trauung mit einem großen Knall beenden.«

»Wie … warum?«

»Bist du denn wirklich so blind, Maria? Ich liebe dich. Ich liebe dich seit vierundvierzig Jahren und werde dich auch noch die nächsten vierundvierzig Jahre lieben. Aber dir ist das ja egal!«

Meine Mutter sah ihn mit aufgerissenen Augen an. »Ich hatte ja keine Ahnung.«

»Doch, die hattest du, du wolltest es nur nicht wahrhaben.«

»Dann hast du Andreas getötet?«

»Natürlich habe ich das. Du wolltest ihn heiraten, das konnte ich nicht zulassen.«

»Haben Sie damals bei Friesen-Bau gearbeitet?«, fragte ich.

»Ja. Die Firma gehörte meinem Onkel, dort habe ich mir nach dem Abitur etwas dazuverdient.«

Meine Mutter sah ihn erstaunt an. »Ich habe dich nie in der Villa gesehen, wenn ich bei Andreas war.«

»Weil ich darauf geachtet habe, dass wir uns nicht über den Weg laufen. Ich wollte das Geld für uns verdienen, Maria, damit wir eine schöne Reise machen können, wenn Andreas dich fallen lässt. Es sollte eine Überraschung sein.«

»Stattdessen machte er mir einen Heiratsantrag«, sagte sie.

Lemke nickte. »Als meine Kollegen am Tag, nachdem du mir davon erzählt hattest, in der Mittagspause waren, bin ich zu Andreas gegangen und habe ihm verboten, dich zu heiraten. Da hat dieser Idiot mich doch tatsächlich ausgelacht. Er sagte, sein Herz würde nur für dich schlagen.« Ein grausames Lächeln umspielte Lemkes Lippen, er hielt meine Mutter in seinem Bann, sie schien nicht imstande, wegzusehen. »Aber das ließ sich ändern.«

Ich spürte, dass er sich die Worte gerade bewusst so zurechtlegte, dass sie sich auf ewig ins Gedächtnis meiner Mutter einbrennen würden. »Seien Sie still!«

Er reagierte nicht auf mich. »Ich habe ihm das Messer direkt in sein dreckiges Herz gerammt. Und weißt du was? Ich konnte seinen Herzschlag auf der Klinge spüren. *Ba-dumm, ba-dumm.*« Er klopfte mit der Handfläche den Takt auf die Stuhllehne.

Meine Mutter sackte wimmernd in die Knie. Mein Vater wollte sie trösten, doch Lemke hielt ihn auf. »Fass sie nicht an! Nie wieder!« Er konzentrierte sich wieder auf meine Mutter und fuhr mit ruhiger Stimme fort: »Dann habe ich ihn ein Stockwerk tiefer im Atelier versteckt, wo ich gerade dabei war, die Tür zuzubauen. Ich hatte genug Material, um die Leiche mit dem Putz zu bedecken. Ich hoffte, man würde ihn auf diese Weise nicht gleich finden, aber dass er so lange verborgen bleibt, damit hätte ich nicht gerechnet.« Er fasste mich mit einem hasserfüllten Blick ins Auge. »Er wäre für immer verschollen geblieben, wenn deine Tochter sich nicht eingemischt hätte.«

»Gern geschehen«, sagte ich mit so viel Schneid in der Stimme, wie ich in diesem Moment aufbringen konnte. »Was war mit dem ganzen Blut?«

»Er hat weniger geblutet als gedacht, ich habe nicht mal sichtbare Spuren abbekommen.« Er grinste. »Ich war aber auch ganz in Schwarz gekleidet, passend zum Anlass.«

»Und danach haben Sie die falsche Spur zum Emder Bahnhof gelegt.«

»Ganz genau. Ich sagte meinem Onkel, ich hätte mich bei der Arbeit verletzt und würde mir den Nachmittag freinehmen. Dann bin ich nach Emden gefahren, zwischendurch habe ich mich an verschiedenen Stellen als Anhalter sehen lassen. Ich hatte damals eine ähnliche Frisur wie Andreas und besaß sogar ein gelbes T-Shirt, weil Maria das so toll an ihm fand. An mir hat sie es nicht einmal bemerkt.« Er stieß schnaubend die Luft aus.

»Warum haben Sie sich an mehreren Stellen blicken lassen?«, fragte ich.

»Ich musste ein paarmal weiterziehen, weil Leute anhielten und ich mit niemandem sprechen und erst recht nicht mitfahren wollte. Wäre ein Bekannter von Andreas darunter gewesen, wäre mein Plan in sich zusammengefallen. In Emden habe ich die Klamotten dann erneut gewechselt, bin wieder umgedreht und nach Hause gefahren.«

»Warum haben Sie Violetta Kalski getötet?«

»Ist das nicht offensichtlich? Nachdem Andreas gefunden wurde, bestand die Gefahr, dass sie sich an mich erinnern würde. Und tatsächlich, als ich sie in Norddeich aufsuchte, sagte sie mir auf den Kopf zu, dass sie mich für den Mörder ihres Sohnes hielt. Ich habe mich damals während der Bauarbeiten häufiger mit ihr unterhalten. So richtig hat sie sich aber erst an mich erinnert, als ich vor ihr stand. Viele Menschen vergessen mein Gesicht.«

»Der Vorteil, wenn man ein Dutzendgesicht ohne besondere Merkmale hat«, sagte ich. »Selbst ich musste kurz überlegen, als ich Sie neulich auf dem Marktplatz beim Pommesmobil getroffen habe. Ich hätte Sie einfach krepieren lassen sollen. Oder war Ihr Zusammenbruch auch nur gespielt, so wie die erfundenen Anschläge?«

»Nein, der war echt. Als ich dich sah, habe ich mich so sehr über die anstehende Hochzeit aufgeregt, dass mein Herz das nicht mehr mitmachen wollte. Du bist schließlich einer der lebenden Beweise dafür, dass Maria jahrzehntelang mit dem falschen Mann zusammen war.«

»Warum haben Sie meinen Vater dann nicht auch ins Visier genommen?«

»Das habe ich, zumindest am Anfang. Von Maria wusste ich, dass er morgens immer die Zeitung ins Haus holt, also habe ich den Klingeldraht manipuliert, damit er einen tödlichen Stromschlag bekommt. Der hätte aber fast Maria erwischt, also verlegte ich mich darauf, ihr den einen oder anderen Schrecken einzujagen, und bestärkte sie in ihrer Annahme, dass die Hochzeit unter einem schlechten Stern stünde. Ich hoffte, sie würde einen Rückzieher machen.«

»Das haben Sie doch nicht wirklich geglaubt? Meine Eltern sind seit Ewigkeiten zusammen und haben drei Kinder. Meinen Sie nicht, dass Ihre Maßnahmen etwas zu spät kommen?«

»Maria hat nicht geheiratet, weil sie den Richtigen noch nicht getroffen hatte«, fuhr Lemke mich an. »Es ist doch egal, wie viele Kinder sie mit diesem Kerl hat, sie war sich bei ihm nicht sicher.«

Meine Mutter hörte auf zu weinen und schüttelte fassungslos den Kopf. Sie sah Lemke unverwandt an. »Ich habe nie geheiratet, weil ich wegen der Sache mit Andreas traumatisiert war. Rüdiger war immer der Richtige für mich. Er war es, und er wird es auch immer sein.«

»Sie haben verloren, sehen Sie's ein«, sagte ich.

»Das weiß ich inzwischen selbst, du Genie«, fauchte er. »Was meinst du, warum ich in der letzten Zeit keine Anschläge mehr verübt habe? Ich habe meine ganze Zeit und Energie in den Bau einer Bombe investiert. Ist gar nicht mal so schwer, wenn man das entsprechende Vorwissen hat. Du erinnerst dich vielleicht an den Prototyp, er lag vor deiner Wohnung. Die Detonationskraft dieses Exemplars ist allerdings um einiges gewaltiger. In wenigen Minuten werden wir alle einen großen Hopser machen.« Er wickelte den Verband von seiner vermeintlich verletzten linken Hand und präsentierte einen kleinen schwarzen Sender. »Also pack dein dämliches Pfefferspray weg. Wenn du es benutzt, drücke ich auf den Knopf, und wir fliegen sofort in die Luft.«

Dieser blöde Mistsack! Ich zweifelte keinen Moment an der Wahrhaftigkeit seiner Worte. Bomben bauen konnte er, das hatte er mir eindrucksvoll bewiesen. Ich sah ihm fest in die Augen. Schließlich steckte ich das Spray in die Handtasche zurück.

Lemke lächelte zufrieden. »Siehst du, ich habe dir doch gesagt, bei der Hochzeit würde alles nach Plan laufen. Nach meinem.«

»Da ist noch die Sache mit dem Parfüm«, sagte ich. »Sie verwenden eindeutig zu viel davon.«

»Das ist das Parfüm, das Andreas benutzt hat. Ich habe es seitdem jedes Mal getragen, wenn ich Maria getroffen habe.«

Meine Mutter rappelte sich auf. »Hans. Ich komme mit dir, wenn du dafür alle anderen gehen lässt.«

Lemke sah sie ungerührt an, er blinzelte nicht einmal. »Weil du mich liebst?«

»Weil … ich dich liebe.«

»Lügnerin! Sobald alle hier raus sind, gehst du wieder zu

Rüdiger zurück. Es gibt nur einen Weg, wie du und ich zusammen sein können: Wir werden hier und heute gemeinsam sterben.«

»Aber dann kannst du die anderen doch trotzdem gehen lassen.«

Lemke schüttelte langsam den Kopf. »Wir wollen unsere Vermählung doch nicht ohne Hochzeitsgesellschaft begehen.«

Ich wollte keinen großen Hopser machen, ich fühlte mich auf dem Erdboden ganz wohl. Fieberhaft überlegte ich, wie wir uns retten konnten. Leider kommen die guten Ideen ausgerechnet dann nicht, wenn man dringend darauf angewiesen ist. »Wie viel Zeit bleibt uns noch?«

Lemke sah auf die Uhr. »Vier Minuten und dreiundfünfzig Sekunden.«

Ich biss mir auf die Unterlippe, mein Blick ging zu den Fenstern. Die einzige Fluchtmöglichkeit, die ich ausmachen konnte. Vorausgesetzt natürlich, wir könnten Hans Lemke überwältigen und den dicken Hintern von Tante Elisabeth durch die Fensteröffnung zwängen.

»Denk nicht einmal dran«, sagte Lemke. »Ich habe jedes einzelne Fenster mit einem Sprengkörper ausgestattet, bei der geringsten Regung gehen sie hoch.«

So würde es also enden, eingepfercht mit meiner Familie wartete ich darauf, von einem gestörten Verehrer meiner Mutter getötet zu werden. Und ich konnte nichts tun, bis unsere Zeit abgelaufen war. Im wahrsten Sinne des Wortes.

»Hallo?« Hinter der vorderen Tür meldete sich eine Stimme, durch die Glaseinsätze leuchtete uns ein roter Haarschopf entgegen.

»Bruno!« Diana sprang auf und wollte zur Tür eilen.

»Setz dich wieder hin, oder ich drücke den Auslöser!«, schrie Lemke.

Ich nutzte den Moment der Ablenkung, sprang auf ihn zu, schlug ihm mit aller Kraft in die Armbeuge und griff im selben Moment nach dem Zünder in seiner Hand. Zugegebenermaßen ein Kamikazeeinsatz, aber in Ermangelung von Alternativen die einzige Chance. Lemke schrie auf und riss mich an den Haaren zurück. Wir verloren das Gleichgewicht und stürzten zu Boden.

»Michi, hier!« Ich reckte meinem Bruder meinen ausgestreckten Arm entgegen. Natürlich hätte ich den Sender auch werfen können, aber ich wollte mein Glück nicht überstrapazieren, man denke nur an meine unrühmliche Handballvergangenheit. Michael sprang auf, griff danach und reichte ihn an Victoria weiter, die über die Stuhlreihen ans hintere Ende des Raums kletterte, wo sie vor zwei massiven Schränken stehen blieb. Meine übrige Familie, sonst nicht gerade blitzgescheit, stellte sich vor sie und schirmte sie ab.

Ich hielt Lemke im Schwitzkasten, doch er hatte die Zeit auf seiner Seite und versuchte nicht einmal, sich zu befreien.

»Das wird euch gar nichts nützen«, spie er uns entgegen. »Die Bombe wird so oder so hochgehen.«

»Geben Sie mir den Schlüssel für die Tür.«

»Steck dir deinen verdammten Schlüssel in den Arsch! Über deinen Abgang freue ich mich am meisten. Ich wünschte, ich hätte dich letzte Woche schon erledigt, als ich dir vor deiner Wohnung aufgelauert habe.«

»Wie bitte?« Meine Mutter sah mich entgeistert an.

»Hör nicht auf ihn«, sagte ich.

»Du ahnst gar nicht, was es für ein erhebendes Gefühl war, meine Hände um ihren neugierigen Hals zu legen und zuzudrücken, Maria. Aber ich hätte beim Messer bleiben sollen, dann wäre sie jetzt tot.«

Mein Vater, sonst die Ruhe in Person, stürzte auf Lemke zu, das gutmütige runde Gesicht vor Zorn gerötet. »So redest du nicht über meine Tochter!« Er holte aus und wummerte Lemke die Faust aufs Zifferblatt. Ein unschönes Knacken ertönte, und ein Blutschwall schoss aus Lemkes Riechorgan hervor.

Ich rappelte mich auf und ging zu Diana, dabei stellte ich fest, dass mein Kleid am Rücken schon wieder aufgerissen war. Auch egal, sollten wir diesen Irrsinn irgendwie überleben, würde ich es feierlich im Kanal versenken. Lemke hatte genug mit seiner Nase zu tun, mein Vater und Michael hielten ihn in Schach.

Diana stürzte zur Tür. »Bruno, bist du noch da?«

Seine Silhouette tauchte vor den geschliffenen Glaseinsätzen auf. Wie es aussah, war er im Flur auf und ab gelaufen. »Ja, aber ihr lasst mich ja nicht rein.«

»Wir wollen lieber hier raus. Geh mal ein Stück zurück.« Onkel Wilfried kam herbei und versuchte, die vordere Tür aufzubrechen.

Die Glaseinsätze zersprangen klirrend, als er einen Stuhl dagegenschlug, aber die Tür war zu massiv, um sich so einfach öffnen zu lassen. Verwirrt schaute Bruno uns aus dem Flur entgegen.

»Hör zu, Bruno, vor dem Gebäude stehen zwei Polizisten. Hol sie her!«, befahl ich. »Es geht um jede Sekunde.«

In diesem Moment hörten wir einen dumpfen Knall durch die geschlossenen Fenster, der Boden vibrierte, und wir standen da wie gelähmt. Ich versuchte auszumachen, wo die Explosion stattgefunden hatte. Nicht hier im Gebäude, das war schon mal klar. Auf der anderen Seite des Kanals, direkt vor dem Rathaus, stieg eine dicke dunkle Rauchwolke aus einem der parkenden Autos empor, Flammen schossen aus den zerborstenen Fenstern.

Lemke lachte auf. »Das war der Wecker. Noch drei Minuten. Eure Polizisten dürften jetzt anderweitig beschäftigt sein.« Er klang, als würde er mit zugehaltener Nase einen Elefanten imitieren, sein Rüssel war inzwischen auf die doppelte Größe angeschwollen.

»Bruno, du musst uns helfen«, rief Diana. »Wir sind eingesperrt, der Standesbeamte will uns alle in die Luft sprengen.«

»Bist du dir sicher?«

Ich verdrehte die Augen. »Nein, das hat sie sich als Spaß ausgedacht, um die Trauung ein wenig aufzulockern.«

»Sei nicht so gemein«, sagte Diana. »Kannst du da vorne irgendwas finden, das wie eine Bombe aussieht?«

»Der Aktenkoffer!«, schoss es mir in den Sinn. »Bruno, im Flur steht ein schwarzer Aktenkoffer, vor der hinteren Tür. Da drin muss die Bombe sein, du musst ihn vorsichtig öffnen und nachsehen.« Ich rannte zur hinteren Tür, Diana folgte mir. Onkel Wilfried versuchte unterdessen weiter, die vordere Tür einzuschlagen.

Brunos Feuerschopf tauchte hinter dem Glas auf. »Du hast recht, in dem Aktenkoffer ist ein Kästchen mit Drähten und einem Display.«

»Was zeigt das Display an?«, fragte ich.

»Eins geteilt durch vierzig.«

Ich konnte es mir gerade noch verkneifen, erneut die Augen zu verdrehen. »Und wie viele Drähte hat das Teil?«

»Zwei.«

»Hast du was zum Durchschneiden dabei?«

»Mein Taschenmesser hat eine kleine Schere.«

»Sehr gut.« Jeder wusste, dass Bomben einen roten und einen grünen Draht hatten. Aber welcher musste durchtrennt werden? Ich wandte mich an meine Familie, die immer noch schützend vor Victoria stand und Onkel Wilfried bei seinen Bemühungen zusah, die Tür aufzubrechen. »Jemand eine Idee, welchen Draht man durchschneiden muss? Rot oder grün?«

»Ich meine, dass in den Filmen immer der rote Draht durchtrennt wird«, meldete sich Tante Elisabeth.

»Aber gerade deswegen könnte es auch der grüne sein.« Onkel Wilfried hielt inne, den Stuhl zum nächsten Schlag erhoben. »Sozusagen als Sicherheit, damit die Bombe auch tatsächlich hochgeht.«

Das klang einleuchtend. Trotzdem vertraute ich in diesem Fall auf die Tradition, schließlich hatte Hans Lemke bei einer Baufirma gearbeitet und oft die entsprechenden Kabel vor der Nase gehabt. Da nahm man wahrscheinlich ganz automatisch die richtigen Farben. »Nimm den roten Draht«, rief ich.

»Da ist kein roter Draht. Nur hellgrau und dunkelgrau.«

»Wie kann das sein?«

»Elli, Bruno hat doch eine Rot-Grün-Sehschwäche«, sagte Diana.

Ich ließ mich auf den nächstbesten Stuhl plumpsen. »Wir sind alle verloren.«

»Schneid einfach irgendeinen Draht durch«, rief Alexa. »Wir haben keine Zeit mehr.«

Im Trauzimmer herrschte atemlose Stille. Es ist schade, wenn man nur noch so wenige Sekunden im Leben hat, es gibt nichts Sinnvolles mehr, das man tun kann.

Halt, eine Sache war da noch. Ich zog mein Handy aus der Handtasche, entsperrte es mit zitternden Fingern und wählte Phils Nummer. Die Mailbox sprang an. Ich schrieb ihm eine Nachricht. *Ich werde gleich sterben. Du sollst nur wissen, dass ich dich l–*

»Die Uhr ist stehen geblieben«, rief Bruno.

Ein kollektiver Jubelschrei hallte durch den Raum.

»Du bist unser Held«, rief Diana.

Bruno lachte. »Vielleicht sogar Agent. Null null sieben steht hier auf dem Display, wie bei James Bond!«

Bruno holte die Polizisten zur Hilfe. Sie brachen die Tür auf und legten Hans Lemke Handschellen an.

Ich verließ den Raum als Letzte nach meinen Eltern. Als ich die Tür des Trauzimmers passierte, warf ich einen Blick nach rechts. Tatsächlich, da stand die Höllenmaschine in dem schwarzen Aktenkoffer. Es dauerte einen Moment, bis ich realisierte, was ich sah.

Bruno hatte den grünen Draht durchtrennt.

# 31

In Ostfriesland nutzen wir jede Gelegenheit zum Feiern, und so wollten meine Eltern es sich am nächsten Tag nicht nehmen lassen, die Hochzeitsfeier im Festsaal stattfinden zu lassen, auch wenn es letztlich nicht zur Eheschließung gekommen war.

Die Stimmung war aufgekratzt, wir alle fühlten uns so lebendig, wie man es wohl nur tut, wenn man dem Tod knapp von der Schippe gesprungen ist. Ich saß mit meinen Geschwistern, Alexa und Diana an einem Tisch. Auch Bruno war dabei, sein Gesicht leuchtete mit seinen rot gefärbten Haaren um die Wette, denn als unser aller Lebensretter war er der unumstrittene Star des Abends. In dieser Feierlaune – und wegen einer nicht unerheblichen Menge Alkohol – ließ ich mich sogar zum kollektiven Ententanz hinreißen.

Die Nachmittagsstunden, die eigentlich für den Hochzeitsfotografen reserviert gewesen waren, hatten wir mit Polizeibefragungen verbracht. Hans Lemke befand sich mitsamt seiner gebrochenen Nase in Untersuchungshaft und würde hoffentlich viele Jahre hinter Gittern verbringen.

Es war kurz nach elf, als ich aufstand, um mir ein wenig die Beine zu vertreten und etwas frische Luft zu schnappen. Genau der richtige Zeitpunkt, denn die Musik wurde rockiger, und erfahrungsgemäß ließ Onkel Wilfried bei »I Can't Get No Satisfaction« gern mal die Hosen runter. Diana und Bruno zogen in Richtung Tanzfläche, Alexa vertiefte sich in ein Gespräch mit meiner Schwägerin Tascha.

Ich nahm meine Handtasche von der Stuhllehne und trat hinaus in den Garten. Dort schlenderte ich den geklinkerten Gehweg zwischen den Blumenbeeten entlang, meine Absätze klackerten auf dem harten Untergrund. Die Luft roch nach frisch gemähtem Gras und Frühlingsblumen. Schade, dass Phil nicht hier sein konnte. Madame Cassandra hatte sich also doch geirrt, die Hochzeit, bei der ich Phil angeblich in meinem graublauen Kleid gegenüberstehen sollte, hatte gar nicht stattgefunden. Ich beschloss, das mit dem Aberglauben lieber sein zu lassen. Führte doch zu nichts, den Stress mit dem Kleid hätte ich mir sparen können.

Ich zuckte zusammen, als sich Schritte von der Seite näherten. »Sebastian?« Ich sah ihn ungläubig an.

»Ich habe mir gedacht, dass du zwischendurch mal eine Auszeit von deiner Familie brauchst.« Er lächelte und deutete auf eine Gartenbank, auf der wir uns niederließen.

»Warum bist du hier?« In unserer gestrigen Lagebesprechung hatten wir bereits ausgiebig über die Ereignisse bei der Trauung und die Aufklärung des Falls gesprochen. Phil hatte ich erst heute Morgen angerufen, um ihm keine schlaflose Nacht zu bereiten. Er brauchte seine Energie für seine Ermittlungen.

»Ich wollte dich in deinem Kleid sehen. Und ich muss sagen, es hat sich gelohnt.«

Ach du liebe Zeit! Konnte es sein, dass Madame Cassandra in ihrer Vorhersage auf Sebastian angespielt hatte? Wenn ich darüber nachdachte, hatte sie ja gar nicht von der Hochzeit gesprochen, sondern von der Hochzeits*feier*, und die fand nun trotz aller Widrigkeiten statt.

»Ist alles in Ordnung?«, fragte Sebastian.

»Ja, ich war nur gerade mit meinen Gedanken woanders. Danke für deine Hilfe.«

»Ich hatte ein Versprechen einzulösen.«

»Und wie geht es jetzt weiter, nachdem du dein Wort gehalten hast?«

Sebastians Blick ruhte auf meinem Gesicht. »Das Versprechen war nicht zeitlich gebunden. Ich werde lieber weiterhin ein Auge auf dich haben. So wie ich dich kenne, kannst du deine Nase ja doch nicht aus fremden Angelegenheiten raushalten.«

Mein Handy klingelte, ich zog es aus der Handtasche. »Da ist Phil.« Ich stand auf und entfernte mich ein paar Schritte.

»Wie geht es meiner Lieblingsdetektivin?«

»Höre ich um diese Zeit etwa gute Laune bei dir?«

»Mehr als das. Ich bin auf dem Weg zu dir.«

»Wie? Hierher? Und dein Fall?«

»Läuft weiter. Ich fahre morgen Abend wieder zurück.«

»Das ist doch nicht dein Ernst! Nur um mich für ein paar Stunden zu sehen, nimmst du diese lange Fahrt auf dich?«

»Elli, ich statte dir keinen Höflichkeitsbesuch ab. Du wärst gestern fast gestorben, und ich weiß nicht, was ich dann getan hätte. Ich will dich sehen und sicher sein, dass es dir wirklich gut geht.«

Mein Herz machte einen Hüpfer, ein warmes Gefühl breitete sich in mir aus. So fühlte es sich also an, wenn der richtige Moment gekommen war. Ich senkte die Stimme. »Ich liebe dich, Phil.«

»Siehst du, war doch gar nicht so schwer.« Ich hörte, dass er lächelte. »Ich liebe dich auch. Ich bin gerade an Oldenburg vorbei, in einer Dreiviertelstunde müsste ich bei dir sein.«

Komische Sache, das mit den Voraussagen. Kaum warf man den Glauben daran über Bord, traten sie ganz unvermittelt doch ein. Andererseits … vielleicht hatte sie sich ja bereits mit Sebastians Auftauchen erfüllt? Er würde auch weiterhin in meiner Nähe sein, was die Sache für mich nicht unbedingt einfacher machte.

Ich atmete tief durch und steckte das Handy weg. Was auch immer die Zukunft bringen mochte, es hörte sich nach einer ganzen Menge Ärger an. Aber heute Abend würde ich mir darüber nicht mehr den Kopf zerbrechen.

Martina Aden
**KLUNTJEMORD**
Broschur, 256 Seiten
ISBN 978-3-7408-0302-5

Die kellnernde Schriftstellerin Elli Vogel scheint die Einzige in ganz Aurich zu sein, die den Tod ihrer Arbeitskollegin Lisa nicht für einen Unfall hält – bis plötzlich auch ihr Freund Karl spurlos verschwindet. Das kann kein Zufall sein! Unterstützt von Kater O'Malley und dem attraktiven Polizisten Phil begibt sie sich auf eine fieberhafte Suche, die nicht nur Karls dunkle Vergangenheit, sondern auch ein ausgeklügeltes Drogennetzwerk zutage fördert …

*»Modern, humorvoll und hintergründig erzählt, aber auch mit ernsten Untertönen, will der Roman ›Kluntjemord‹ amüsante Einblicke ins ostfriesische Gemüt bieten. Ein kurzweiliges Lesevergnügen.«*
Borkumer Zeitung